八閩文庫

閩詞鈔

[清] 葉申薌 輯

魏定榔 點校

八閩文庫

要籍選刊

67

海峽出版發行集團
THE STRAITS PUBLISHING & DISTRIBUTING GROUP
福建人民出版社

八閩文庫編纂委員會

顧　問

袁行霈　樓宇烈　安平秋　陳祖武　楊國楨　周振鶴

主　任

葛兆光　張　帆

委　員（以姓氏筆畫排序）

丁荷生（Kenneth Dean）　方寶川　杜澤遜　李　岩　吴　格
汪征魯　宋怡明（Michael Szonyi）　林　彬　林繼中　陳支平
陳紅彦　陳慶元　商　偉　張志清　張善文　葉建勤　傅　剛
鄭振滿　漆永祥　稻畑耕一郎　劉　石　劉躍進　盧美松
顧　青

八閩文庫總序

葛兆光　張　帆

一

在傳統中國的文化史上，福建算是後來居上的區域。經歷了東晉、中唐、南宋幾次大移民潮，浙、閩之間的仙霞嶺，早已不是分隔内外的屏障，而成了溝通南北的通道。歷史使得福建越來越融入華夏文明之中，唐宋兩代，特别是在「背海立國」的宋代，東南的經濟發達，海洋的地位凸顯，福建逐漸從被文明中心影響的邊緣地帶，成爲反向影響全國文明的重要區域。在七世紀的初唐，詩人駱賓王曾説「龍章徒表越，閩俗本殊華」（駱臨海集箋注卷二晚憩田家，陳熙晉箋注，上海古籍出版社一九八五年，第三六頁），前一句説的是華夏的衣冠對斷髮文身的越人没有用，後一句説的是閩地的風俗本來就與華夏不同，意思都是瞧不起東南。但是，到了十五世紀的明代中期，黄仲昭在弘治八閩通志序裏卻説，八閩雖爲東南僻壤，但自唐以來文化漸盛，「至宋，大儒君子接踵而出」，實際上它的文明程度，已經「可以不愧於鄒魯」（四庫全書存目叢書史部一七七册，齊魯書社一九九六年，第三六四頁）。

的確，自從福建在唐代出了第一個進士薛令之，而且晉江有歐陽詹，福清有王棨，莆田有徐夤、黄滔這些傑出人物之後，到了更加倚重南方的宋代，福建出現了蔡襄（一〇一二—一〇六七）、陳襄（一〇一七—一〇八〇）、游酢（一〇五三—一一二三）、楊時（一〇五三—一一三五）、鄭樵（一一〇四—一一六二）、林光朝（一一一四—一一七八）、朱熹（一一三〇—一二〇〇）、蔡元定（一一三五—一一九八）、陳淳（一一五九—一二二三）、真德秀（一一七八—一二三五）等一大批著名文人士大夫。這些出身福建或流寓福建的士人學者，大大繁榮和提升了這裏的文化，甚至使得整個中國的文化重心逐漸南移，也許，就像程顥説的那樣「吾道南矣」（宋史卷四二八道學楊時傳，中華書局一九七七年，第一二七三八頁）。也就是説宋代之後，原本偏在東南的福建，逐漸成了中國重要的文化區域。

不過，習慣於中原中心的學者，當時也許還有偏見。以來自中心的偏見視東南一隅的福建，那時福建似乎還是「邊緣」。雖然人們早已承認福建「歷宋逮今，風氣日開」

（黄虞稷閩小紀序，撰於康熙五年，續修四庫全書史部七三四册，上海古籍出版社二〇〇二年，第一二七頁）但有的中原士人還覺得福建「僻在邊地」。像北宋樂史的太平寰宇記，一面承認「此州（福州）之才子登科者甚衆」，一面仍沿襲秦漢舊説，稱閩地之人「皆蛇種」，並引十道志説福建「嗜欲、衣服，别是一方」（樂史太平寰宇記卷一〇〇江南東道一二，中華書局二〇〇七年，第一九九一頁）。所以，歷史上某些關於福建歷史、文化和風俗的著作，似乎還在以中原或者江南的眼光，特别留心福建地區與核心區域不同的特異之處，筆下一面凸顯異域風情，一面鄙夷南蠻鴃舌。但是從大的方面説，我們看到宋代以降，實際上福建與中原的精英文化越來越趨向同一，正如宋人祝穆方輿勝覽所説，「海濱幾及洙泗，百里三狀元」，前一句裏所謂「洙泗」即孔子故鄉，這是説福建沿海文風鼎盛，幾乎趕得上孔子故里；後一句裏「三狀元」是指南宋乾道年間福建登第的三個狀元，即乾道二年（一一六六）的蕭國梁、乾道五年的鄭僑和乾道八年的黄定，他們都是福建永福（今永泰）這個地方的人（祝穆新編方輿勝覽卷一〇，施和金點校，中華書局二〇〇三年，第一六三頁）。

文化漸漸發達，書籍或者文獻也就越來越多，福建文獻的撰寫者中不僅有本地人，也有流寓或任職於閩中的外地人。日積月累，這些文獻記録了這個多山臨海區域千年的文化變遷史，而八閩文庫的編纂，正是把這些文獻精選並彙集起來，爲現代人留下唐宋以來有關福建的歷史記憶。

二

福建鄉邦文獻數量龐大，用一個常見的成語説，就是「汗牛充棟」。那麼多的文獻，任何歸類或叙述都不免挂一漏萬。不過，我們這裏試圖從區域文化史的角度，談一談福建文獻或書籍史的某些特徵。

毫無疑問，中國各個區域都有文獻與書籍，秦漢之後也都大體上呈現出華夏同一思想文化的底色，但各區域畢竟有其地方特色。如果我們回溯思想文化的歷史，那麼，唐宋之後福建似乎也有一些特點。恰恰因爲是後來居上的文化區域，所以福建積累的傳統包袱不重，常常會出現一些越出常軌的新思想、新精神和新知識。這使得不少代表新思想、新精神和新知識的人物與文獻，往往先誕生在福建。衆所周知的方面之一，就是宋代儒家思想的變遷。應當説，宋代的理學或者道學，最初乃是一種批判性的新思潮，一些儒家士大夫試圖以屬於文化的「道理」鉗制屬於政治的「權力」，所以，極力強調

「天理」的絶對崇高，人們往往稱之爲道學或理學，也根據學者的出身地叫作「濂洛關閩之學」。其中，「閩」雖然排在最後，卻應當説是宋代新儒學的高峰所在，以至於後人乾脆省去濂溪和關中，直接以「洛閩」稱之（如清代張夏雒閩源流録），以凸顯道學正宗，恰在洛陽的二程與福建的朱熹，而道學最終水到渠成，也正是在福建。因爲宋代道學集大成的代表人物朱熹，雖然祖籍婺源，卻出生在福建，而且相當長時間在福建生活。他的學術前輩或精神源頭，號稱「南劍三先生」的楊時、羅從彦（一〇七二—一一三五）、李侗（一〇九三—一一六三），也都是南劍州即今福建南平一帶人，他的提攜者之一陳俊卿（一一一三—一一八六），則是興化軍即今莆田人，而他的最重要的弟子黄榦（一一五二—一二二一）是閩縣（今福州）人、陳淳是龍溪（今龍海）人。

正是在這批大學者推動下，福建逐漸成爲圖書文獻之邦。慶元元年（一一九五），朱熹在福州州學經史閣記中曾經説，一個叫常濬孫的儒家學者，在福州地方軍政長官詹體仁、趙像之、許知新等資助下，修建了福州府學用來藏書的經史閣，即「開之以古人斅學之意，而後爲之儲書，以博其問辨之趣」（朱文公文集卷八〇，朱子全書第二四册，上海古籍出版社、安徽教育出版社二〇一〇年，第三八一四頁）。宋代之後，經由近千年的日積月累，我們看到福建歷史上出現了相當多的儒家論著，也陸續出現了有關儒家思想的普及讀物。大家可以從八閩文庫中看到，這裏收録的不僅有朱熹、真德秀、陳淳的著述，也有明清學者詮釋理學思想之作，像明人李廷機性理要選、清人雷鋐雷翠庭先生自恥録等等，應當説，這些論著構成了一個歷經宋元明清近千年的福建儒家文化史。

三

説到福建地區率先出現的新思想、新精神和新知識，當然不應僅限於儒家或理學一系。更應當記住的是，從宋代以來，中國政治、經濟和文化的重心，逐漸從西北轉向東南，一方面由於中原文化南下，被本地文化激蕩出此地異端的思想，另一方面海洋文明東來，同樣刺激出東南濱海的一些更新的知識。

我們注意到，在福建文獻或書籍史上，呈現了不少過去未曾有的新思想、新精神和新知識。比如唐宋之間，福建不僅出現過譚峭（生卒年不詳）化書這樣的道教著作，也出現過像百丈懷海（約七二〇—八一四）、潙山靈佑（七七一—八五三）、雪峰義存（八二二—九〇八）那樣充滿批判性的禪僧，還出現過禪宗史上撰於泉州的最重要禪史著作祖堂集。又如明代中後期，那個驚世駭俗而特立獨行的李贄（一五二七—一六〇二），有人説他的獨特思想，就是因爲他生在各種宗教交匯融合的泉州，傳説他曾受到伊斯蘭教之影響，當然更因爲有佛教與心學的刺激，使他成了晚明傳統思想世界的反叛者。而另一個莆田人林兆恩（一五一七—一五九八），則是乾脆開創了三一教，提倡「三教合一」，也同樣成爲正統的政治意識形態的挑戰者。再如明清時期，歐洲天主教傳教士「梯航九萬里」，也把天主教傳入福建，特别是明末著名傳教士艾儒略（一五八二—一六四九）應葉向高（一五五九—一六二七）之邀來閩傳教二十五年，從而福建才會有「三山論學」這樣的思想史事件，也産生了三山論學記這樣的文獻，無論是葉向高，還是謝肇淛，這些思想開明的福建士大夫，多多少少都受到外來思想的刺激。最後需要特别提及的是，由於宋元以來，福建成爲向東海與南海交通的起點，所以，各種有關海外的新知識，似乎都與福建相關，宋代趙汝适撰寫諸蕃志的機緣，是他在泉州市舶司任職；元代汪大淵撰寫島夷志略的原因，也是他從泉州兩度出海。由於此後福州成爲面向琉球的接待之地，泉州成爲南下西洋的航線起點，因而福建更出現了像張燮東西洋考、吴朴渡海方程、葉向高四夷考、王大海海島逸志等有關海外新知的文獻，這一有關海外新知的知識史，一直延續到著名的林則徐四洲志。老話説「草蛇灰線，伏脈千里」，歷史總有其連續處，由於近世福建成爲中國的海外貿易和海上交通的中心，所以，這裏會成爲有關海外新知識最重要的生産地，這才能讓我們深切理解，何以到了晚清，福建會率先出現沈葆楨開辦面向現代的船政學堂，出現嚴復通過翻譯引入的西方新思潮。

甚至還可以一提的是，近年來福建霞浦發現了轟動一時的摩尼教文書，這些深藏在道教科儀抄本中的摩尼教資料，説明唐宋元明清以來，福建思想、文化和宗教在構成與傳播方面的複雜性和多元性。所以，在八閩文庫中，不僅收録了譚峭化書，李贄焚書、藏書、續焚書、續藏書，林兆恩林子會編等富有挑戰性的文獻，也收録了張燮東西洋考、趙新續琉球國志略等關係海外知識的著作，讓我們看到唐宋以來，福建歷史上新思想、新精神和新知識的潮起潮落。

四

在八閩文庫收録的大量文獻中，除了福建的思想文化與宗教之外，也留存了有關福建政治、文學和藝術的歷史。如果我們看明人鄧原岳編閩中正聲、清人鄭杰編全閩詩録收録的福建歷代詩歌，看清人馮登府編閩中金石志、葉大莊編閩中石刻記、陳棨仁編閩中金石略中收録的福建各地石刻，看清人黄錫蕃編閩中書畫録中收録的唐宋以來福建書畫，那麼，我們完全可以同意歷史上福建的後來居上。這正如陳衍（一八五六—一九三七）在閩詩録的序文中所説「余維文教之開，吾閩最晚，至唐始有詩人，至唐末五代中土詩人時有流寓入閩者，詩教乃漸昌，至宋而日益盛」（續修四庫全書集部一六八七册，第四一一頁）。可見，宋史地理志五所説福建人「多向學，喜講誦，好爲文辭，登科第者尤多」，「今雖閭閻賤品處力役之際，吟詠不輟」（杜佑通典州郡十二），真是一點兒不假。

清代學者朱彝尊（一六二九—一七〇九）曾説「閩中多藏書家」（曝書亭集卷四四淳熙三山志跋，四部叢刊初編集部二七九册，上海書店一九八九年，第六〇一頁）。千年以來的人文日盛，使得現存的福建傳統鄉邦文獻，經史子集四部之書都很豐富，翻檢八閩文庫，就可以感覺到這一點，這裏不必一一叙説。需要特别指出的是，福建歷史上不僅有衆多的文獻留存，也是各種書籍刊刻與發售的中心之一。福建多山，林木蓊蘢，具備造紙與刻書的有利條件，從宋元時代起，福建就成爲中國書籍出版的中心之一。宋元時代福建的所謂「建本」或「麻沙本」曾經「幾遍天下」（葉夢得石林燕語卷八，侯忠義點校，中華書局一九八四年，第一一六頁），更有所謂「麻沙、崇安兩坊産書，號稱『圖書之府』」的説法（新編方輿勝覽卷一一，第一八一頁）。版本學家也許將它與蜀本、浙本對比，覺得它並不精緻，但是，從書籍流通與文化貿易的角度看，正是這些廉價圖書，使得很多文化知識迅速傳向中國四方，也深入了社會下層。淳熙六年（一一七九），朱熹在建寧府建陽縣學藏書記中曾説到，「建陽版本書籍行四方，無遠不至」，可當時嘉禾縣學居然藏書很少，「學於縣之學者，乃以無書可讀爲恨」，於是一個叫姚耆寅的知縣，就「鬻書於市，上自六經，下及訓傳、史記、子、集，凡若干卷以充入之」。當地刊刻的書籍，豐富了當地學者的知識，也增加了當地文獻的積累，甚至扭轉了當地僅僅重視「世儒所誦科舉之業」的風氣（朱文公文集卷七八，朱子全書第二四册，第三七四五頁），這就是一例。到了清代，汀州府成爲又一個書籍刊刻基地，近年特别受到中外學者注意的四堡，就是一個圖書出版和發行中心，文獻記載這裏「以書版爲産業，刷就發販，幾半天下」（咸豐長汀縣志卷三一物産）。所以，美國學者包筠雅（Cynthia J. Brokaw）文化貿易：清代至民國時期四堡的書籍交易（劉永華、饒佳榮等譯，北京大學出版社二〇一五年）就深入研究了這個位於汀州府長汀、清流、寧化、連城四縣交界地區的客家聚集區的書籍事業，繼承宋元時代建陽地區（如麻沙）刻書業，這裏再一次出現中國書籍出版史上佔據重要位置的福建書商群體。

可以順便提及的是，福建刻書業也傳至海外。福建莆田人俞良甫，元末到日本，由九州的博多上岸，寓居在京都附近的嵯峨，由他刻印的書籍被稱爲「博多版」。據説，俞氏一面協助京都五山之天龍寺雕印典籍，一面自己刻印各種圖書，由於所刊雕書籍在日本多爲精品，所以被日本學者稱爲「俞良甫版」。

從建陽到汀州，福建不僅刊刻了精英文化中的儒家九經三傳、諸子百家以及文選、文獻通考、賈誼新書、唐律疏議之類的典籍，也刊刻了很多大衆文化讀本，諸如西廂記、花鳥争奇和話本小説。特別在明清兩代書籍流行的趨勢和作爲商品的書籍市場的影響下，蒙學、文範、詩選等教育讀物，風水、星相、類書等實用讀物，小説、戲曲等文藝讀物，在福建大量刊刻。如果我們不是從版本學家的角度，而是從區域文化史的角度去看，這種「易成而速售」（石林燕語卷八，第一一六頁）的書籍生産方式，使得各種文獻從福建走向全國甚至海外，特別是這些既有精英的、經典的，也有普及的、實用的各種知識的傳播，是否正是使得華夏文明逐漸趨向各地同一，同時也日益滲透到上下日常生活世界的一個重要因素呢？

五

八閩文庫的編纂，當然是爲福建保存鄉邦文獻，前面我們説到，保存鄉邦文獻，就是爲了留住歷史記憶。

這次編纂的八閩文庫，擬分爲三個部分。第一部分是「文獻集成」，計劃選擇與收録唐宋以來直到晚清民初的閩人各種著述，以及有關福建的文獻，共一千餘種，這部分採取影印方式，以保存文獻原貌。這是八閩文庫的基礎部分，按傳統的經史子集四部分類，這是爲了便於呈現傳統時代福建書籍面貌，因而數量最多；第二部分是「要籍選刊」，精選一百三十餘種最具代表性的閩人著述及相關文獻，以深度整理的方式點校出版，不僅爲了呈現歷代福建文獻中的精華，也爲了便於一般讀者閲讀；第三部分則爲「專題彙編」，初步擬定若干類，除了文獻總目之外，還將包括書目提要、碑傳集、宗教碑銘、官員奏折、契約文書、科舉文獻、名人尺牘、古地圖等，我們認爲，這是以現代觀念重新彙集與整理歷史資料的一個新方式，它將無法納入傳統的四部分類，卻是對理解福建文化與歷史至關重要的文獻，進行整理彙集，必將爲研究與理解福建，提供更多更系統的資料。

經歷幾年討論與幾年籌備，八閩文庫即將從二〇二〇年起陸續出版，力争用十年時間，經過一番努力，打下一個比較完備的福建文獻的基礎。

當然，不能説八閩文庫編纂過後，對於福建文獻的發掘與整理就已完成。八閩文庫僅僅是我們這一兩代人的工作，還有更多或更深入的工作，在等待著未來的幾代人去努力。無論從舊材料中發現新問題，還是以新眼光發現新材料，都是建立在前人的基礎上，而又對前人的工作不斷修正完善的過程。還是朱熹寫給陸九齡的那句廣爲流傳的老話：「舊學商量加邃密，新知培養轉深沉。」用舊的傳統融會新的觀念，整理這些縱貫千年的歷史文獻，也就無論「人間有古今」了。

八閩文庫要籍選刊出版説明

福建自唐代以降，名家輩出，著述繁興，流傳千載，聲光燦然。遺存之文獻，多可彰顯福建歷史發展脈絡，展示前賢思想學術及文學藝術成就，爲研究福建區域文化之基本典籍。八閩文庫「要籍選刊」擇取重要之閩人著作及相關福建文獻百數十種，予以點校。其中具備條件者，將採用編年、箋注、校證等方式整理。諸書略依經史子集分部編次，陸續出版。

二〇二一年八月

目次

卷三

卷四

序一

詞選昉於後蜀趙崇祚之花間集。厥後花菴、草堂踵事日增。然或取唐末名家，或取宋末遺民，或輯南宋，或採掇唐宋，間及元人，未有專摭鄉黨之作勒爲一編者。有之，惟本朝浙西六家詞，他未再見也。閩中自宋柳耆卿以歌詞名，纏綿旖旎，善言情，世與清真居士並推，至使西夏人重之，謂「凡有井水飲處能歌」，可謂盛矣。其外如蔡仲道友古詞、康伯可順庵樂府、張仲宗蘆州詞、趙用甫虛齋樂府、劉潛夫後村別調、葛瓊琯海瑀集皆卓然名家，儕之蘇黄、晁秦，何多讓焉。而陳忠肅、李忠定、朱文公、真文忠以千載儒宗碩輔，靡不從事詩餘，清新婉麗，各臻其勝。余嘗見黄石齋先生大滌函書，末有雪堂艷二闋，亦駸駸入作者之室，文采風流，至今未沫，儒者何嘗斥綺語爲俳優哉？然近日吾鄉詞學失傳，兩宋詞家，學者至莫能舉其名，是可慨也。葉小庚太守善爲詩，兼工倚聲，嘗編詞譜及詞韻六卷，爲詞家之圭臬。復輯閩詞鈔四卷。始於宋徐昌圖，終於元洪希文，附以「方外」、「閨媛」，凡六十家，爲詞逾千首，以存桑梓詞人之梗概。其後村詞則取余所録天一閣大全集，多至百三十餘首。蓋諸家所未及見，亦足徵網羅之富矣。抑此六十家者，其人類皆賢豪。間而章質夫、黄冕仲、李似之、吕季克、王實之、潘庭堅之倫，咸歷州郡，以政事著。君頃將捧牒入都，旦夕綰符竹、秉麾幢，所設施於其境内者，豈徒文雅粉澤而已。若陳了齋之青玉案所謂「十分農事，滿城和氣」，知稼翁之千秋歲所謂「五馬徘徊地，春色隨征旆」，劉伯寵之水龍吟所謂「新春歌管，豐年笑語」者，摹繪太平，仿佛遇之。他日仿黄叔暘中興以來絶妙詞例，以所自作樂府續是編後，庶無媿色也。余雖老，尚樂操筆而從之。道光十有二年壬辰雨水後五日，同里陳壽祺。

陳壽祺

序 二

詞至北宋爲極盛，南宋爲極工，亦風會積漸使然也。閩詞始見於韓冬郎之浣溪紗，而柳耆卿實開樂章之祖，康順庵、馮偉壽輩宗之。南渡以來，首倡理學。然如陳瑩中、劉彥冲、朱子、真景希諸儒，不廢月露之作。至蘆川、後村、海璚等集，發宣情性，流露天倪，不可區區以分刌繩度。此閩詞之所以自成派與？小庚太守博洽工詩詞，政事之餘，著書爲樂。其所刊天籟軒詞譜、詞韻、本事詞諸書，早爲詞林職志。茲復從故家舊籍蒐遺摭佚，竭數十年心力，而成是鈔。其體例特創，其詞皆不經見。宋元人不傳之集，皆賴是以傳焉。昔樊榭謂「元鳳林書院詩餘之選，可以溯西江詞派」，顧不盡豫章之人。後之言閩詞者，此爲真乳矣。他日續鈔告成，仿周草窗絕妙好詞、邵復孺蟻術詞選例，附錄己作於後，亦藝苑所爭先快覩者也。甲午秋，屬爲校刊，因識數言，以附于簡末。小長蘆館後學馮登府序。

馮登府

自序

閩中詩人自唐薛令之、歐陽詹見推當時，厥後操觚之士，代不乏人。誠可謂家擅西崑、户傳麟角者矣。其匯選閩中詩者，四庫所收有閩中十子詩、晉安風雅、閩南唐雅諸編，亦咸有纂述。詞爲詩之餘，編輯者何獨闕歟？詞之學興於唐，盛於宋，迄於元。當宋之時，吾閩詞人以專集傳者，梁谿、友古、蘆川、後邨而外，指不勝屈。而柳耆卿樂章集、康伯可順庵集尤著。蓋二家兼精音律，恒自製腔。雖其詞體近俗，然皆能歌咏。其時承平景象，久爲識者所許。迺詞選諸家至不知其爲閩人，此所不能不爲之表白也。是編始於宋徐昌圖，終於元洪希文，附以「方外」「閨媛」凡六十一家，爲詞逾千首，題曰閩詞鈔，略以存閩中詞人之梗概耳。僕自幼喜學爲詩，至今弗輟。兹獨孜孜於倚聲之學者，誠以此道閩中近將失傳，急取而講明之，亦楊惠之改而學塑之意也已。辛卯花朝，三山葉申薌。

卷一

閩中葉申薌編輯

徐昌圖

莆田人，與兄昌嗣齊名，初仕閩。陳洪進歸宋，令昌圖奉表入汴，太祖命爲國子博士，累遷殿中丞。

木蘭花令

沈檀煙起盤紅霧，一剪霜風吹繡户。漢宫花面學梅妝，謝女雪詩裁柳絮。　長垂天幕孤鸞舞，旋炙銀笙雙鳳語。紅窗酒病對寒冰，永覺相思無夢處。

臨江仙

飲散離亭西去，浮生常恨飄蓬。回頭煙柳漸重重。澹雲孤雁遠，寒日暮天紅。

今夜畫船何處，潮平淮月朦朧。酒醒人靜奈愁濃。殘燈孤枕夢，輕浪五更風。

右詞綜

河傳

秋光滿目。風清露白，蓮紅水綠。何處夢回？弄珠拾翠盈盈，倚蘭橈，眉黛蹙。

采蓮調穩聲相續，吴兒伴侶，倚棹吴江曲。驚起暮天、幾雙交頸鴛鴦，入蘆花，深處宿。

右花草粹篇

考欽定詞譜河傳二十七體，換頭句皆作七字。尊前集收此詞，換頭作「采蓮調穩，吴侶聲相續」，一四、一五，似誤。今遵欽定詞譜所收花草粹篇本改正。

楊億

浦城人，字大年。雍熙初應童子科，授秘書省正字，獻二京賦，賜進士第，直集賢院。真宗即位，拜左正言，修太宗實錄。景德初，知通政司，判史館。天禧二年，拜工部侍郎。四年，復爲翰林學士。祥符中真宗將立德妃爲后，欲得億草詔，不從，辭歸。後卒，贈禮部尚書，謚曰「文」。

少年遊

江南節物，水昏雲淡。飛雪滿前村。千尋翠嶺，一枝芳艷。迢遞寄歸人。壽陽妝罷，冰姿玉態，的的寫天真。等閑風雨又紛紛。更忍向、笛中聞。

右欽定詞譜

蔡　襄

仙遊人，字君謨，天聖八年進士。初知諫院，進直史館。以母老乞鄉郡，再知福州，一知泉州。嘉祐五年召爲翰林學士，權三司使。旋乞外，以端明學士知杭州。謚「忠惠」。

好事近

瑞雪滿京都，宮殿盡成銀闕。常對素光，遥望是、江梅時節。如今江上見寒梅，幽香自清絕。重看落英殘艷，想飄零如雪。

柳永

崇安人，初名三變，字景莊，工部侍郎柳宜子，與兄三接、三復俱有才名，時稱「柳氏三絕」。以蔭補官，復登景祐元年進士，改今名，字耆卿，終屯田員外郎。有樂章集。

黃鶯兒 正宫

園林晴晝誰爲主。暖律潛催，幽谷暄和，黃鸝翩翩，乍遷芳樹。觀露濕縷金衣，葉映如簧語。曉來枝上綿蠻，似把芳心深意低訴。　無據。乍出暖煙來，又趁遊蜂去。恣狂蹤跡，兩兩相呼，終朝霧。吟風舞。當上苑柳濃時，別館花深處。此際海燕偏饒，都把韶光與。

鬬百花 亦名「夏州」。正宫

颯颯霜飄鴛瓦，翠幕輕寒微透，長門深鎖悄悄，滿庭秋色將晚。眼看菊蕊，重陽泪落如珠，長是淹殘粉面。鸞輅音塵遠。　無限幽恨，寄情空殢紈扇。應是帝王，當初怪妾辭輦。陡頓今來，宫中第一妖嬈，却道昭陽飛燕。

又

煦色韶光明媚。輕靄低籠芳樹。池塘淺蘸煙蕪，簾幕閑垂風絮。春困厭厭，抛擲鬬草工夫，冷落踏青心緒。終日扃朱户。　遠恨綿綿，淑景遲遲難度。年少傅粉，依前醉眠何處。深院無人，黄昏乍拆秋千，空鎖滿庭花雨。

又

滿搦宫腰纖細，年紀方當笄歲。剛被風流沾惹，與合垂楊雙髻。初學嚴妝，如描似削身材，怯雨羞雲情意。舉措多嬌媚。　爭奈心性，未會先憐佳婿。長是夜深，不肯先入鴛被。與解羅裳，盈盈背立銀釭，却道你但先睡。

玉女摇仙佩 正宫

飛瓊伴侣，偶别珠宫，未返神仙行綴。取次梳妝，尋常言語，有得許多姝麗。擬把名花比。恐旁人笑我，談何容易。細思算、奇葩艷卉，惟是深紅淺白而已。爭如這多情，占得人間，千嬌百媚。　須信畫堂繡閣，皓月清風，忍把光陰輕棄。自古及今，佳人才子，少得當年雙美。且恁相偎倚。未消得、憐我多才多藝。但願取、蘭心蕙性，枕前言下，表余深意。爲盟誓。從今斷不孤鴛被。

雪梅香 正宫

景蕭索，危樓獨立面晴空。動悲秋情緒，當時宋玉應同。漁市孤煙裊寒碧，水村殘葉舞愁紅。楚天闊，浪浸斜陽，千里溶溶。　臨風，想佳麗，别後愁顏，鎮斂眉峰。可惜當年，頓乖雨跡雲蹤。雅態妍姿正歡洽，落花流水忽西東。無憀恨，盡把相思，分付征鴻。

尾犯 正宮

夜雨滴空階，孤館夢回，情緒蕭索。一片閑愁，想丹青難貌。秋漸老、蛩聲正苦，夜將闌、燈花旋落。最無端處，忍把良宵，只恁孤眠却。　佳人應怪我，別後寡信輕諾。記得當初，剪香雲爲約。甚時向、幽閨深處，按新調、流霞共酌。再同歡笑，肯把金玉珠珍博。

甘草子 正宮

秋暮。亂灑衰荷，顆顆真珠雨。雨過月華生，冷徹鴛鴦浦。　池上憑闌愁無侶。奈此個、單棲情緒。却傍金籠教鸚鵡。念粉郎言語。

又

秋盡。葉剪紅綃，砌菊遺金粉。雁字一行來，還有邊庭信。　飄散落花清風緊。動翠幙、曉寒猶嫩。中酒殘妝慵整頓，惹兩眉離恨。

送征衣 中吕宫

過昭陽。璇樞電遶，華渚虹流，運應千載會昌。罄寰宇、薦殊祥。吾皇。誕彌月，瑶圖纘慶，玉葉騰芳。並景貺、三靈眷佑，挺英哲、掩前王。遇年年、嘉節清和，頒率土稱觴。　無間華夏要荒。盡萬里、走梯航。彤庭舜張大樂，禹會群方。鵷行。趨上國、山呼鼇抃，遥爇爐香。競就日、瞻雲獻壽，指南山、等無疆。願巍巍、寶歷鴻基，齊天地遥長。

晝夜樂 中吕宫

洞房記得初相遇。便只合、長相聚。何期小會幽歡，變作别離情緒。况值闌珊春色暮。對滿目、亂花狂絮。直恐好風光，盡隨伊歸去。　一場寂寞憑誰訴。算前言、總輕負。早知恁地難拚，悔不當初留住。其奈風流端正外，更别有、繫人心處，一日不思量，也攢眉千度。

又 贈妓

秀香家住桃花逕。算神仙、纔堪並。層波細翦明眸，膩玉圓搓素頸。愛把歌喉當筵逞。遏天邊、亂雲愁凝。言語似嬌鶯，一聲聲堪聽。　洞房飲散簾幃靜。擁香衾、歡心稱。金爐麝裊青煙，鴛帳燭摇紅影。無限狂心乘酒興。這歡娱、漸入佳境。猶自怨鄰鷄，道秋宵不永。

柳腰輕 贈妓。中吕宫

英英妙舞腰肢軟。章臺柳、昭陽燕。錦衣冠蓋，綺堂筵會，是處千金爭選。顧香砌、絲管初調，倚輕風、珮環微顫。　乍入霓裳促遍。逞盈盈、漸催檀板。慢垂霞袖，急趨蓮步，進退奇容千變。笑何止、傾國傾城，暫回眸、萬人腸斷。

西江月 中吕宫

鳳額繡簾高捲，獸鐶朱户頻摇。兩竿紅日上花梢。春睡厭厭難覺。　好夢狂隨風絮，閑愁濃勝香醪。不成雨暮與雲朝。又是韶光過了。

傾盃樂 仙呂宮

禁漏花深，繡工日永，蕙風布暖。變韶景、都門十二，元宵三五，銀蟾光滿。連雲複道凌飛觀。聳皇居麗，佳氣瑞煙葱蒨。翠華宵幸，是處層城閬苑。龍鳳燭、交光星漢。對咫尺鰲山、開雉扇。會樂府、兩籍神仙，梨園四部弦管。向曉色、都人未散。盈萬井、山呼鰲抃。願歲歲天仗裏，常瞻鳳輦。

笛家

花發西園，草薰南陌，韶光明媚，乍晴輕暖清明後。水嬉舟動，禊飲筵開，銀塘似染，金堤如繡。是處王孫，幾多遊女，往往攜纖手。遣離人、對嘉景，觸目盡成感舊。別久。帝城當日，蘭堂夜燭，百萬呼盧，畫閣春風，十千沽酒。未省、宴處能忘弦管，醉裏不尋花柳。豈知秦樓，玉簫聲斷，前事難重偶。空遺恨，望仙鄉，一晌淚沾襟袖。

鶴冲天

黃金榜上。偶失龍頭望。明代暫遺賢，如何向。未遂風雲便，爭不恣遊狂蕩。何須論得喪。才子詞人，自是白衣卿相。　烟花巷陌，依約丹青屏障。幸有意中人，堪尋訪。且恁偎紅倚翠，風流事、平生暢。青春都一晌。忍把浮名，換了淺斟低唱。

迎新春大石調

嶰管變青律，帝里陽和新布。晴景回輕煦。慶嘉節、當三五。列華燈、千門萬户。遍九陌、羅綺香風微度。十里然絳樹。鰲山聳、喧喧簫鼓。　漸天如水，素月當午。香徑裏，絕纓擲果無數。更闌燭影花陰下，少年人、往往奇遇。太平時，朝野多歡民康阜。堪隨分良聚。對此爭忍，獨醒歸去。

曲玉瑄大石調

隴首雲飛，江邊日晚，烟波滿目憑闌久。立望關河蕭索，千里清秋。忍凝眸。杳杳神京，盈盈仙子，別來錦字終難偶。斷雁無憑，冉冉飛下汀洲。思悠悠。　暗想當初，有多少、幽歡佳會，豈知聚散難期，翻成雨恨雲愁。阻追遊。悔登山臨水，惹起平生心事，一場銷黯，永日無言，却下層樓。

滿朝歡 大石調

花隔銅壺，露晞金掌，都門十二清曉。帝里風光爛漫，偏愛春杪。煙輕晝永，引鶯囀上林，魚游靈沼。巷陌乍晴，香塵染惹，垂楊芳草。　因念秦樓彩鳳，楚館朝雲，往昔曾迷歌笑。別來歲久，偶憶歡盟重到。人面桃花，未知何處，但掩朱門悄悄。盡日竚立無言，贏得凄涼懷抱。

傾盃樂 大石調

皓月初圓，暮雲飄散，分明夜色如晴晝。漸消盡、醺醺殘酒。危樓迥、涼生襟袖。追舊事、一晌憑闌久。如何媚容艷態，底事孤歡偶。朝思暮想，自家空恁添清瘦。算到頭、誰與伸剖。向道我別來，爲伊牽繫，度歲經年，偷眼覷、也不忍覷花柳。可惜恁、好景良宵，未曾略展雙眉暫開口。問甚時與伊，痛憐深惜還依舊。

夢還京 大石調

夜來匆匆飲散，欹枕背燈睡。酒力全輕，醉魂易醒，風揭簾櫳，夢斷披衣重起。悄無寐。追悔當初，繡閣話別太容易。日許時、猶阻歸計。甚況味。旅館虛度殘歲。想嬌媚。那裏獨守鴛幃靜。永漏迢迢，也應暗同此意。

鳳啣盃 大石調

有美瑶卿能染翰。千里寄、小詩長簡。想初擘苔牋，旋揮翠管紅窗畔。漸玉箸、銀鉤滿。錦囊收，犀軸捲。常珍重、小齋吟翫。更寶若珠璣，置之懷袖時時看。似頻見、千嬌面。

又

追悔當初辜深願。經年價、兩成幽怨。任越水吴山，似屏如障堪遊翫。奈獨自、慵擡眼。賞烟花，聽弦管。圖歡笑、轉加腸斷。縱時展丹青，强拈書信頻頻看。又爭似、親相見。

鶴冲天 大石調

閑窗漏永，月冷霜華墮。悄悄下簾幕，殘燈火。再三追往事，離魂亂、愁腸鎖。無語沈吟坐。好天好景，未省展眉則箇。從前早是多成破。何況經歲月，相拋嚲。假使重相見，還得似、當初麽。悔恨無計那。迢迢良夜，自家只恁摧挫。

愛恩深 大石調。「愛」一作「受」

雅致裝庭宇。黃花開澹濘。細香明豔盡天與。助秋色堪餐，向曉自有真珠露。剛被金錢妒。擬買斷秋天，容易獨步。粉蝶無情蜂已去。要上金尊，惟有詩人曾許。待宴賞重陽，恁時盡把芳心吐。陶令輕回顧。免憔悴東籬，冷煙寒雨。

看花回 大石調

屈指勞生百歲期。榮瘁相隨。利牽名惹逡巡過，奈兩輪、玉走金飛。紅顏成白首，極品何爲。　塵事常多雅會稀。忍不開眉。畫堂歌管深深處，難忘酒盞花枝。醉鄉風景好，攜手同歸。

又

玉墄金階舞舜干。朝野多歡。九衢三市風光麗，正萬家、急管繁弦。鳳樓臨綺陌，佳氣非煙。　雅俗熙熙物態妍。忍負芳年。笑筵歌席連昏晝，任旗亭、斗酒十千。賞心何處好，惟有尊前。

柳初新 大石調

東郊向曉星杓亞。報帝里，春來也。柳擡煙眼，花勻露臉，漸覺綠嬌紅姹。妝點層臺芳榭。運神功、丹青無價。　別有堯堦試罷。新郎君、成行如畫。杏園風細，桃花浪暖，競喜羽遷鱗化。遍九陌、相將遊冶。驟香塵、寶鞍驕馬。

兩同心 大石調

嫩臉修蛾，淡勻輕掃。最愛學、宮體梳妝，偏能效、文人談笑。綺筵前。舞燕歌雲，別有輕妙。　飲散玉爐煙裊。洞房悄悄。錦帳裏、低語偏濃，銀燭下、細看俱好。箇人人，昨夜分明，許伊偕老。

又

竚立東風，斷魂南國。花光媚、春醉瓊樓，蟾彩迴、夜遊香陌。憶當時，酒戀花迷，役損詞客。別有眼長腰搦。痛憐深惜。鴛鴦阻、夕雨朝飛，錦書斷、暮雲凝碧。想別來，好景良時，也應相憶。

女冠子大石調

斷烟殘雨。灑微凉，生軒户。動清籟、蕭蕭庭樹。銀河濃淡，華星明滅，輕雲時度。莎堦寂靜無覩。幽蛩切切秋吟苦。疏篁一徑，流螢幾點，飛來又去。　對月臨風，空恁無眠耿耿，暗想舊日牽情處。綺羅叢裏，有人人、那回飲散，略略曾諧鴛侶。因循忍便睽阻。想忍不得長相聚。好天良夜，無端惹起，千愁萬緒。

玉樓春大石調

昭華夜醮逢清曙。金殿霓旌籠瑞霧。九枝擎燭燦繁星，百和焚煙抽翠縷。　香羅薦地延真馭。萬乘凝旒聽秘語。百年無用考靈龜，從此乾坤齊歷數。

又

鳳樓郁郁呈嘉瑞。降聖覃恩延四裔。醮壇清夜洞天嚴，公讌凌晨簫鼓沸。　保生觴勸椒香膩，延壽帶垂金縷細。幾行鴛鷺望堯雲，齊共南山呼萬歲。

又

皇都今夕知何夕。特地風光盈綺陌。金絲玉管咽春空，蠟炬蘭燈燒夜色。鳳樓十二神仙宅，朱履三千鵷鷺客。金吾不禁六街遊，狂煞雲蹤並雨跡。

又

星闈上笏金章貴，重委外臺疏近侍。百常天閣舊通班，九歲國儲新上計。太倉日富中邦最。宣室夜思前席對。歸心怡悅酒腸寬，不泛千鍾應未醉。

又

閬風歧路連銀闕。曾許金桃容易竊。烏龍未睡定驚猜，鸚鵡多言防漏泄。匆匆縱得憐香雪。窗隔殘煙簾映月。別來也擬不思量，爭奈餘香猶未歇。

金蕉葉 大石調

厭厭夜飲平陽第。添銀燭、旋呼佳麗。巧笑難禁，艷歌無間聲相繼。準擬幕天席地。

金蕉葉泛金波霽。未更闌、已盡狂醉。就中有個，風流暗向燈光底，惱遍兩行珠翠。

秋蕊香引 小石調

留不得。光陰催促，奈芳蘭歇，好花謝，惟頃刻。彩雲易散琉璃脆，驗前事端的。

風月夜，幾處前蹤舊跡。忍思憶。這回望斷，永作終天隔。向蓬島，歸冥路，兩無消息。

長相思慢 林鐘商

畫鼓喧街，蘭燈滿市，皎月初照嚴城。清都絳闕夜景，風傳銀箭，露暖金莖。巷陌縱橫。過平康款轡，緩聽歌聲。鳳燭熒熒。那人家、未掩香屏。

向羅綺叢中，認得依稀舊日，雅態輕盈。嬌波艷冶，巧笑依然，有意相迎。牆頭馬上，漫遲留、難寫深誠。又豈知、名宦拘檢，年來減盡風情。

尾犯 林鐘商

晴煙冪冪。漸東郊芳草，染成輕碧。野塘風暖，游魚動觸，冰澌微坼。幾行斷雁，旋次第、歸霜磧。咏新詩、手撚江梅，故人贈我春色。　似此光陰催逼。念浮生、不滿百。雖照人軒冕，潤屋珠金，於身何益。一種勞心力。圖利祿。殆非長策。除是恁、點檢笙歌，訪尋羅綺消得。

玉樓春 林鐘商

心娘自小能歌舞。舉意動容皆濟楚。解教天上念奴羞，不怕掌中飛燕妒。　玲瓏繡扇花藏語。宛轉香茵雲襯步。王孫若擬贈千金，只在畫樓東畔住。

又

佳娘捧板花前簇。唱出新聲群艷服。金鵝扇掩調纍纍，文杏梁高塵蔌蔌。　鸞吟鳳嘯清相續。管烈弦焦爭可逐。何當夜召入連昌，飛上九天歌一曲。

又

蟲娘舉措皆淹潤。每到婆娑偏恃俊。香檀敲緩玉纖遲，畫鼓聲喧蓮步緊。貪爲顧盼誇風韻。往往曲終情未盡。坐中年少暗銷魂，爭問青鸞家遠近。

又

酥娘一搦腰肢裊。回雪縈塵皆盡妙。幾多狎客看無厭，一輩舞童功不到。星眸顧拍精神俏。羅袖迎風身段小。而今長大懶婆娑，只要千金酬一笑。

婆羅門令 雙調

昨宵裏、恁和衣睡，今宵裏、又恁和衣睡。小飲歸來，初更過、醺醺醉。中夜後、何事還驚起。霜天冷，風細細。觸疏窗、閃閃燈搖曳。空牀展轉追思想，雲雨夢、任欹枕難繼。寸心萬緒，咫尺千里。好景良天，彼此空有相憐意，未有相憐計。

郭郎兒近拍 仙吕調

帝里。閑居小曲深坊，庭院沈沈朱户閉。新霽。畏景天氣。薰風簾幕無人，永晝厭厭如度歲。　愁悴。枕簟微凉，睡久展轉慵起。硯席塵生，新詩小闋，等閑都盡廢。這些兒、寂寞情懷，何事新來常恁地。

西施 仙吕調

柳街燈市好花多。盡讓美瓊娥。萬嬌千媚，的的在層波。取次妝梳，自有天然態，愛淺畫雙蛾。　斷腸最是金閨客，空憐愛、奈伊何。洞房咫尺，無計枉朝珂。有意憐才，每遇行雲處，幸時恁相過。

駐馬聽 林鐘商

鳳枕鴛帷。二三載、如魚似水相知。良天好景，深憐多愛，無非盡意依隨。奈何伊。恣性靈、忒煞些兒。無事孜煎，萬回千度，怎免分離。　而今漸疏漸遠，漸覺雖悔難追。漫恁寄消寄息，終久奚爲。也擬重論繾綣，爭奈反覆思惟。縱再會，只恐恩情，難似當時。

雨霖鈴雙調

寒蟬凄切。對長亭晚，驟雨初歇。都門帳飲無緒，方留戀處，蘭舟催發。執手相看淚眼，竟無語凝咽。念去去、千里烟波，暮靄沈沈楚天闊。多情自古傷離別。更那堪、冷落清秋節。今宵酒醒何處，楊柳岸、曉風殘月。此去經年，應是良辰好景虚設。便縱有、千種風情，待與何人説？

定風波慢夾鐘商

竚立長堤，澹蕩晚風起。驟雨歇、極目蕭疎，塞柳萬株，掩映箭波千里。走舟車向此，人人奔名競利。念蕩子、終日驅馳，怎覺鄉關轉迢遞。何意。繡閣輕抛，錦字難逢，等閑度歲。奈泛泛旅跡，厭厭病緒。近來諳盡、宦遊滋味。此情懷、縱寫香牋，憑誰與寄。算孟光、爭得知我，繼日添憔悴。

尉遲盃 夾鐘商

寵佳麗。算九衢紅粉皆難比。天然嫩臉修蛾，不假施朱描翠。盈盈秋水。恣雅態、欲語先嬌媚。每相逢、月夕花朝，自有憐才深意。　綢繆鳳枕鴛被。深深處、瓊枝玉樹相倚。困極歡餘，芙蓉帳暖，別是惱人情味。風流事、難逢雙美。况已斷、香雲爲盟誓。且相將、盡意平生，未肯輕分連理。

慢卷紬 夾鐘商

閑窗燭暗，孤幃夜永，欹枕難成寐。細屈指尋思，舊事前歡，都來未盡，平生深意。到得如今，萬般追悔。空只添憔悴。對好景良宵，皺著眉兒，成甚滋味。　紅茵翠被。當時事、一一堪垂泪。怎生得依前，似恁偎香倚暖，抱著日高猶睡。算得伊家，也應隨分，煩惱心兒裏。又爭似從前，淡淡相看，免恁縈繫。

征部樂 夾鐘商

雅歡幽會，良夜可惜虛抛擲。每追念、狂蹤舊跡。長只恁、愁悶朝夕。憑誰去、花街覓。細説與、此中端的。道向我、轉覺厭厭，夢役魂勞苦相憶。須知最有，風前月下，心事始終難得。但願我、蟲蟲心下，把人看待，長似初相識。況漸逢春色。便是有、舉觴消息。待這回、好好憐伊，更不輕離拆。

佳人醉雙調

暮景蕭蕭雨霽。雲淡天高風細。正月華如水。金波銀漢，瀲灩無際。冷浸書帷夢斷，却披衣重起。臨軒砌。素光遥指。因念翠眉，杳隔音塵何處，相望同千里。儘凝睇。厭厭無寐，漸曉雕闌獨倚。

迷仙引雙調

才過笄年，初綰雲鬟，便學歌舞。席上尊前，王孫隨分相許。算等閑、酬一笑，但千金慵覷。常只恐容易蕣華偷换，光陰虚度。已受君恩顧。好與花爲主。萬里丹霄，何妨攜手同歸去。永棄却、烟花伴侣。免教人見妾，朝雲暮雨。

御街行 夾鐘商

燔柴煙斷星河曙。寶輦回天步。端門羽衛簇雕闌，六樂舜韶先舉。鶴書飛下，鷄竿高聳，恩澤均寰寓。

赤霜袍爛飄香霧。喜色成春煦。九儀三事仰天顔，八彩旋生眉宇。椿齡無盡，蘿圖有慶，常作乾坤主。

又

前時小飲春庭院。悔放笙歌散。歸來中夜酒醺醺，惹起舊愁無限。雖看墜樓換馬，爭奈不是鴛幃伴。

朦朧暗想如花面。欲夢還驚斷。和衣擁被不成眠，一枕萬回千轉。惟有畫樑，新來雙燕，徹曙聞長歎。

歸朝歡 夾鐘商

別岸扁舟三兩隻。葭葦蕭蕭風淅淅。沙汀宿雁破煙飛，溪橋殘月和霜白。漸漸分曙色。路遥川遠多行役。往來人，隻輪雙槳，盡是利名客。

一望鄉關煙水隔。轉覺歸心生羽翼。愁雲恨雨兩縈牽，新春殘臘相催逼。歲華都瞬息。浪萍風梗成何益。問歸期，玉樓深處，有個人相憶。

采蓮令 雙調

月華收，雲澹霜天曙。西征客、此時情苦。翠娥執手送臨歧、軋軋開朱户。千嬌面、盈盈竚立，無言有淚，斷腸爭忍回顧。　一葉蘭舟，便恁急槳凌波去。貪行色、豈知離緒。萬般方寸，但飲恨、脈脈同誰語。更回首、重城不見，寒江天外，隱隱兩行煙樹。

秋夜月 雙調

當初聚散。便喚作、無由再逢伊面。近日來，不期而會重歡宴。向尊前，閒暇裏，斂著眉兒長嘆。惹起舊愁無限。　盈盈淚眼。漫向我耳邊，作萬般幽怨。奈你是自家心下，有事難見。待音信，真個恁，別無縈絆。不免收心，共伊長遠。

巫山一段雲 雙調

六六真遊洞，三三物外天。九斑麟穩破非煙。何處按雲軿。　昨夜麻姑陪宴。又話蓬萊清淺。幾回山脚弄雲濤。仿佛見金鰲。

又

琪樹羅三殿，金龍抱九關。上清真籍總群仙。朝拜五雲間。　昨夜紫微詔下。急喚天書使者。令賚瑤檢降朝霞。重到漢皇家。

又

清旦朝金母，斜陽醉玉龜。天風搖曳六銖衣。鶴背覺孤危。　貪看海蟾狂戲。不道九關齊閉。相將何處寄良宵。還去訪三茅。

又

閬苑年華永，嬉遊別是情。人間三度見河清。一番碧桃成。　金母忍將輕摘。留宴鰲峰真客。鳥龍閑卧吠斜陽。方朔敢偷嘗。

又

蕭氏賢夫婦，茅家好弟兄。羽輪飆駕赴層城。高會盡仙卿。　一曲雲謠爲壽。

倒盡金壺碧酒。醺酣爭撼白榆花。踏碎九光霞。

傾盃樂 散水調

木落霜洲，雁橫煙渚。分明畫出秋色。暮雨乍歇，小楫夜泊，宿葦村山驛。何人月下臨風處，起一聲羌笛。離愁萬緒，聞岸草、切切蛩吟如織。　爲憶。芳容別後，水遥山遠，何計憑鱗翼。想繡閣深沈，爭知憔悴損，天涯行客。楚峽雲歸，高陽人散，寂寞狂蹤跡。望京國。空目斷、遠峰凝碧。

法曲獻仙音 小石調

追想秦樓心事，當年便約，於飛比翼。悔恨臨歧處，正攜手、翻成雲雨離析。念倚玉偎香，前事頓輕擲。慣憐惜。　饒心性，正厭厭多病，柳腰花態嬌無力。早是乍清減，別後忍教愁寂。記取盟言，少孜煎、剩好將息。遇佳景、臨風對月，事須時恁相憶。

西平樂 小石調

盡日憑高寓目，脈脈春情緒。嘉景清明漸近，時節輕寒乍暖，天氣才晴又雨。煙光澹蕩，妝點平蕪遠樹。暗凝竚。臺榭好，鶯燕語。正是和風麗日，幾許繁紅嫩綠，雅稱嬉游去。奈阻隔、尋芳伴侶。秦樓鳳吹，楚臺雲約，空悵望，在何處。寂寞韶光暗度。可堪向晚，村落聲聲杜宇。

蝶戀花 小石調

簾下清歌簾外宴。雖愛新聲，不見如花面。牙板數敲珠一串，梁塵暗落琉璃盞。桐樹流聲孤鳳怨。漸遏遥天，不放行雲散。坐上少年聽未慣，玉山將倒腸先斷。

又

獨倚危樓風細細。極望春愁，黯黯生天際。草色煙光殘照裏，無言誰會憑闌意。也擬疏狂圖一醉。對酒當歌，强樂還無味。衣帶漸寬終不悔，爲伊消得人憔悴。

又

蜀錦地衣絲步障。屈曲回廊，静夜閑尋訪。玉砌雕闌新月上。朱扉半掩人相望。旋暖熏爐温斗帳。玉樹瓊枝，迤邐相偎傍。酒力漸濃春思蕩。鴛鴦繡被翻紅浪。

永遇樂 歇指調

薰風解慍，晝景晴和，新霽時候。火德流光，蘿圖薦祉，累慶金枝秀。璇樞繞電，華渚流虹，是日挺生元后。纘唐虞垂拱，千載應期，萬靈敷佑。殊方異域，爭貢琛賮，架巘航波奔湊。三殿稱觴，九儀就列，韶濩鏘金奏。藩侯瞻望彤庭，親攜僚吏，賡歌元首。祝堯齡、北極齊尊，南山共久。

又

天閣英遊，内朝密侍，當世榮遇。漢守分麾，堯廷請瑞，方面憑心膂。風馳千騎，雲遶雙旌，向曉洞開嚴署。擁朱旛、喜色歡聲，處處競歌來暮。吴王舊國，今古江山秀異，人烟繁富。甘雨車行，仁風扇動，雅稱安黎庶。棠郊成政，槐府登賢，非久定須歸去。且乘閑、宏閣長開，融尊盛舉。

卜算子慢 歇指調

江楓漸老，汀蕙半凋，滿目敗紅衰翠。楚客登臨，正是暮秋天氣。引疏砧、斷續殘陽裏。對晚景、傷懷念遠，新愁舊恨相繼。　脈脈人千里。念兩處風情，萬重煙水。雨歇天高，望斷翠峰十二。儘無言、誰會憑高意。縱寫得、離腸萬種，奈歸鴻難寄。

鵲橋仙引 歇指調

屆征途，攜書劍，迢迢匹馬東歸去。慘離懷，嗟年少易分難聚。佳人方恁繾綣，便忍分鴛侶。當媚景，算密意幽歡，盡成輕負。　此際寸腸萬緒。慘愁顏、斷魂無語。和淚眼、片時幾番回顧。傷心脈脈誰訴。但黯然凝竚。暮煙寒雨。望秦樓何處。

浪淘沙慢 歇指調

夢覺、透窗風一綫，寒燈吹息。那堪酒醒，又聞空階，夜雨頻滴。嗟因循、久作天涯客。負佳人、幾許盟言，更忍把、從前歡會，陡頓翻成憂戚。　愁極。再三追思，洞房深處，幾度飲散歌闌，香暖鴛鴦被。豈暫時疏散，費伊心力。殢雨尤雲，有萬般千種相憐惜。　到如今、天長漏永，無端自家疏隔。知何時、却擁春雲態。願低幃昵枕，輕輕細說與，江鄉夜夜，數寒更相憶。

夏雲峰 歇指調

宴堂深。軒楹雨、輕壓暑氣低沉。花洞彩舟泛斝，坐繞清潯。楚臺風快，湘簟冷、永日披襟。坐久覺、疏弦脆管，時換新音。越娥蕙質蘭心。逞妖艷、昵歡邀寵難禁。筵上笑歌間發，履舄交侵。醉鄉深處，須盡興、滿酌高吟。向此免、名韁利鎖，虛費光陰。

荔支香 歇指調

甚處尋芳賞翠，歸來晚、緩步羅襪生塵，來繞瓊筵看。金縷霞衣輕褪，似覺春游倦。遙認、衆裏盈盈好身段。擬回首，又竚立、簾幃畔。素臉翠眉，時揭蓋頭微見。笑整金翹，一點芳心在嬌眼。王孫空恁腸斷。

浪淘沙 歇指調

有箇人人。飛燕精神。急鏘環佩上華裀。促拍盡隨紅袖舉，風柳腰身。　簌簌輕裙。妙盡尖新。曲終獨立斂香塵。應是四肢嬌困也，眉黛雙顰。

破陣樂 林鐘商

露花倒影，煙蕪蘸碧，靈沼波暖。金柳摇風木末，繫彩舫龍船遥岸。千步虹橋，參差雁齒，直趨水殿。繞金堤、曼衍魚龍戲，簇嬌春羅綺，喧天絲管。霽色榮光，望中似覩，蓬萊清淺。　時見。鳳輦宸游，鸞觴禊飲，臨翠水，開鎬宴。兩兩輕舠飛畫檝，競奪錦標霞爛。罄歡娱，歌魚藻，徘徊宛轉。別有盈盈游女，各委明珠，爭收翠羽，相將歸去。漸覺雲海沈沈，洞天日晚。

古傾盃 林鐘商

凍水消痕，曉風生暖，春滿東郊道。遲遲淑景，煙和露潤，偏染長堤芳草。斷鴻隱隱歸飛，江天杳杳，遥山變色，妝眉淡掃。目極千里，閑倚危檣迥眺。　動幾許、傷春懷抱。念何處、韶光偏早。想帝里看看，名園芳榭，爛漫鶯花好。追思往昔年少。繼日恁、把酒聽歌，量金買笑。別後頓負，光陰多少。

雙聲子 林鍾商

晚天蕭索，斷蓬蹤跡，乘興蘭棹東遊。三吴風景，姑蘇臺榭，牢落暮靄初收。嘆夫差舊國，香徑没、徒有荒邱。繁華處，悄無覩，惟聞麋鹿呦呦。　想當年、空運籌決戰，圖王取霸無休。江山如畫，雲濤煙浪，翻輸范蠡扁舟。驗前經舊史，嗟漫載、當日風流。斜陽暮草茫茫，盡成萬古遺愁。

傾盃樂 林鍾商

離宴殷勤，蘭舟凝滯，看看送行南浦。情知道世人，難使皓月長圓，彩雲鎮聚。算人生、悲莫悲於輕别，最苦正歡娱，便分鴛侣。淚流瓊臉，梨花一枝春帶雨。　慘黛蛾、盈盈無緒。共黯然銷魂，重攜纖手，話别臨行，再三問道君須去。頻耳畔低語。知多少、他日深盟，平生丹素。從今盡把憑鱗羽。

陽臺路 林鍾商

楚天晚。墜冷楓敗葉，疏紅零亂。冒征塵、匹馬驅驅，愁見水遥山遠。追念年時，正恁鳳幃，倚香偎暖。嬉遊慣。又豈知、前歡雲雨分散。　此際空勞回首，望帝里、難收淚眼。暮煙衰草，算暗鎖、路歧無限。今宵又、依前寄宿，甚處葦村山館。寒燈畔夜厭厭，憑何消遣。

内家嬌 林鐘商

煦景朝升，煙光晝斂，疏雨夜來新霽。垂楊艷杏，絲軟霞輕，繡出芳郊明媚。處處踏青鬬草，人人偎紅倚翠。奈少年、自有新愁舊恨，消遣無計。　帝里。風光當此際，正好恁攜佳麗。阻歸程迢遞。奈何好景難留，舊歡頻棄。早是傷春情緒。那堪困人天氣。但贏得、獨立高原，斷腸一晌凝睇。

二郎神 七夕，林鐘商

炎光謝。過暮雨、芳塵輕灑。乍露冷風清庭户爽，天如水，玉鈎遥掛。應是星娥嗟久阻，叙舊約、飆輪欲駕。極目處、微雲暗度，耿耿銀河高瀉。　閒雅。須知此景，古今無價。運巧思、穿針樓上女，擡粉面、雲鬟相亞。鈿合金釵私語處，算誰在、回廊影下。願天上人間，占得歡娱，年年今夜。

醉蓬萊 慶老人星現，林鐘商

漸亭皋葉下，隴首雲飛，素秋新霽。華闕中天，鎖葱葱佳氣。嫩菊黄深，拒霜紅淺，近寶堦香砌。玉宇無塵，金莖有露，碧天如水。　正值昇平，萬幾多暇，夜色澄鮮，漏聲迢遞。南極星中，有老人呈瑞。此際宸游，鳳輦何處，度管弦清脆。太液波翻，披香簾捲，月明風細。

宣清 林鐘商

殘月朦朧，小宴闌珊，歸來輕寒凜凜。背銀釭、孤館乍眠，擁重衾、醉魂猶噤。永漏頻傳，前歡已去，離愁一枕。暗尋思、舊追遊，神京風物如錦。　念擲果朋儕，絕纓宴會，當時曾痛飲。命舞燕翩躚，歌珠貫串，向玳筵前，盡是神仙流品。至更闌、疏狂轉甚。更相將、鳳幃鴛寢。玉釵亂橫，任散盡高陽，這歡娱、甚時重恁。

雨中花慢 林鐘商

墜髻慵梳，愁蛾懶畫。心緒是事闌珊。覺新來憔悴，金縷衣寬。認得這、疏狂意下，向人誚、譬如閑。把芳容陟頓，恁地輕孤，爭忍心安。　依前過了舊約，甚當初賺我，偷剪香鬟。幾時得歸來，香閣深關。待伊要、尤雲殢雨，纏鴛衾、不與同歡。儘更深款款，問伊今後，更敢無端。

定風波慢　林鍾商

自春來，慘綠愁紅，芳心是事可可。日上花梢，鶯穿柳帶，猶壓香衾卧。暖酥融，膩雲軃。終日厭厭倦梳裹。無那。恨薄情一去，音書無箇。　早知恁般麽。悔當初、不把雕鞍鎖。向鷄窗，只與蠻牋象管，拘束教吟和。鎮相隨，莫拋躲。針線閑拈伴伊坐。和我。免使少年，光陰虛過。

訴衷情近　林鍾商

雨晴氣爽，竚立江樓望處。澄明遠水生光，重叠暮山聳翠。遥認斷橋幽徑，隱隱漁村，向晚孤煙起。　殘陽裏。脈脈朱闌靜倚。黯然情緒，未飲先如醉。愁無際。暮雲過了，秋風老盡，故人千里。竟日空凝睇。

又

幽閨晝永，漸入清和氣序，榆錢飄滿閑階，蓮葉嫩生翠沼。遥望水邊幽徑，山崦孤村，是處園林好。　閒情悄。綺陌遊人漸少。少年風韻，自覺隨春老。前遊杳。帝城信阻天涯目斷，暮雲芳草。竚立空殘照。

留客住 林鐘商

偶登眺。凭小樓、艷陽時節，乍晴天氣，是處閑花芳草。遥山萬叠雲散，漲海千里，潮平波浩渺。煙村院落，是誰家、緑樹數聲啼鳥。　旋情悄。念遠信沈沈，離魂杳杳。對景傷懷，度日無言誰表。惆悵舊歡何處，後約難憑，看看春又老。盈盈淚眼，望仙鄉，隱隱斷霞殘照。

迎春樂 林鐘商

近來憔悴人驚怪。爲別後、相思煞。我前生、負你愁煩債。便苦恁、難開解。　良夜永、牽情無奈。錦被裏、餘香猶在。怎得依前燈下，恣意憐嬌態。

隔簾聽 林鐘商

咫尺鳳衾鴛帳，欲去無因到。蝦鬚窣地重門悄。認繡履頻移，洞房杳杳。强語笑。逞如簧、再三輕巧。梳妝早。琵琶閑抱。愛品相思調。聲聲似把芳心告。但隔簾贏得，斷腸多少。恁煩惱。除非是、共伊知道。

鳳歸雲 林鐘商

戀帝里、金谷園林，平康巷陌，觸處繁華，連日疏狂，未嘗輕負。寸心雙眼。況佳人、盡天外行雲，掌上飛燕。向玳筵、一一皆妙選。長是因酒沈迷，被花縈絆。更可惜、淑景亭臺，暑天枕簟。霜月夜明，雪霰朝飛，一歲風光，盡堪隨分、俊遊清宴。算浮生事、瞬息光陰，錙銖名宦。正歡笑、誰恁暫分散。即是恨雨愁雲，地遥天遠。

抛毬樂 林鐘商

曉來天氣濃淡，微雨輕灑。近清明、風絮巷陌，烟草池塘，盡堪圖畫。艷杏暖、妝臉勻開，弱柳困、宫腰低亞。是處麗質盈盈，巧笑嬉嬉，爭簇秋千架。戲彩毬羅綬，金鷄芥羽，少年馳騁，芳郊綠野。占斷五陵遊，奏脆管、繁弦聲和雅。向名園深處，爭泥畫輪，競羈寶馬。　取次羅列杯盤，就芳樹、綠影紅陰下。舞婆娑，歌宛轉，仿佛鶯嬌燕姹。寸珠片玉，爭似濃歡無價。任他美酒，十千一斗，飲竭仍解金貂貰。恣幕天席地，陶陶盡醉太平，且樂唐虞景化。須信艷陽天，看未足、已覺鶯花謝。對綠蝗翠蛾，怎生輕捨。

集賢賓 林鍾商

小樓深巷狂遊遍，羅綺成叢。就中堪人屬意，最是蟲蟲。有畫難描雅態，無花可比芳容。幾回飲散良宵永，鴛衾暖、鳳枕香濃。算得人間天上，惟有兩心同。　近來雲雨每西東。悄惱損情悰。縱然偷期暗會，長是匆匆。爭似和鳴偕老，免教斂翠啼紅。眼前時暫疏歡宴，盟言在、更莫忡忡。待做真箇宅院，方信有初終。

殢人嬌 林鍾商

當日相逢，便有憐才深意。歌筵罷、偶同鴛被。別來光景，看看經歲。昨夜裏、方把舊歡重繼。　曉月將沈，征驂已鞴。愁腸亂、又還分袂。良辰美景，恨浮名牽繫。無分得、與你恣情濃睡。

思歸樂 林鐘商

天幕清和堪宴聚。相得盡、高陽儔侶。皓齒善歌長袖舞。漸引入、醉鄉深處。晚歲光陰能幾許。這巧宦、不須多取。共君把酒聽杜宇。解再三、勸人歸去。

應天長 林鐘商

殘蟬聲斷絕。傍碧砌修梧，敗葉微脫。風露淒清，正是登高時節。東籬霜乍結。綻金蕊、嫩香堪折。聚宴處，落帽風流，未饒前哲。把酒與君說。恁好景佳辰，怎忍虛設。休效牛山，空對江天凝咽。塵勞無暫歇。遇良會、剩偷懽悅。歌未闋。杯興方濃，莫便中輟。

合歡帶 林鐘商

身材兒、早是妖嬈。算風措、實難描。一箇肌膚渾似玉，更都來、占了千嬌。妍歌艷舞，鶯慚巧舌，柳妒纖腰。自相逢、便覺韓娥價減，飛燕聲銷。桃花零落，溪水潺湲，重尋仙逕非遙。莫道千金酬一笑，便明珠、萬斛須邀。檀郎幸有，凌雲詞賦，擲果風標。

況當年、便好相攜，鳳樓深處吹簫。

少年遊　林鐘商

長安古道馬遲遲。高柳亂蟬嘶。夕陽島外，秋風原上，目斷四天垂。歸雲一去無蹤跡，何處是前期。狎興生疏，酒徒蕭索，不似少年時。

又

參差煙樹霸陵橋。風物盡前朝。衰楊古柳，幾經攀折，憔悴楚宮腰。夕陽閃澹秋光老，離思滿蘅皋。一曲陽關，斷腸聲裏，獨自上蘭橈。

又

層波瀲灩遠山橫。一笑一傾城。酒容紅嫩，歌喉清麗，百媚坐中生。牆頭馬上初相見，不準擬、恁多情。昨夜盃闌，洞房深處，特地快逢迎。

又

世間尤物意中人。輕細好腰身。香幃睡起，殘妝酒釄，紅臉杏花春。嬌多愛把齊紈扇，和笑掩朱唇。心性温柔，品流詳雅，不稱在風塵。

又

淡黄衫子鬱金裙。長憶箇人人。文談閑雅，歌喉清麗，舉措好風神。當初爲倚深深寵，無箇事、愛嬌嗔。想得別來，舊家模樣，只恁翠蛾顰。

又

鈴齋無訟宴遊頻。羅綺簇簪纓。施朱傅粉，豐肌清骨，容態盡天真。歌茵舞扇花光裏，翻回雪、駐行雲。綺席闌珊，鳳燈明滅，誰是意中人。

又

簾垂深院冷蕭蕭。花外漏聲遥。青燈未滅，紅窗閑卧，遠夢去迢迢。薄情漫有歸消息，鴛鴦被、半香銷。試問伊家，阿誰心緒，禁得恁無憀。

又

王孫

一生贏得是淒涼。追前事、暗心傷。好天良夜，深屏香被，爭忍便相忘。動是經年去，貪迷戀、有何常。萬種千般，把伊情分，顛倒盡猜量。

又

王孫走馬

日高花榭懶梳頭。無語倚妝樓。修眉斂黛，遥山横翠，相對結春愁。長楸陌，貪迷戀、少年遊。似恁疏狂，費人拘管，爭似不風流。

又

如今萬水

佳人巧笑值千金。當日偶情深。幾回飲散，燈殘香暖，好事盡鴛衾。千山阻，魂杳杳、信沈沈。孤棹烟波，小樓風月，兩處一般心。

戚氏 中呂調

晚秋天。一霎微雨灑庭軒。檻菊蕭疏，井梧零亂惹殘煙。淒然，望江關。飛雲黯淡夕陽間。當時宋玉悲感，向此臨水與登山。遠道迢遞，行人淒楚，倦聽隴水潺湲。正蟬吟敗葉，蛩響衰草，相應聲喧。孤館度日如年。風露漸變，悄悄至更闌。長天靜、絳河清淺，皓月嬋娟。思綿綿。夜永對景，那堪屈指，暗想從前。未名未祿，綺陌紅樓，往往經歲遷延。帝里風光好，當年少日，暮宴朝歡。況有狂朋怪侶，遇當歌，對酒競留連。別來迅景如梭，舊遊似夢，煙水程何限。念利名、憔悴長縈絆。追往事、空慘愁顏。漏箭移、稍覺輕寒。聲畫角、嗚咽數聲殘。對閑窗畔，停燈向曉，抱影無眠。

輪臺子 中呂調

一枕清宵好夢，可惜被鄰鷄喚覺。匆匆策馬登途，滿目淡煙衰草。前驅風觸鳴珂，過霜林漸覺驚栖鳥。冒征塵遠況，自古淒涼長安道。行行又歷孤村，楚天闊、望中未曉。念勞生、惜芳年壯歲，離多歡少。嘆斷梗難停，暮雲漸杳。但黯黯銷魂，寸腸憑誰表。恁驅馳、何時是了。又爭似、却返瑶京，重買千金笑。

引駕行中吕調

虹收殘雨，蟬嘶敗柳長堤暮。背都門、動銷黯，西風片帆輕舉。愁覩。泛畫鷁翩翩，靈鼉隱隱下前浦。忍回首、佳人漸遠，想高城、隔煙樹。　幾許。秦樓永晝，謝閣連宵奇遇。算贈笑千金，酬歌百琲，盡成輕負。南顧。念吴邦越國，風烟蕭索在何處。獨自箇、萬水千山，指天涯去。

望遠行中吕調

繡幃睡起，殘妝淺、無緒匀紅鋪翠。藻井凝塵，金堦鋪蘚，寂寞鳳樓十二。風絮紛紛，煙蕪冉冉，永日畫闌，沈吟獨倚。望遠行、南陌春殘悄歸騎。　凝睇。消遣離愁無計。但暗擲、金釵買醉。對此好景，空飲香醪，爭奈轉添珠淚。待伊遊冶歸來，故故解放，翠羽輕裙重繫。見纖腰圍小，信人憔悴。

彩雲歸中吕調

蘅皋向晚艤輕航。卸雲帆、水驛魚鄉。當暮天霽色如晴畫，江練靜、皎月飛光。那堪傷。朝歡暮散，被多情、賦與凄涼。别來最苦，襟袖依約，尚有餘香。算得伊、鴛衾鳳枕，夜永怎不思量。牽情處，惟有臨歧一句難忘。

堪聽、遠村羌管，引離人斷腸。此際恨、浪萍風梗，度歲茫茫。

洞仙歌慢中吕調

佳景留心慣。况少年彼此，風情非淺。有笙歌巷陌，綺羅庭院。傾城巧笑如花面。恣雅態、明眸回美盼。同心綰。算國艷仙材，翻恨相逢晚。　繾綣。洞房悄悄，繡被重重，夜永歡餘，共有海誓山盟，記得翠雲偷剪。和鳴彩鳳於飛燕。向柳逕花陰攜手遍。情眷戀。問其間，密約深憐事何限。忍聚散。况已結、深深願。願人間天上，暮雲朝雨長相見。

離别難中吕調

花謝水流倏忽，嗟年少光陰。有天然、蕙質蘭心。美韶容、何啻值千金。便因甚、翠減紅衰，纏綿香體，都不勝任。算神仙、五色靈丹無驗，中路委瓶簪。　人悄悄，夜沈沈。閉香閨、永棄鴛衾。想嬌魂媚魄非遠，縱鴻都方士也難尋。最苦是、好景良天，尊前歌笑，空想遺音。望斷處，杳杳巫峰十二，千古暮雲深。

擊梧桐 中吕調

香靨深深，姿姿媚媚，雅格奇容天與。自識伊來，便好看承，會得妖嬈心素。臨歧再約同歡，定是都把平生相許。又恐恩情，易破難成，未免千般思慮。　近日書來，寒暄而已，苦没叨叨言語。便忍得、聽人教當，擬把前言輕負。見説蘭臺宋玉，多才多藝善詞賦。試與問、朝朝暮暮。行雲何處去。

夜半樂 中吕調

凍雲黯淡天氣，扁舟一葉，乘興離江渚。渡萬壑千巖，越溪深處。怒濤漸息，樵風乍起。更聞商旅相呼，片帆高舉。泛畫鷁、翩翩過南浦。　望中酒旆閃閃，一簇煙村，數行霜樹。殘日下，漁人鳴榔歸去。敗荷零落，衰楊掩映，岸邊兩兩三三，浣紗遊女。避行客、含羞笑相語。　到此因念，繡閣輕抛，浪萍難駐。嘆後約、丁寧竟何據。慘離懷，空恨歲晚歸期阻。凝淚眼、杳杳神京路。斷鴻聲遠長天暮。

祭天神 中吕調

嘆笑筵歌席輕拋嚲。背孤城、幾舍煙村停畫舸。更深釣叟歸來，數點殘燈火。被連綿宿酒醺醺，愁無那。　寂寞擁、重衾卧。又聞得、行客扁舟過。篷窗近，蘭棹急，好夢還驚破。念平生、單栖蹤跡，多感情懷，到此厭厭，向曉披衣坐。

過澗歇 中吕調

淮楚。曠望極、千里火雲燒空，盡日西郊無雨。厭行旅。數幅輕帆漸落，艤棹蒹葭浦。避畏景，兩兩舟人夜深語。　此際爭可，便恁奔名競利去。九衢塵裏，衣冠冒炎暑。回首江鄉，月觀風亭，水邊石上，幸有散髮披襟處。

安公子 中吕調

長川波瀲灔。楚鄉淮岸迢遞，一霎煙汀雨過，芳草青如染。驅驅攜書劍。當此好天好景，自覺多愁多病，行役心情厭。　望處曠野沈沈，暮雲黯黯。行侵夜色，又是急槳投村店。認去程將近，舟子相呼，遥指漁燈一點。

菊花新中吕調

欲掩香幃論繾綣。先斂雙蛾愁夜短。催促少年郎，先去睡、鴛衾圖暖。須臾放了殘針綫。脱羅裳、恣情無限。留取帳前燈，時時待、看伊嬌面。

望漢月平調

明月明月明月。何事乍圓還缺。恰如年少洞房人，歡會依前離别。小樓憑檻處，正是去年時節。千里清光又依舊，奈夜永、厭厭人絕。

歸去來平調

初過元宵三五。慵困春情緒。燈月闌珊嬉遊處。遊人盡、厭歡聚。憑仗如花女。持杯謝、酒朋詩侶。餘醒更不禁香醑。歌筵舞、且歸去。

燕歸梁平調

織錦裁篇寫意深。字值千金。一回披翫一愁吟。腸成結，淚盈襟。幽歡已散前期遠，無聊賴、是而今。密憑歸燕寄芳音。恐冷落、舊時心。

透碧霄 南吕調

月華邊。萬年芳樹起祥煙。帝居壯麗，皇家熙盛，景運當千。端門清晝，觚稜照日，雙闕中天。太平時、朝野多歡。遍錦街香陌，鈞天歌吹，閬苑神仙。　昔觀光得意，狂游風景，再覩更精妍。傍柳陰，尋花逕，空恁嚲轡垂鞭。樂遊雅戲，平康艷質，應也依然。仗何人、多謝嬋娟。道宦途蹤跡，歌酒情懷，不似當年。

木蘭花慢 南吕調

倚危樓竚立，乍蕭索、晚晴初。漸素景衰殘，風砧韻冷，霜葉紅疏。雲衢。見新雁過，奈佳人自別阻音書。空遣悲秋念遠，寸腸萬恨縈紆。　陪都。暗想歡遊，成往事、動欷歔。念對酒當歌，低幃並枕，翻恁輕孤。歸途。縱凝望處，但斜陽暮靄滿平蕪。贏得無言悄悄，憑闌盡日踟躕。

又

坼桐花爛漫，乍疏雨、洗清明。正艷杏燒林，緗桃繡野，芳景如屏。傾城。盡尋勝去，驟雕鞍紺幰出郊坰。風暖繁弦脆管，萬家競奏新聲。盈盈。鬭草踏青。人艷冶、遞逢迎。向路旁、往往遺簪墮珥，珠翠縱横。歡情。對佳麗地，任金罍罄竭玉山傾。拚却明朝永日，畫堂一枕春醒。

又

古繁華茂苑，是當日、帝王州。咏人物鮮明，土風細膩，曾美詩流。尋幽。近香徑處，聚蓮娃釣叟簇汀洲。晴景吴波練静。萬家緑水朱樓。凝眸。乃睠東南，思共理、命賢侯。繼夢得文章、樂天惠愛，布政優優。鼇頭。况虚位久，遇名都勝景且淹留。贏得蘭堂醖酒，畫船攜妓歡遊。

臨江仙引 南吕調

渡口，向晚，乘瘦馬，陟崇岡。西郊又送秋光。對暮山横翠，襯殘葉飄黄。憑高念遠，素景楚天，無處不淒涼。香閨別來無信息，雲愁雨恨難忘。指鳳城歸路，但煙水茫茫。凝情望斷泪眼，盡日獨立斜陽。

又

上國。去客。停飛蓋、促離筵。長安古道綿綿。見岸花啼露，對堤柳愁煙。物情人意，向此觸目，無處不淒然。醉擁征驂猶竚立，盈盈泪眼相看。況繡幃人靜，更山館春寒。今宵怎向漏永，頓成兩處孤眠。

瑞鷓鴣 南吕調

寶髻瑶簪。嚴妝巧，天然綠媚紅深。綺羅叢裏，獨逞謳吟。一曲陽春定價，何啻值千金。傾聽處、王孫帝子，鶴蓋成陰。凝態掩霞襟。動檀板聲聲，怨思難任。嘹亮處，迥壓弦管低沈。時恁回眸斂黛，空役五陵心。須信道，緣情寄意，別有知音。

憶帝京 南吕調

薄衾小枕涼天氣。乍覺別離滋味。展轉數寒更。起了還重睡。畢竟不成眠，一夜長如歲。也擬把、却回征轡。又爭奈、已成行計。萬種思量，多方開解，只恁寂寞厭厭地。繫我一生心，負你千行淚。

如魚水 仙呂調

輕靄浮空，亂峰倒影，瀲灎十里銀塘。繞岸垂楊。紅樓朱閣相望。芰荷香。雙雙戲、鸂鶒鴛鴦。乍雨過、蘭芷汀洲，望中依約似瀟湘。風淡淡，水茫茫。搖動一片晴光。畫舫相將。盈盈紅粉清商。紫薇郎。修禊飲、且樂仙鄉。便歸去、遍歷鑾坡鳳沼，此景也難忘。

玉蝴蝶 仙呂調

望處雲收雨斷，凭闌悄悄，目送秋光。晚景蕭疏，堪動宋玉悲凉。水風輕、蘋花漸老，月露冷、梧葉飄黃。遣情傷。故人何在，煙水茫茫。難忘。文期酒會，幾孤風月，屢變星霜。海闊山遥，未知何處是瀟湘。念雙燕、難憑遠信，指暮天、空識歸航。黯相望。斷鴻聲裏，立盡斜陽。

又

漸覺芳郊明媚，夜來膏雨，一灑塵埃。滿目淺桃深杏，露染烟裁。銀塘靜、魚鱗簟展，煙岫翠、龜甲屏開。殷晴雷。雲中鼓吹，遊遍蓬萊。徘徊。隼旟前後，三千珠履，十二金釵。雅俗熙熙，下車成宴盡春臺。好雍容、東山妓女，堪笑傲、北海尊罍。且追陪。鳳池歸去，那更重來。

又

是處小街斜巷，爛遊花館，連醉瑶巵。選得芳容端麗，冠絕吴姬。絳脣輕、笑歌盡雅，蓮步穩、舉措皆宜。出屏幃。倚風情態，約素腰肢。當時。綺羅叢裏，知名雖久，識面何遲。見了千花萬柳，比並不如伊。未同歡、寸心暗許，欲話別、纖手重攜。結前期。美人才子，合是相知。

又

誤入平康小巷，畫檐深處，珠箔微褰。羅綺叢中，偶認舊識嬋娟。翠眉開、嬌橫遠岫，綠鬟鬌、濃染春煙。憶情牽。粉牆曾恁，窺宋三年。　遷延。珊瑚筵上，親持犀管，旋叠香箋。要索新詞，殢人含笑立尊前。接新聲、歌喉漸穩，想舊意、波臉增妍。苦留連。鳳幃鴛枕，忍負良天。

又

淡蕩素商行暮，遠空雨歇，平野煙收。滿目江山，堪助楚客冥搜。素光動、雲濤漲晚，紫翠冷、霜巘橫秋。景清幽。渚蘭香謝，汀樹紅愁。　良儔。西風吹帽，東籬攜酒，共結歡游。淺酌低吟，坐中俱是飲家流。對殘暉、登臨休嘆，賞令節、酩酊方酬。且相留。眼前尤物，盞裏忘憂。

滿江紅 仙呂調

暮雨初收，長川靜、征帆夜落。臨島嶼、蓼煙疏淡，葦風蕭索。幾許漁人飛短艇，盡將燈火歸村落。遣行客、當此念回程，傷漂泊。　桐江好，煙漠漠。波似染，山如削。遶嚴陵灘畔，鷺飛魚躍。遊宦區區成底事，平生況有雲泉約。歸去來、一曲仲宣吟，從軍樂。

又

訪雨尋雲，無非是、奇容艷色。就中有、天真妖麗，自然標格。花發姿顏歡喜面，細追想處皆堪惜。自別來、幽怨與閑愁，成堆積。　鱗鴻阻，無信息。魂夢斷，難尋覓。儘思量休，又怎生休得。誰恁多情憑向道，從來相見還相憶。便不成、長遣似如今，輕拋擲。

洞仙歌慢 仙吕調

乘興，閑泛蘭舟，渺渺烟波東去。淑氣散幽香，滿蕙蘭江渚。綠蕪平畹，和風輕暖，曲岸垂楊，隱隱隔、桃花塢。芳樹外，閃閃酒旗遥舉。　羈旅。漸入三吴風景，水村漁浦，閑思更遶神京，拋擲小會幽歡何處。不堪獨倚危樓，凝情西望日邊，繁華地、歸程阻。空自嘆當時，言約無據。傷心最苦。竚立對、碧雲將暮。關河遠，怎奈向、此時情緒。

引駕行 仙吕調

紅塵紫陌，斜陽暮草長安道，是誰人、斷魂處，迢迢匹馬西征。新晴。韶光明媚，輕煙濬薄和風暖，望花村、路隱映，揺鞭時過長亭。愁生。傷鳳城仙子，別來千里重行行。又記得臨歧，淚眼濕、蓮臉盈盈。銷凝。花朝月夕，最苦冷落銀屏。想媚容耿耿，無眠屈指，已算回程。相縈。空萬般思憶，爭如歸去覩傾城。向繡幃、深處並枕，説如此牽情。

望遠行 仙呂調

長空降瑞，寒風剪，淅淅瑤華初下。亂飄僧舍，密灑歌樓，迤邐漸迷鴛瓦。好是漁人，披得一蓑歸去，江上晚來堪畫。滿長安，高却旗亭酒價。　幽雅。乘興最宜訪戴，泛小棹、越溪瀟灑。皓鶴奪鮮，白鷴失素，千里廣鋪寒野。須信幽蘭歌斷，同雲收盡，別有瑤臺瓊榭。放一輪明月，交光清夜。

八聲甘州 仙呂調

對瀟瀟暮雨灑江天，一番洗清秋。漸霜風凄緊，關河冷落，殘照當樓。是處紅衰綠減，冉冉物華休。惟有長江水，無語東流。　不忍登高臨遠，望故鄉渺邈，歸思難收。嘆年年蹤跡，何事苦淹留。想佳人、妝樓長望，誤幾回、天際識歸舟。爭知我、倚闌干處，正恁凝愁。

臨江仙慢 仙吕調

夢覺小庭院，冷風淅淅，疏雨蕭蕭。綺窗外、秋聲敗葉狂飄。心摇。奈寒漏永，孤幃悄，淚燭空燒。無端處，是繡衾鴛枕，閑過清宵。　蕭條。牽情繫恨，爭向年少偏饒。覺新來、憔悴舊日風標。魂消。念歡娱事，烟波阻、後約方遥。還經歲，問怎生禁得，如許無聊。

竹馬子 仙吕調

登孤壘荒凉，危亭曠望，静臨煙渚。對雌霓挂雨，雄風拂檻，微收煩暑。漸覺一葉驚秋，殘蟬噪晚，素商時序。覽景想前歡，指神京，非霧非煙深處。　向此成追感，新愁易積，故人難聚。憑高盡日凝竚。贏得銷魂無語。極目霽靄霏微，暝鴉零亂，蕭索江城暮。南樓畫角，又逐殘陽去。

望海潮 仙吕調

東南形勝，江湖都會，錢塘自古繁華。煙柳畫橋，風簾翠幕，參差十萬人家。雲樹繞堤沙。怒濤捲霜雪，天塹無涯。市列珠璣，户盈羅綺競豪奢。　重湖叠巘清嘉。有三秋桂子，十里荷花。羌管弄晴，菱歌泛夜，嬉嬉釣叟蓮娃。千騎擁高牙。乘醉聽簫鼓，吟賞烟霞。異日圖將好景，歸去鳳池誇。

小鎮西 仙吕調

意中有箇人，芳顏二八。天然俏、自來奸黠。最奇絕。是笑時、媚靨深深，百態千嬌，再三偎著，再三香滑。　久離缺。夜來魂夢裏，尤花殢雪。分明似、舊家時節。正歡悦。被鷄聲喚起，一場寂寞，無眠向曉，空有半窗殘月。

小鎮西犯 仙吕調

水鄉初禁火，青春未老。芳菲滿、柳汀煙島。波際紅幃縹緲。盡杯盤小。歌祓禊，聲聲諧楚調。　路繚繞。野橋新市裏，花穠妓好。引遊人、競來歡笑。酩酊誰家年少。任玉山倒。家何處，落日眠芳草。

迷神引 仙吕調

一葉扁舟輕帆捲。暫泊楚江南岸。孤城暮角，引胡笳怨。水茫茫，平沙雁，旋驚散。煙斂寒林簇，畫屏展。天際遥山小，黛眉淺。　舊賞輕拋，到此成遊宦。覺客程遥，年光晚。異鄉風物，忍蕭索、當愁眼。帝城賒，秦樓阻，旅魂亂。芳草連空闊，殘照滿。佳人無消息，斷雲遠。

促拍滿路花 仙吕調

香靨融春雪，翠鬢嚲秋煙。楚腰纖細正笄年。鳳幃夜短，偏愛日高眠。起來貪顛耍，只恁殘却黛眉，不整花鈿。　有時攜手閑坐，偎倚緑窗前。温柔情態盡人憐。畫堂春過，悄悄落花天。長是嬌癡處，尤殢檀郎，未教拆了秋千。

六么令 仙吕調

淡煙殘照，摇曳溪光碧。溪邊淺桃深杏，迤邐染春色。昨夜扁舟泊處，枕簟當灘磧。

波聲漁笛。驚回好夢，夢裏欲歸怎歸得。展轉翻成無寐，因此傷行役。思念多媚多嬌，咫尺千山隔。都爲深情密愛，不忍輕離拆。好天良夕。鴛帷寂靜，算得也應暗思憶。

剔銀燈 仙呂調

何事春工用意。繡畫出、萬紅千翠。艷杏夭桃，垂楊芳草，各鬬雨膏煙膩。如斯佳致。早晚是、讀書天氣。漸漸園林明媚。便好安排歡計。論籃買花，盈車載酒，百琲千金邀妓。何妨沈醉。有人伴、日高春睡。

紅窗睡 仙呂調

如削肌膚紅玉瑩。舉措有、許多端正。二年三歲同鴛寢，表温柔心性。別後無非良夜永。如何向、名牽利役，歸期未定。算伊心裏，却寃人薄倖。

臨江仙 仙呂調

嗚珂碎撼都門曉，旌幢擁下天人。馬摇金轡破香塵。壺漿盈路，歡動帝城春。揚州曾是追遊地，酒臺花逕仍存。鳳簫依舊月中聞。荆王魂散，應認嶺頭雲。

鳳歸雲 仙吕調

向深秋，雨餘爽氣肅西郊。陌上夜闌，襟袖起涼飆。天末殘星，流電未滅，閃閃隔林梢。又是曉鷄聲斷，陽烏光動，漸分山路迢迢。驅驅行役，苒苒光陰，蠅頭利禄，蝸角功名，畢竟成何事，漫相高。拋擲林泉，狎翫塵土，壯節等閑銷。幸有五湖煙浪，一船風月，會須歸老漁樵。

女冠子 仙吕調

淡煙飄泊。鶯花謝、清和院落。樹陰密、翠葉成幄。麥秋霽景，夏雲忽變奇峰、倚寥廓。波暖銀塘，漲緑新萍緑魚躍。想端憂多暇，陳王是日，嫩苔生閣。正鑠石天高，流金晝永，楚榭光風轉蕙，披襟處、波翻翠幕。以文會友，沈李浮瓜忍輕諾。別館清閑，避炎蒸、豈須河朔。但尊前隨分，雅歌艷舞，盡成歡樂。

玉山枕 仙吕調

驟雨新霽。蕩原野、清如洗。斷霞散彩，殘陽倒影，天外雲峰，數朵相倚。露莎煙芰滿池塘，見次第、幾番紅翠。當是時、河朔飛觴，避炎蒸，想風流堪繼。晚來高樹清風起。動簾幕、生秋氣。畫樓晝寂，蘭堂夜永，舞艷歌姝，漸任羅綺。訟閑時泰足風情，便爭奈、雅歡都廢。省教成、幾闋新歌，盡新聲，好尊前重理。

減字木蘭花 仙呂調

花心柳眼。郎似遊絲常惹絆。獨爲誰憐。繡綫金針不喜穿。深房密讌。爭向好天多聚散。綠鎖窗前，幾日春愁廢管弦。

甘州令 仙呂調

凍雲深，淑氣淺，寒欺綠野。輕雪伴、早梅飄謝。艷陽天，正明媚，却成瀟灑。玉人歌，畫樓酒，對此景、驟增高價。賣花巷陌，放燈臺榭。好時代、怎生輕捨。賴和風，蕩霽靄，廓清良夜。玉塵鋪，桂華滿，素光裏、更堪遊冶。

西施 仙呂調

苧蘿妖艷世難偕。善媚悅君懷。後庭恃愛寵，盡使絕嫌猜。正恁朝歡暮宴，情未足，早江上兵來。捧心調態軍前死，旋羅綺、變塵埃。至今想怨魂，無主尚徘徊。夜夜姑蘇城外，當時月，但空照荒臺。

河傳 仙吕調

翠深紅淺。愁蛾黛蹙，嬌波刀剪。奇容妙技，互逞舞裀歌扇。妝光生粉面。坐中醉客風流慣。尊前見。特地驚狂眼。不似少年時節，千金爭選。相逢何太晚。

又

淮岸。向晚。圓荷向背，芙蓉深淺。仙娥畫舸，露影紅芳交亂。難分花與面。采多乍覺輕舠滿。呼歸伴。急槳煙波遠。隱隱棹歌，漸被蒹葭遮斷。曲終人不見。

傾盃 黄鐘調

水鄉天氣，灑蒹葭、露結寒生早。客館更堪秋杪。空階下、木葉飄零，颯颯聲乾，狂風亂掃。蛩響幽窗，鼠窺寒硯，一點銀釭閑照。夢枕頻驚，愁衾半擁，萬里歸心悄悄。往事追思多少。贏得空使方寸攪。夢斷不成眠，此夜厭厭，就中難曉。

又大石調

金風澹蕩，漸秋光老、清宵永。小院新晴天氣，輕煙乍斂，皓月當軒練淨。對千里寒光，念幽期阻、當殘景。早是多愁多病。那堪細把，舊約前歡重省。　最苦碧雲信斷，仙鄉路杳，歸鴻難倩。每高歌、强遣離懷，奈慘咽、翻成心耿耿。漏殘露冷。空贏得、悄悄無言，愁緒終難整。又是立盡梧桐清影。

塞孤般涉調

一聲鷄，又報嚴更歇。秣馬巾車催發。草草主人燈下別。山逕險，新霜滑。瑶珂響、起棲烏，金鐙冷、敲殘月。漸西風緊，襟袖凄冽。　遥指白玉京，望斷黄金闕。遠道何時行徹。算得佳人凝恨切。應念念，歸時節。相見了、執柔荑，幽會處、偎香雪。免鴛衾、兩恁虚設。

瑞鷓鴣 般涉調

天將奇艷與寒梅。乍驚繁杏臘前開。暗想花神、巧作江南信，鮮染燕支細剪裁。壽陽妝罷無端飲，凌晨酒入香腮。恨聽煙塢深中，誰恁吹羌笛、逐風來。絳雪紛紛落翠苔。

又

三吴嘉景古風流。渭南往歲憶來遊。西子方來，越相功成去，千里滄波一葉舟。至今無限盈盈者，盡來拾翠芳洲。最好簇簇寒林，遥認南朝路、晚煙收。三兩人家古渡頭。

洞仙歌慢 般涉調

嘉景，況少年彼此，爭不雨沾雲惹。奈傅粉英俊，夢蘭品雅。金絲帳暖銀屏亞。並粲枕輕倚，綠嬌紅姹。算一笑，百琲明珠非價。閒暇。每只向、洞房深處，痛憐極寵，似覺些子輕孤，早恁背人沾灑。從來嬌縱多猜訝。更對剪香雲，要深心同寫。愛印了雙眉，索人重畫。忍孤艷冶。斷不等閑輕捨。鴛衾下。願常恁、好天良夜。

安公子 般涉調

遠岸收殘雨。雨殘稍覺江天暮。拾翠汀洲人寂靜，立雙雙鷗鷺。望幾點、漁燈掩映蒹葭浦。停畫橈、兩兩舟人語。道去程今夜，遥指前村煙樹。　遊宦成羈旅。短檣吟倚閒凝佇。萬水千山迷遠近，想鄉關何處。自別後、風亭月榭孤歡聚。剛斷腸、惹得離情苦。聽杜宇聲聲，勸人不如歸去。

又

夢覺清宵半。悄然屈指聽銀箭。惟有床前殘淚燭，啼紅相伴。暗惹起、雲愁雨恨情何限。從卧來、展轉千餘遍。恁數重鴛被，怎向孤眠不暖。　堪恨還堪歎。當初不合輕分散。及至厭厭獨自個，却眼穿腸斷。似恁地、深情密愛如何拚。雖後約、的有于飛願。奈片時難過，怎得如今便見。

玉樓春 林鐘商　杏花

剪裁用盡春工意，淺蘸朝霞千萬蕊。天然淡泞好精神，洗盡嚴妝方見媚。風亭月榭閑相倚。紫玉枝梢紅蠟蒂。假饒花落未銷愁，煮酒杯盤催結子。

又 海棠

東風催露千嬌面。欲綻紅深開後淺。日高梳洗甚時忺，點滴燕支勻未遍。霏微雨罷殘陽院。洗出都城新錦段。美人纖手摘芳枝，插在釵頭和鳳顫。

又 柳

黃金萬縷風牽細。寒食初頭春有味。殢煙尤雨索春饒，一日三眠誇得意。章街隋岸歡遊地。高拂樓臺低映水。楚王空待學風流，餓損宮腰終不似。

傾盃樂 水調

樓鎖輕煙，水橫斜照，遥山半隱愁碧。片帆岸遠，行客路杳，簇一天寒色。野梅映雪數枝艷，報青春消息。年華夢促，音信斷、聲遠飛鴻南北。算伊別來無緒，翠消紅減，雙帶長拋擲。但淚眼沈迷，看朱成碧。惹閑愁堆積。雨意雲心，酒情花態，孤負高陽客。恨難極。和夢也、多時閒隔。

祭天神 歇指調

憶繡衾相向輕輕語。屏山掩、紅蠟長明，金獸盛熏蘭炷。何期到此，酒態花情頓孤負。愁腸斷、還是黄昏，那更滿庭風雨。聽空階和漏，碎聲鬭滴愁眉聚。算伊還共誰人，爭知此冤苦。念千里烟波，迢迢前約，舊歡省，一向無心緒。

瑞鷓鴣 平調。此調應題「鷓鴣天」

吹破殘煙入夜風。一軒明月上簾櫳。因驚路遠人還遠，縱得心同夢未同。情脈脈，意沖沖。碧雲歸去認無蹤。只應曾向前生裏，愛把鴛鴦兩處籠。

訴衷情 林鐘商

一聲畫角日西曛。催促掩朱門。不堪更倚妝閣，腸斷已銷魂。年漸晚，雁空頻。問無因。思心欲碎，愁淚難收，又是黄昏。

歸去來中吕調

一夜狂風雨。花英墜、碎紅無數。垂楊漫結黄金縷。儘春殘、縈不住。蝶稀蜂散知何處。殢尊酒、轉添愁緒。多情不慣相思苦。休惆悵、好歸去。

梁州令中吕宫

夢覺紗窗曉。殘燈闇然空照。因思前事苦縈牽，離愁別恨，無限何時了。憐深定是心腸小。往往成煩惱。一生惆悵情多感，月不長圓，春色易爲老。

燕歸梁中吕調

輕躡羅鞵掩絳綃。傳音耗、苦相招。語聲猶顫不成嬌。乍得見、兩魂銷。匆匆草草難留戀，還歸去、又無聊。若諧雨夕與雲朝。得似箇、有囂囂。

夜半樂 中呂調

艷陽天氣，煙細風暖，芳草郊汀閑凝竚。漸妝點亭臺，參差佳樹。舞腰困力，垂楊綠映，淺桃穠李，小白嫩紅無數。度綺燕流鶯鬬相語。　翠娥南陌簇簇，躡影紅陰，緩移嬌步。擡粉面，韶容花光相妒。絳綃袖舉。雲鬟風顫，半遮檀口含羞，背人偷顧。競鬬草、金釵笑爭賭。　對此嘉景，頓覺銷凝，惹成愁緒。念解佩輕盈在何處。忍良時、孤負少年等閑度。空望極、回首斜陽暮。歎浪萍風梗如何去。

迷神引 中呂調

紅板橋頭秋光暮。淡日映煙方煦。寒溪蘸碧，繞垂楊路。重分飛，攜纖手、淚如雨。波急隋堤遠，片帆舉。倏忽年華改，尚期阻。　暗覺春殘，漸漸飄花絮。好晚涼天，長孤負。洞房閑掩，小屏空、無心覷。指歸雲，仙鄉杳、在何處。遙夜香衾暖，算誰與。知他深深約，記得否。

惜春郎

玉肌瓊艷新妝飾。好壯觀歌席。潘妃寶釧，阿嬌金屋，應也消得。　屬和新詞多俊格。敢共我勍敵。恨少年、枉費疏狂，不早與伊相識。

鳳凰閣

匆匆相見，懊惱恩情太薄。霎時雲雨又拋却。教我行思坐想，肌膚如削。恨只恨、相違舊約。　相思成病，那更瀟瀟雨落。斷腸人在闌干角。山遠水遠人遠，音信難託。這滋味、黄昏更惡。

西施

自從回步百花橋。便獨處清宵。鳳衾鴛枕，何事等閑拋。縱有餘香，也似郎恩愛，向日夜潛消。　恐伊不信芳容改，將憔悴、寫霜綃。更憑錦字，字字説情憀。要識愁腸，但看丁香樹，漸結盡春梢。

過澗歇

酒醒。夢纔覺、小閣香灰成燼。洞户銀蟾移影。人寂靜。夜永清寒，翠瓦霜凝。疏簾風動，漏聲隱隱，飄來轉愁聽。　怎向心緒，近日厭厭長似病。鳳樓咫尺，佳期杳無定。展轉無眠，粲枕冰冷。香虬煙斷，是誰與把衾重整。

早梅芳慢

海霞紅，山煙翠。故都風景繁華地。譙門畫戟，下臨萬井，金碧樓臺相倚。芰荷浦漵，楊柳汀洲，映虹橋倒影，蘭舟飛棹，遊人聚散，一片湖光裏。　漢元侯，自從破虜征蠻，峻陟樞庭貴。籌帷厭久，盛年晝錦，歸來吾鄉我里。鈴齋少訟，宴館多歡，未周星，便恐皇家，圖任勛賢，又作登庸計。

解連環 望梅

小寒時節，正同雲暮慘，勁風朝冽。信早梅、偏占陽和，向日處，凌晨數枝先發。時有香來，望明艷、遥知非雪。展瓏金嫩蕊，弄粉素英，旖旎清絕。　仙姿更誰並列。有幽光照水，疏影籠月。且大家、留倚闌干，對緑醑飛觥，錦牋吟闋。桃李繁華，料比此、芬芳俱別。等和羹待用，休把翠條漫折。

一寸金

井絡天開，劍嶺横雲控西夏。地勝異、錦里風光，蠶市繁華，簇簇歌臺舞榭。雅俗多遊賞，輕裘俊、靚妝艷冶。當春晝，摸石池邊，浣花溪上景如畫。　夢應三刀，橋名萬里，中和政多暇。仗漢節、攬轡澄清，高掩武侯勳業，文翁風化。台鼎思賢久，方鎮靜、又還命駕。空遺愛，兩蜀山川，異日成佳話。

長壽樂

繁紅嫩翠。艷陽景、妝點神州明媚。是處朱門，樓臺院落，弦管新聲騰沸。恣遊人、無限馳驟，驕馬如流水。競尋芳選勝，歸來向晚，起通衢近遠，香塵細細。　太平世。少年時、忍把韶光輕棄。况有紅妝，吴娃楚艷，一笑千金何啻。向尊前、舞袖飄雪，歌響行雲止。願長繩、且把飛烏繫住，好從容痛飲，誰能惜醉。

輪臺子

霧斂澄江，煙鎖藍光碧。彤霞襯遥天，掩映斷續，半空殘璧。孤村望處人寂寞。聞釣叟、甚處一聲羌笛。九疑山畔才雨過，斑竹作、血痕添色。感行客。翻思故鄉，恨因循阻隔。路久沈消息。　正老松古柏青如織。聞野猿啼、愁聽得。見釣舟初出，芙蓉渡頭，鴛鴦灘側。干名利禄終無益。念歲歲間阻，迢迢紫陌。翠娥嬌艷，從别經今，花開柳折傷魂魄。怕利名牽役。又怎忍、把光景抛擲。

十二時

晚晴初，淡煙籠月，風透蟾光如洗。覺翠帳、凉生秋思。漸入微寒天氣。敗葉敲窗，西風滿院，睡不成還起。更漏咽、滴破憂心，萬感並生，都在離人愁耳。　天怎知，當時一句，做得十分縈繫。夜永有時，分明枕上，覷著孜孜地。燭暗時酒醒，元來還是夢裏。　睡覺來，披衣獨坐，萬種無憀情意。怎得伊來，重諧連理，再整餘香被。祝告天發願，從今永無抛棄。

白苧

繡簾垂，畫堂悄，寒風淅瀝。遥天萬里，黯淡同雲冪冪。漸紛紛、六花零亂散空碧。姑射。宴瑶池，把碎玉零珠抛擲。林巒望中，高下瓊瑶一色。嚴子陵、釣臺歸路迷蹤跡。追惜。燕然畫角，寶籥珊瑚，是時丞相，虚作銀城换得。當此際偏宜，訪袁安宅。醺醺醉了，任金釵舞困，玉壺傾側。又是東君，暗遣花神，先報南國。昨夜江梅，漏洩春消息。

法曲第二

青翼傳情，香逕偷期，自覺當年草草。未省同衾枕，便輕許相將，平生懽笑。怎生向、人間好事到頭少。漫悔懊。細追思，恨從前容易，致得恩愛成煩惱。心下事、千種盡憑音耗。似此縈牽，等伊來、自家向道。洎相見、喜歡存問，又還忘了。

右花草粹篇

水龍吟

雪霏冰結霜凝。是誰透得、春工意。南枝向暖，江邊嶺上，獨先衆卉。閑態幽姿，綠苞紅蒂，粉英金蕊。念冰膚秀骨，人間要見，除非是、真仙子。羌管且休橫吹。待佳人、新妝初試。鸞臺晚鏡，人花相對，更何須比。疏影橫斜，暗香浮動，月低風細。又豈知、漸結枝頭，翠玉有、和羹美。

右御選歷代詩餘

章　楶

浦城人，字質夫，以叔得象蔭授官。治平二年試禮部第一。歷知慶州、渭州，以平夏功，擢樞密直學士，進龍圖、端明學士，拜同知樞密院事。請老，授資政殿學士，卒贈光禄大夫，謚「莊簡」。

水龍吟 柳花

燕忙鶯嬾春殘，正堤上、柳花飄墜。輕飛，點畫青林，誰道全無才思。閑趁遊絲，靜臨深院，日長門閉。傍珠簾、散漫垂垂欲下，依前被、風扶起。　蘭帳玉人睡覺，怪春衣、雪沾瓊綴。繡床漸滿，香毬無數，才圓却碎。時見蜂兒，仰粘輕粉，魚吞池水。望章臺路杳，金鞍遊蕩，有盈盈淚。

右花菴

陳　瓘

延平人，字瑩中。元豐二年甲科，歷任湖州、越州、明州幕職。建中靖國初召爲右司諫，極論章、蔡之奸。崇寧中爲曾布所構，除名竄合浦。後赦還。歷移郴、道、台、楚諸州安置，卒於楚州。紹興中賜謚「忠肅」。有了齋集，詞附。

卜算子

身如一葉舟，萬事潮頭起。水長船高一任伊，來往洪濤裏。　潮落又潮生，今古長如此。後夜開尊獨酌時，月滿人千里。

一落索

體上衣裳雲作縷。不論寒暑。世間多少老婆禪，猶苦問、臺山路。　堪笑龐翁無趣。臨行却住。古人公案不須論，還了得、如今否。

减字木蘭花

大江北去。未到滄溟終不住。淮水東流。日夜朝宗亦未休。　香爐煙裊。濃淡捲舒終不老。寸碧千鍾。人醉華胥月色中。

又

華胥月色。萬水千山同一白。南北相望。獨醉香山舊草堂。　淮岑妙境。十載醺酣猶未醒。一腹便便。也讀春秋也愛眠。

卜算子

只解勸人歸，都不留人住。南北東西總是家，勸我歸何處。　去住總由天，天意人難阻。若得歸時我自歸，何必閑言語。

又

黄了舊皮膚，最是風流處。多少紛紛陌上人，不聽春鵑語。觸目是家山，到了須拈取。雲散長空月滿天，好箇還歸路。

又

夢裏不知眠，覺後眠何在。試問眠身與夢身，那箇能祇對。醉後有人醒，醒了無人醉。要識三千與大千，不在微塵外。

青玉案

碧空黯淡同雲繞。漸枕上、風聲峭。明透紗窗天欲曉。珠簾才捲，美人驚報，一夜青山老。使君留客金尊倒。正千里、瓊瑶未經掃。欺壓梅花春信早。十分農事，滿城和氣，管取明年好。

驀山溪

扁舟東去，極目滄波渺。千古送殘紅，到如今、東流未了。午潮方去，江月照還生，千帆起，玉繩低，枕上鶯聲曉。　錦囊佳句，韻壓池塘草。聲遏去年雲，惱離懷、餘音裊裊。倚樓看鏡，此意與誰論，一重水，一重山，目斷令人老。

減字木蘭花

世間藥院。只愛大黃甘草賤。急急加工。更靠硫黃與鹿茸。　鹿茸喫了。却恨世間涼藥少。冷熱平均。須是松根白茯苓。

滿庭芳

擾擾匆匆，紅塵滿袖，自然心在溪山。尋思百計，真箇不如閑。浮世紛華夢影，囂塵路、來往循環。江湖手，長安障日，何似把魚竿。　盤旋那忍去，他邦縱好，終異鄉關。向七峰、回首清淚斑斑。西望烟波萬里，扁舟去、何日東還。分攜處、相期痛飲，莫放酒杯慳。

又贈劉拐子

槁木形骸，浮雲蹤跡，一年兩到京華。又還乘興，往看洛陽花。聞道鞓紅最好，春歸後、終委泥沙。忘言處，花開花謝，不似我生涯。　年華留不住，饑餐困寢，觸處爲家。這一輪、明月本自無瑕。隨分冬裘夏葛，都不會、赤水黄芽。誰知我，春風一拐，談笑有丹砂。

又

淮葉繽紛，江煙濃淡，别尊同倒寒暉。未逢春信，霜露惹征衣。往事元無是處，何須待、回首知非。春鵑語、從來勸我，常道不如歸。　家山何處近，江樓簾棟，夕捲朝飛。問西江筍蕨、何似鱸肥。且置華胥舊夢，忘言處、千古同時。君知我、平生心事，相契古來稀。

醉蓬萊

問東州何處，境勝人幽，兩俱難得。狼山相望，有高堂千尺。妙曲轟空，綵雲翻袖，奏壺天長日。笑我飄然，蓬窗竹户，只延山色。　擬棹鯱船，徑衝花浪，直造瑂筵，共醺仙液。仍乞蟠桃，向廬山親植。未舉江帆，早逢淮雁，問故人蹤跡。遠老池邊，陶翁琴裏，此情何極。

臨江仙

聞道洛陽花正好，家家庭户春風。道人飲去百壺空。年年花下醉，看謝幾番紅。　此別又從何處去，風萍一任西東。語聲雖异笑聲同。一輪深夜月，何處不相逢。

蝶戀花

海角芳菲留不住。筆下風生，飛入青雲去。仙籙有名天賜與。致君事業安排取。　要識世間平坦路。當使人人，各有安心處。黑髮便逢堯舜主。笑人白首歸南畝。

卜算子

咄咄汝何人，眼在眉毛下。明月相隨萬里來，何處分真假。　問著總無言，有口翻成啞。荆棘林中自在身，即是知音者。

右樂府雅詞

鷓鴣天

宜笑宜顰掌上身。能歌能舞慧精神。臉邊紅入桃花嫩，眉上青歸柳色新。　嬌不語，易生嗔。尊前還是一番春。深杯百罰重拚却，只爲妖嬈醉得人。

右花草粹篇

黄　裳

南平人，字冕仲。元豐五年進士第一，知福州，累遷端明學士，卒贈少傅。有演山集，詞附。

新荷葉

落日銜山，行雲載雨俄鳴。一頃新荷，坐間總是秋聲。烟波醉客，見快哉、風惱娉婷。香和清點，爲人吹在衣襟。　珠佩歡言，放船且向前汀。綠傘紅幢，自從天漢相迎。飛鴻獨落，蘆邊對、幾朵繁英。侑觴人唱，乍聞應似湘靈。

洞仙歌

世間言笑，天上誰歡聚。河漢涵秋靜無暑。望丹霄杳杳，雲屋俄開，緣會遠，空引詩情萬縷。　綵樓人送目，今夕無雙，巧在靈絲暗相許。爽氣御西風，衆樂難尋，乘槎看、鵲橋初度。過幾刻良時、早已分飛，向月下何辭，十分香醑。

夏初臨

夏景舒長，麥天清潤，高低萬木成陰。曉意寒輕、一聲未放蟬吟。但聞鶯友同音。宴華堂、綠水中心。芙蓉都沒，紅妝信息，終待重尋。　清泠相照。邂逅俱歡，翠娥簇擁，芳醑頻斟。笙歌引步，登臨埂向遙岑。臥影沈沈。好風來，與客披襟。縱更深、洞府遲歸，紅燭如林。

桂枝香

插雲翠壁。爲送目、入遙空，見山色。金鼎丹成去也，晉朝高客。百花巖下遺孫在，賦何人、離塵風骨。翠微緣近，希夷志遠，洞天蹤跡。　近却有、爲龍信息。怪潭上靈光，雷電相擊。尤好風波乍霽，鷺汀斜日。倚欄白盡行人髮，但沈沈、群岫凝碧。利名休事龍頭，飛舠送君南北。

錦堂春慢

天女多情，梨花剪碎，人間贈與多才。漸覺瑶池瀲灩，粉翅徘徊。回旋不禁風力，背人飛去還來。最是清虚好處，遥度幽香，不掩寒梅。歲華多幸呈瑞，泛寒光一樣，仙子樓臺。雖喜朱顔可照，時更相催。細認沙汀鷺下，靜看煙渚潮回。爲遣青蛾趁拍，鬬獻輕盈，且更傳杯。

雨霖鈴

天南遊客。甚而今、却送君南國。西風萬里無限，吟蟬暗續，離情如織。秣馬脂車，去即去、多少人惜。望百里、煙慘雲山，送兩城、愁作行色。飛帆過浙西封域。到秋深、且艤荷花澤。就船買得鱸鱖。新穀破、雪堆香粒。此興誰同，須記東秦，有客相憶。願聽了、一曲歌聲，醉倒拚今日。

宴瓊林

紅紫趁春闌，獨萬簇瓊英，猶未開罷。問誰共、綠幄宴群真，皓雪肌膚相亞。華堂路，小橋邊，向晴陰一架。爲香清、把作寒梅看，喜風來偏惹。莫笑因緣，見景跨春空，榮稱亭榭。助巧笑、曉妝如畫，有花鈿堪借。新醅泛、寒冰幾點，拚今日、醉猶飛斝。翠羅幃中，卧蟾光碎，何須待還舍。

又

霜月和銀燈，乍送目樓臺，星漢高下。愛東風、已暖綺羅香，競走去來車馬。紅蓮萬斛，開盡處、長安一夜。少年郎、兩兩桃花面，有餘光相借。因甚靈山在此，是何人、能運神化。對景便作神仙會，恐雲軿且駕。思曾侍、龍樓俯覽，笑聲遠、洞天飛斝。向來猶幸時如故，群芳未開謝。

霜葉飛

誰能留得年華住。韶華今在何處。萬林飛盡，但驚天籟，半空無數。望消息、霜催雁度，佳人愁起雲垂暮。就繡幕、紅爐去。金鴨時飄異香，柳腰人舞。休道行且分飛，還共樂一歲，見景長是歡聚。大來芳意，既與名園，是花爲主。翠娥並、尊前笑語，來年管取人如故。向寂寞，中先喜，俄頃飛瓊，化成寰宇。

右欽定詞譜

李彌遜

連江人，字似之。大觀三年進士，歷知冀州、漳州，累官起居郎。南渡後，試戶部侍郎，以爭和議罷歸。卒謚「忠肅」。有筠溪集，詞附。

菩薩蠻

江城烽火連三月，不堪對酒長亭別。休作斷腸聲，老來無淚傾。　風高帆影疾，目送舟痕碧。錦字幾時來，薰風無雁回。

聲聲慢 木犀

龍涎燒就，沈水薰成，分明亂屑瓊瑰。一朵才開，人間十里先知。此花大即不大，有許多、瀟灑清奇。較量盡，謂勝於茉莉，賽得荼蘼。更被秋光掇送，放些兒月照，著陣風吹。惱煞多情，猛拚沈醉酬伊。朝朝暮暮守定，儘忙時、也不相離。睡夢裏，膽瓶兒、枕畔數枝。

右樂府雅詞拾遺

十樣花

陌上風光濃處。第一寒梅先吐。待得春來也，香消減，態凝竚。百花休漫妒。

又

陌上風光濃處。紅藥一番經雨。把酒繞芳叢，花解語。勸春住。莫教容易去。

青玉案

楊花儘教難拘管。也解趁、飛紅伴。驄馬無情人漸遠。沙平淺渡，雨濕孤村，何處長亭晚。欲憑桃葉傳春怨。莫不似、斜風倩雙燕。縱得書來春又換。只將心事，分付眉尖，寂寞梨花院。

一寸金

仙李盤根，自有天潢藹芳裔。更溜雨霜皮，臨風玉樹，紫髯丹頰，長生久視。鶴帳琅書至。長庚夢、當年暗記。邀歡處，回首西風，漸喜秋英弄霜蕊。　暫捲雙旌，鳴金吹竹，高堂伴新戲。對璧月流光，屏山供翠，碧雲乍合，飛觴如綴。早晚巖廊侍。終不負、黃樓一醉。丹青手、先與翻堦，萬葉增春媚。

寶鼎現

層林煙霽，巨壁天半，鴻飛無路。雲斷處、兩山之間，十萬琅玕環翠羽。轉秀谷、枕蘋花汀溆。短柳疏籬向暮。看卧壟牛歸，横舟人去，平蕪鷗鷺。　並遊不見鞭鸞侶。只僧前、松子隨步。回徑險、凌風遐想，小憩清泉依茂樹。正筍蕨、過如酥新雨。磯下游魚可數。縱窈窕、雲關長啟，寂寂誰爭子所。　世上丹轂朱纓，春夢覺、南柯何許。況榮枯無定，中有歡離愁緒。儘笑我、詫盤谷趣。爲讀昌黎賦。會有人，秣馬膏車，相屬一尊清醑。

蝶戀花 福州横山閣

百疊青山江一縷。十里人家，路繞南臺去。榕葉滿川飛白鷺。疏簾半卷黄昏雨。樓閣崢嶸天尺五。荷芰風清，習習消袢暑。老子人間無著處。一尊來作横山主。

天仙子 次富季申韻

飛蓋追春春約佇。繁杏枝頭紅未雨。小樓翠幕不禁風，芳草路。無塵處。明月滿庭人欲去。　一醉鄰翁須記取。見説新妝桃葉女。明年却對此花時，留不住。花前語。總向似花人付與。

水調歌頭 次向薌林見寄

不見隱君子，一月比三秋。驚濤如許，夢魂無路絶横流。安得如雲長翮，命駕不須千里，上下逐君游。此計杳難就，注目倚江樓。　西風裏，多少恨，寄歌頭。飛奴接翼，爲我三度下南州。正是天寒日暮，獨釣一江殘雪，風獵碧莎裘。和子浩然句，一醉散千憂。

念奴嬌 次王伯開韻

風簾弄影，正閑堂晝永，香銷人寂。軋軋鄰機芳思亂，愁入回文新織。燕蹴巢泥，鶯喧庭柳，好夢無蹤跡。那堪春事，背人無計留得。　誰似愛酒南鄰，岸巾坦腹，醉踏西山碧。彩筆陽春傳雁足，催我飛觴浮白。老去情懷，憑君試看，鬢上秋霜色。故園千里，月華空照相憶。右詞綜

花心動 七夕

水館風亭，晚香濃、一番芰荷經雨。簟枕乍閑，襟裾初試，散盡滿軒袢暑。斷雲却送輕雷去，疏林外、玉鈎微吐。夜未闌，秋生敗葉，暗催庭樹。　天上佳期久阻。星河畔，仙車縹緲雲路。舊恨未平，幽歡難駐，灑落半天風露。綺羅人散金猊冷，醉魂到、華胥深處。洞房悄，南樓畫角自語。

李綱

邵武人，字伯紀。政和二年進士，靖康除兵部尚書、京營守禦使。金師退，知樞密院事，旋出爲河北宣撫使。金人再至，復起爲資政殿大學士。高宗即位，拜右僕射，未幾落職。紹興初歷除湖廣宣撫使、江西安撫大使，與衆議不合，改知潭州，辭不赴。卒贈少師，賜謚「忠定」，有梁谿詞。

西江月 贈友人侍兒

意態何如涎涎，輕盈只恐飛飛。華堂偏傍主人栖。好與安巢穩戲。攬斷樓中風月，且看掌上腰肢。謫仙詞賦少陵詩。萬語千言總記。

右樂府雅詞拾遺

減字木蘭花 讀神仙傳

茫茫雲海。方丈蓬壺何處在。擬泛輕舟。一到金鰲背上游。瓊樓珠室。千歲蟠桃初結實。月冷風清。試倩雙成吸玉笙。

采桑子木樨二首

幽芳不爲春光發，直待秋風。直待秋風。香比餘花分外濃。　步摇金翠人如玉，吹動瓏璁。吹動瓏璁。恰似瑶臺月下逢。

又

枝頭萬點妝金蕊，十里清香。十里清香。解引幽人雅思長。　玉壺貯水花難老，淨几明窗。淨几明窗。褪下殘英簇簇黄。

望江南池陽道中

歸去好，迂騎過江鄉。茆店鷄聲寒逗月，板橋人跡曉凝霜。一望楚天長。　春信早，山路野梅香。映水酒簾斜颺日，隔林漁艇靜鳴榔。杳杳下殘陽。

又去沙陽，過分水嶺

征騎遠，千里別沙陽。泛碧齋傍凝翠閣，栖雲寺裏印心堂。回首意茫茫。　分水嶺，烟雨正凄涼。南望甌閩連海嶠，北歸吴越過江鄉。極目暮雲長。

又

新閣就，嚮日借清光。廣厦生風非我志，小窗容膝正相當。聊此傲羲皇。猧尾拂，高掛木繩床。老病維摩誰問疾，散花天女爲焚香。恰好細商量。

又

雲棹遠，南浦緑波春。日暖風和初解凍，餌香竿裊好垂綸。一釣得金鱗。風乍起，吹皺碧淵淪。紅膾斫來鮮更美，白醪沽得旨兼醇。一醉武陵人。

又

清晝永，幽致夏來多。遠岸參差風颺柳，平湖清淺露翻荷。移棹釣烟波。涼一霎，飛雨灑輕蓑。滿眼生涯千頃浪，放懷樂事一聲歌。不醉欲如何。

又

江上雪，獨立釣魚翁。箬笠但聞冰霰響，蓑衣時振玉花空。圖畫若爲工。雲水暮，歸去遠煙中。茆舍竹籬依小嶼，縮鯿圓鯽入輕籠。歡笑有兒童。

水調歌頭 同德久、諸季小飲

律呂自相召，韶濩不難諧。致君澤物，古來何世不須才。幸可山林高卧，袖手何妨閑處，醇酒醉朋儕。千里故人駕，不怕物情猜。秋夜永，更秉燭，且啣杯。五年離索，誰謂談笑豁幽懷。況我早衰多病，屏跡雲山深處，俗客不曾來。此日掃花徑，蓬户爲君開。

又

物我本虚幻，世事苦難諧。功名富貴，當得須是箇般才。幸有山林雲水，造物端如有意，分付與吾儕。寄語舊猿鶴，不用苦相猜。醉中適，一杯盡，復一杯。坐間有客，超詣言笑可忘懷。況是清風明月，如會幽人高意，千里自飛來。共笑陶彭澤，空對菊花開。

又

如意始身退，此事古難諧。中年醉飲，多病閑去正當才。長愛蘭亭公子，弋釣溪山娛適，甘旨及朋儕。衰疾卧江海，鷗鳥莫驚猜。　酒初熟，招我友，共一杯。碧天雲捲，高掛明月照人懷。我醉欲眠君去，醉醒君如有意，依舊抱琴來。尚有一壺酒，當復爲君開。

又 和李似之橫山對月

秋杪暑方退，清若玉壺冰。高樓對月，天上宫闕不曾扃。散下凄然風露，影照江山如畫，渾覺俗緣輕。弋者欲何慕，鴻羽正冥冥。　世間法，惟此事，最堪憑。太虚心量，聊假梨棗制頽齡。但使心安身健，静看草根泉際，吟蚓與飛螢。一坐小千劫，無念契無生。

又 太白畫像

太白乃吾祖，逸氣薄青雲。開元有道，聊復乘輿一來賓。天子呼來方醉，灑面清泉微醒，餘吐濕龍巾。詞翰不加點，歌闋滿宮春。筆風雨，心錦繡，極清新。大兒中令，神契兼有坐忘人。不識將軍高貴，醉裏指污吾足，乃敢尚呵嗔。千載已仙去，圖像聳風神。

又

花逕不曾掃，蓬户爲君開。元戎小隊，清曉佳客與同來。我爲新來多病，且恁澆花藝藥，隨分葺池臺。多謝故人意，迂訪白雲隈。暮春月，修禊事，會蘭齋。一觴一咏，何媿當日暢幽懷。況是茂林修竹，映帶清流湍激，山色碧崔嵬。勿復嘆陳跡，且爲醉金杯。

玉胡蝶

萬古秣陵江國，艤舟煙岸，千里雲林。故壘高樓，凝望遠水遥岑。景陽鐘、那聞舊響，玉樹唱、空有餘音。感春心。六朝遺事，蕭索難尋。森森。甘泉法從，弟兄芝玉，顧我情深。契闊相思，豈知今日共登臨。對尊俎、休辭痛飲，增志節、須且高吟。柳搖金。斷霞輕靄，殘照西沈。

水龍吟 次章質夫韻

晚春天氣融和，乍驚密雪煙空墜。因風飄蕩，千門萬户，牽情惹思。青眼初開，翠眉乍展，小園長閉。又誰知化作，瓊花玉屑，和榆莢、漫天起。　深院美人慵困，亂雲鬟、儘從妝綴。小廊回處，氍毹重叠，輕拈却碎。飛入樓臺，舞穿簾幕，總歸池水。悵青春又過，年年此恨，滿東風淚。

又 送林商叟海道還閩

際天雲海無涯，徑從一葉舟中渡。天容海色，浪平風穩，何嘗有颶。鱗甲千山，笙鐘群籟，了無遮護。笑讀君佳闋，追尋往事，須信道、忘來去。　聞説釣鯨公子，爲才名、鶚書交舉。高懷淡泊，柏臺蘭省，留連莫住。萬里閩山，不從海道，寄聲何處。悵七年契闊，無因握手，與開懷語。

喜遷鶯自池陽泛舟

江天霜曉。對萬頃、雪浪雲濤瀰渺。遠岫參差，煙雨微茫，閱盡往來人老。淺沙極浦凝望，滿目餘霞殘照。暮雲斂，放一輪明月，窺人懷抱。　杳杳。千里恨，玉人一別，夢斷無音耗。手撚江梅，枝頭春信，欲寄算應難到。畫船片帆浮碧，更值風高波浩。幾時得、向尊前，消去許多煩惱。

永遇樂

秋色方濃，好天涼夜，風雨初霽。缺月如鈎，微雲半掩，的爍星河碎。爽來軒户，涼生枕簟，夜永悄然無寐。起徘徊，憑欄凝竚，片時萬情千慮。　江湖倦客，年來衰病，坐嘆歲華空逝。往事成塵，新愁似鎖，誰是知心底。五陵蕭瑟，中原杳杳，但有滿襟清淚。對蘭釭，呼童取酒，且圖逕醉。

卷二

蔡伸

仙遊人，字仲道，襄孫。政和五年進士，歷倅徐、楚、饒、真四州。自號友古居士。有友古詞。

水調歌頭 別彭城

醉擊玉壺缺，恨寫緑琴哀。悠悠往事誰問，離思渺難裁。緑野堂前桃李，燕子樓中歌吹，那忍首重回。惟有舊時月，遠遠逐人來。　小庭空，清夜永，獨徘徊。伴人幽怨，一枝瀟灑隴頭梅。心斷雲帆西去，目送烟波東注，千里接長淮。爲我將雙淚，好過楚王臺。

又 時居莆田

相逢非草草，一別太匆匆。征裘淚痕浥遍，眸子怯酸風。天際孤帆難駐，柳外香軿望斷，雲雨各西東。回首重城遠，樓觀暮煙中。　黯銷魂，思陳事，已成空。東郊勝賞歸路，騎馬踏殘紅。月下一尊芳酒，憑闌清歌幾曲，別後少人同。爲問桃花臉，一笑爲誰容。

又

相逢非草草，分袂太匆匆。征裘淚痕浥遍，眸子怯酸風。天際孤帆難駐，柳外香軿望斷，雲雨各西東。回首重城遠，樓觀暮煙中。　黯銷魂，思陳事，已成空。東郊勝賞，歸路騎馬踏殘紅。月下一樽芳酒，凴闌幾曲清歌，別後少人同。爲問桃花臉，一笑爲誰容。

滿庭芳

煙鎖長堤，雲橫孤嶼，斷橋流水溶溶。憑闌凝望，遠目送征鴻。桃葉溪邊舊事，如春夢、回首無蹤。難忘處，紫薇花下，清夜一尊同。　東城。攜手地，尋芳選勝，賞遍珍叢。念紫簫聲闋，燕子樓空。好是盧郎未老，佳期在、端有相逢。重重恨，聊憑紅葉，和淚寄西風。

又

風捲龍沙，雲垂平野，晚來密雪交飛。坐看闌檻，瓊蕊遍寒枝。妝點蘭房景致，金鋪掩、簾幕低垂。紅爐畔，淺斟低唱，天色正相宜。　更闌人半醉，香肌玉暖，寶髻雲欹。又何須，高會梁苑瑶池。堪笑子猷訪戴，清興盡、忍凍空回。仍休羨，漁人江上，披得一簑歸。

又

鸚鵡洲邊，芙蓉城下，迴然水秀山明。小舟雙槳，特地訪雲英。驚破蘭窗好夢，開朱户、一笑相迎。良宵永，南窗皓月，依舊照娉婷。　別來無限恨，持杯欲語，恍若魂驚。愴霎時相見，又慘離情。還是匆匆去也，重攜手、密語叮嚀。佳期在，寶釵鸞鏡，端不負平生。

又

秦洞花迷，巫陽夢斷，夜來曾到藍橋。洞房深處，重許見雲翹。蕙帳殘燈耿耿，紗窗外、疏雨蕭蕭。雙心字，重衾小枕，玉困不勝嬌。　尋常愁夜永，今宵更漏，彈指明朝。叙深情幽怨，淚浥香綃。記取于飛厚約，丹山畔、別選安巢。驂鸞去，青霄路穩，明月共吹簫。

又

玉鼎翻香，紅爐疊勝，綺窗疏雨瀟瀟。故人相過，情話款良宵。酒暈微紅襯臉，横波浸、滿眼春嬌。雲屏掩，鴛鴦被暖，攲枕聽寒潮。　如今成別恨，臨風對月，總是無聊。念傷心南陌，執手河橋。還似一場春夢，離魂遠、楚些難招。佳期在，踏青時節，花底聽鳴鑣。

蘇武慢

雁落平沙，煙籠寒水，古壘鳴笳聲斷。青山隱隱，敗葉蕭蕭，天際暝鴉零亂。樓上黄昏，片帆千里歸程，年華將晚。望碧雲空暮，佳人何處，夢魂俱遠。憶舊游、邃館朱扉，小園香逕，尚想桃花人面。書盈錦軸，恨滿金徽，難寫寸心幽怨。兩地離愁，一尊芳酒，凄涼危欄倚遍。儘遲留，憑仗西風，吹乾淚眼。

飛雪滿群山

冰結金壺，寒生羅幕，夜闌霜月侵門。翠筠敲韻，疏梅弄影，數聲雁過南雲。酒醒欹粲枕，愴猶有、殘妝淚痕。繡衾孤擁，餘香未減，猶是那時熏。長記得、扁舟尋舊約，聽小窗風雨，燈火昏昏。錦茵才展，瓊戩報曙，寶釵又是輕分。黯然攜手處，倚朱箔、愁凝黛顰。夢回雲散，山遙水遠空斷魂。

水龍吟 重過舊隱

畫橋流水桃溪路，別是壺中佳致。南樓夜月，東窗疏雨，金荷共醉。人靜回廊，並肩攜手，玉芝香裏。念紫簫聲斷，巫陽夢覺，人何在、花空委。寂寞危欄獨倚。望仙鄉、水雲無際。芸房花院重來，空鎖蒼苔滿地。物是人非，小池依舊，彩鴛雙戲。念當時風月，如今懷抱，有盈盈泪。

驀山溪 登歷陽城樓

孤城暮角，落日邊聲靜。醉袖拂危闌，對天末、孤雲愁凝。吴津楚望，表裏抱江山，山隱隱，水迢迢，滿目江南景。　羈懷易感，往事傷重省。羅袂裛餘香，鬢星星、忍窺清鏡。瓊英好在，應念玉關遥，凝淚眼，下層樓，回首平林暝。

又

疏梅雪裏，已報東君信。冷艷與清香，似一箇、人人標韻。晚來特地，酌酒慰幽芳，携素手，摘纖枝，插向烏雲鬢。　老來世事，百種皆消盡。榮利等浮雲，謾汲汲、徒勞方寸。花前眼底，幸有賞心人，歌金縷，醉瑶巵，此外君休問。

又

晝雲今旦，雪霽嚴凝候。玉輦想回鑾，正花覆、千官錦繡。周南留滯，清夢繞觚稜，心耿耿，路迢迢，此際空回首。　華堂薦壽。玉筍持椒酒。一曲囀春鶯，更祝我、膺時納祐。功名富貴，老去已灰心，惟只願，捧觴人，歲歲長依舊。

又

金風玉露，時節清秋候。散髮步閑亭，對熒熒、一天星斗。悲歌慷慨，念遠復傷時，心耿耿，髮星星，倚仗空搔首。　區區戀豆，豈是甘牛後。時命未來間，且只得、低眉袖手。男兒此志，肯向死前休，無限事，幾多愁，總付杯中酒。

念奴嬌

凌空寶觀，乍登臨、多少傷離情味。淼淼烟波吴會遠，極目江淮無際。檻外長江，樓中紅袖，淡蕩秋光裏。一聲横吹，半灘鷗鷺驚起。　因念邃館香閨，玉肌花貌，有盈盈仙子。弄水題紅傳密意，寶墨銀鈎曾寄。淚粉香銷，碧雲路杳，脈脈人千里。一彎新月，腸斷危欄獨倚。

又

歲華晼晚，念羈懷多感，佳會難卜。草草杯盤，聊話舊，同剪西窗寒燭。翠袖籠香，雙蛾斂恨，低按新翻曲。無情風雨，斷腸更漏催促。　匆匆歸騎難留，鸞屏鴛被，忍良宵孤宿。回首幽歡成夢境，惟覺衣襟芬馥。海約山盟，雲情雨意，何日教心足。不如不見，爲君一味愁蹙。

又

當年豪放，况朋儕、俱是一時英傑。逸氣凌雲，佳麗地、獨占春花秋月。冶葉倡條，尋芳選勝，是處曾攀折。昔遊如夢，鏡中空嘆華髮。邂逅萍水相逢，十年往事，忍尊前重説。茂緑成陰春又晚，誰解丁香千結。寶瑟彈愁，玉壺敲怨，觸目堪愁絶。酒闌人静，爲君腸斷時節。

又

輕雷驟雨，洗千巖濃翠，層巒森列。衣袂凉生，叢竹外、時有飛螢明滅。雲浪鱗鱗，蘭舟泛泛，共載一輪月。五湖當日，未應此段奇絶。歸路横玉鷥鸞叫，雲清似水，悠颺天末。玉宇瓊林凝望處，依約廣寒宫闕。老去情鍾，此心仍在，未肯甘華髮。清歡留作，异時佳話重説。

雨中花慢

寓目傷懷，逢歡感舊，年來事事疏慵。嘆身心、業重，賦得情濃。況是離多會少，難忘雨跡雲蹤。望斷無錦字，雙鱗杳杳，新雁嗈嗈。　良宵孤枕，人遠天涯，除非夢裏相逢。相逢處，愁紅斂黛，還又匆匆。回首綠窗朱户，可憐明月清風。斷腸風月，關河有盡，此恨無窮。

喜遷鶯

青娥呈瑞。正慘慘暮寒，同雲千里。剪水飛花，漸漸瑶英，密灑翠筠聲細。邃館靜深，金鋪半掩，重簾垂地。明窗外，伴疏梅瀟灑，玉肌香膩。　幽人當此際。醒魂照影，永漏愁無寐。强拊清尊，慵添寶鴨，誰會黯然情味。幸有賞心人，奈咫尺、重門深閉。今夜裏，算忍教孤負，濃香翠被。

憶瑶姬 南徐連滄觀賞月

微雨初晴。洗瑶空萬里，月掛冰輪。廣寒宫闕迥，望素娥縹緲，仙桂亭亭。金盤露冷，玉樹風輕。頓覺秋思清。念去年，曾共吹簫侶，同賞蓬瀛。奈此夜、旅泊江城。漫花光眩目，綠酒如澠。幽懷終有恨，恨綺窗清影，虛照娉婷。藍橋路杳，楚館雲深。擬憑歸夢尋，强就枕，無奈孤衾夢易驚。

采桑子慢

明眸秀色，別是天真瀟灑。更鬢髮堆雲，玉臉淡拂輕霞。醉裏精神，衆中標格誰能畫。當時攜手，花籠淡月，重門深亞。巫峽夢回，已成陳事，豈堪重話。漫贏得、羅襟清淚，鬢邊霜華。懷念傷嗟，憑闌煙水渺無涯。秦源目斷，碧雲暮合，難認仙家。

滿江紅

人倚金鋪，顰翠黛、盈盈墮睫。話別處、留連無計，語嬌聲咽。十幅雲帆風力滿，一川煙暝波光闊。但回首、極目望高城，彈清血。並蘭棹，停畫楫。曾共醉，津亭月。銷魂處，今夜月圓人缺。楚岫雲歸空悵望，漢皋佩解成輕別。最苦是、抑塞滿懷愁，無人說。

婆羅門引 再遊仙漳薛氏園亭

素秋向晚，歲華分付木芙蓉。蕭蕭紅蓼西風。記得當時擷翠，攜手遶芳叢。念吹簫人去，明月樓空。　遥山萬重。望寸碧、想眉峰。翠鈿瓊璫漫好，誰適爲容。凄凉懷抱，算此際、惟我與君同。凝清淚、目送征鴻。

青玉案

參差弱柳長堤路。弱柳外，征帆去。皓齒明眸嬌態度。回頭一夢，斷腸千里，不到相逢處。　來時約略春將暮。幽恨空餘錦中句。小院重門深幾許。桃花依舊，出牆臨水，亂落如紅雨。

又

鸞凰本是和鳴友。奈無計、長相守。雲雨匆匆分袂後。綵舟東去，艣聲啞軋，目斷長堤柳。　涓涓清淚輕綃透。殘粉餘香尚依舊。獨上南樓空回首。夜來明月，怎知今夜，少箇人攜手。

浣溪紗壬寅五月西湖

雙佩雷文拂手香。青紗衫子淡梳妝。冰姿綽約自生凉。　虚掉玉釵驚翡翠，緩移蘭棹趁鴛鴦。鬢鬟風亂綠雲長。

又

玉趾彎彎一折弓。秋波剪碧艷雙瞳。淺顰輕笑意無窮。　夜靜擁爐熏鵲腦，月明飛棹採芙蓉。别來歡事少人同。

又仙漳二首

蘋末風輕入夜涼。飛橋畫閣跨方塘。月移花影上回廊。　粲枕隨釵雲鬢亂，紅綿撲粉玉肌香。起來攜手看鴛鴦。

又

窗外疏篁對節金。畫橋新綠一篙深。沈沈清夜對横參。　酒暈半消紅玉臉，雲鬟輕製小犀簪。夢回陳跡杳難尋。

又 崑山月華閣

沙上寒鷗接翼飛。潮生潮落水東西。征船嗚艣趁潮歸。望斷碧雲無錦字，漫題紅葉有新詩。黄昏微雨倚闌時。

又

漠漠新田綠未齊。柳陰陰下水平堤。竹間時有乳鴉啼。雲斂屏山横枕畔，夜闌璧月轉林西。玉芝香裏彩鴛栖。

又

紫燕雙雙掠水飛。簾纖小雨未成泥。籬邊開盡野薔薇。會少離多終有恨，暫來還去益堪悲。後期重約采蓮時。

又

窄窄霜綃穩稱身。强臨歌酒慘離魂。故人相遇益傷神。斷雨殘雲千里隔，瓊枝璧月四時新。爲君留取鏡中春。

又

且鬬尊前現在身。昔遊如夢可銷魂。玉容依約舊精神。千里重來人事改，一盃相屬意還新。韶華不減洞中春。

又向薌林木犀二首

木似文犀感月華。寸根移種自仙家。春蘭秋菊浪矜誇。玉露初零秋夜永，幽香直入小窗紗。此時風月獨輸他。

又

葉剪玻璃蕊糝金。清香端不數瓊沈。獨將高韻冠薌林。千里江山新夢後，一天風露小庭深。主人歸興已駸駸。

又

淺褐衫兒壽帶藤。碾花如意枕冠輕。鳳鞋弓小稱娉婷。　約略梳妝隨事好，出塵標韻出塵清。一枝梅映玉壺冰。

虞美人

瑶琴一弄清商怨。樓外桐陰轉。月華澄淡露華濃。寂寞小池煙水、冷芙蓉。
攀花擷翠當時事。綠葉同心字。有情還解憶人無。過盡寒沙新雁、甚無書。

又

飛樑石逕關山路。慘淡秋容暮。一行新雁破寒空。腸斷碧雲千里、水溶溶。
鸞衾欲展誰堪共。簾幕霜華重。鴨爐香盡錦屏中。幽夢今宵何許、與君同。

又

紅塵匹馬長安道。人與花俱老。緩垂鞭袖過平康。散盡高陽、零落少年場。

朱弦重理相思調。無奈知音少。十年如夢儘堪傷。樂事如今回首，做淒涼。

又甲辰入燕

綵旗搖曳檣烏轉。鷁首征帆展。高城樓觀暮雲平。疊鼓凝笳都是、斷腸聲。

綠窗朱户空回首。明月還依舊。亂山無數水茫茫。誰念塞垣風物、日煞淒惶。

又

堆瓊滴露冰壺瑩。樓外天如鏡。水晶雙枕襯雲鬟。卧看千山明月、聽潺湲。

渡江桃葉分飛後。馬上猶回首。郵亭今夜月空圓。不似當時攜手、對嬋娟。

又

碧溪曾寄流紅字。忍話當時事。重來種種盡堪悲。有酒盈盃聊爲、故人持。

夜闌剪燭西窗語。懷抱今如許。尊前莫訝兩依依。綠鬢朱絃不似、少年時。

又

鸞屏繡被香雲擁。平帖幽閨夢。覺來重試古龍涎。深炷玉爐燒氣、不燒煙。

勿勿人去三更也。月到回廊下。出門無語送郎時。淚共一天風露、濕羅衣。

生查子

畫堂初見伊，明月當窗滿。今夜月如眉，話別河橋畔。重見約中秋，莫負于飛願。免使月圓時，兩處傷腸斷。

又

霜寒月滿窗，夜永人無寐。絳蠟有餘情，偏照鴛鴦被。看盡舊時書，滴盡今生淚。街鼓已三更，還是和衣睡。

又

金壺插玉芝，人面交相照。花影滿方牀，翠叠屏風杳。風月亦多情，特地今宵好。儘道夜初長，彈指東窗曉。

又

幾番花信風，數點籠絲雨。並轡踏香塵，選勝東郊路。韶華轉首空，誰解留春住。幸到綠尊前，且作鶯花主。

又

銀缸委墮紅，碧瑣朦朧曉。別泪灑金徽，一曲情多少。郵亭今夜長，明月香幃悄。縱使夢相逢，何處尋蓬島。

南歌子

蕭寺疏鐘斷，虛堂夜氣清。涼蟾偏向水邊明。露井碧梧、寒葉顫秋聲。幽恨人誰問，孤衾淚獨橫。此時風月此時情。擬倩藍橋、歸夢見雲英。

又

遠水澄明綠，孤雲黯淡愁。白蘋紅蓼滿汀洲。腸斷圓蟾、空照木蘭舟。　節物傷羈旅，歸程歎滯留。佳期已誤小紅樓。賴得今年、猶有閏中秋。

又

恨入眉峰翠，寒生酒暈紅。臨期凝淚灑西風。須信世間、無物似情濃。　玉蹬敲霜月，金鉦伴曉鐘。凄凉古驛亂山重。今夜擁衾、無夢與君同。

南鄉子

天外雨初收。風緊雲輕已變秋。邂逅故人同一笑，遲留。聚散人生宜自謀。
去路指南州。萬頃雲濤一葉舟。莫話太湖波浪險，歸休。人在溪邊正倚樓。

又 答向伯恭。向詞云：憑書續斷腸

木落雁南翔。錦鯉殷勤爲渡江。淚墨銀鈎相憶字，成行。滴損雲箋小鳳皇。陳事費思量。回首烟波捲夕陽。儘道憑書聊破恨，難忘。直至書來更斷腸。

菩薩蠻

鴛鴦枕上雲堆緑。蘭膏微潤知新沐。開帳對華燈。見郎雙眼明。錦衾香馥郁。檻竹敲寒玉。何物最無情。曉鷄咿喔聲。

又

杏花零落清明雨。捲簾雙燕來還去。枕上玉芙蓉。暖香堆錦紅。翠翹金鈿雀。蟬鬢慵梳掠。心事一春閑。黛眉顰遠山。

又

飛英不向枝頭住。等閒又送春歸去。雲幄翠陰浮。長隨日脚流。玉簫吹鳳

怨。驚起樓中燕。飛去自雙雙。惱人空斷腸。

又

水光山色浮空碧。柳絲摇曳春無力。柳岸繫行舟。吹簫憶舊遊。舊遊堪更憶。望斷迷南北。千古恨悠悠。長江空自流。

又

當時攜手今千里。可堪重到相逢地。觸目盡關心。流鶯尚好音。無人知我意。只有涓涓淚。寂寞對斜陽。羅衣裛舊香。

又

嗚笳疊鼓催雙槳。扁舟穩泛桃花浪。別淚灑東風。前歡如夢中。夢魂無定據。不到相逢處。縱使夢相逢。香閨豈解同。

又

金鋪半掩銀蟾滿。箇人應恨歸來晚。軋軋艣聲遲。那知心已飛。迎門一笑粲。嬌困橫波慢。偎倚綠窗前。今宵人月圓。

又

雙雙紫燕來華屋。雨餘芳草池塘綠。一夜擺花風。鶯花滿樹紅。盃深君莫訴。醉袖歌金縷。無奈惜花心。老來情轉深。

又

朝來一陣狂風雨。春光已作堂堂去。茂綠滿繁枝。青梅結子時。攀枝鶯晼晚。樂事孤心眼。正是惜春歸。那堪怨別離。

又

凝羞隔水拋紅豆。嫩桃如臉腰如柳。心事暗相期。陽臺雲雨迷。玉樓花似雪。花上朦朧月。揮泪執柔荑。匆匆話別時。

又

花冠鼓翼東方動。蘭閨驚破遼陽夢。翠被小屏山。曉窗燈影殘。並頭雙燕語。似訴横塘雨。風雨曉寒多。征人可奈何。

憶秦娥 西湖

湖光碧。春花秋月無今昔。無今昔。十年往事，盡成陳跡。玉簫聲斷雲屏隔。山遥水遠長相憶。長相憶。一生懷抱，爲君牽役。

又

花陰月。蘭堂夜宴神仙客。神仙客。江梅標韻，海棠顏色。良辰佳會誠難得。花前一醉君休惜。君休惜。楚臺雲雨，今夕何夕。

清平樂

彩舟雙艕。六月臨平路。小雨輕風消晚暑。繞岸荷花無數。玉人椉枕方牀。遥知待月西厢。昨夜有情風月，今宵特地凄凉。

又

南窗月滿。繡被堆香暖。苦恨春宵更漏短。應訝郎歸又晚。征帆初落橋邊。迎門一笑嫣然。今夜流霞共酌，何妨金盞垂蓮。

又

明眸秀色。肌理凝香雪。羅綺叢中標韻別。捧酒歌聲清越。不辭醉臉潮紅。却愁歸騎匆匆。回首綠窗朱户，斷腸明月清風。

謁金門

溪聲咽。溪上有人離別。別語叮嚀和淚説。羅巾沾淚血。儘做剛腸如鐵。到此也應愁絕。回首斷山帆影滅。畫船空載月。

又

相思切。觸目只供愁絕。好夢驚回清漏咽。燭殘香穗結。　長恨南樓明月。只管照人離缺。同倚朱欄飛大白。今宵風月別。

憶王孫

涼生冰簟怯衣單。明月樓高空畫闌。滿院啼螿人未眠。掩重關。烏鵲南飛風露寒。

阮郎歸

煙籠寒水暝禽棲。滿庭紅葉飛。蘭堂寂寂畫簾垂。霜濃更漏遲。　鴛被冷，麝香微。强欹單枕時。西窗看盡月痕移。此情君怎知。

柳梢青

數聲鶗鴂。可憐又是，春歸時節。滿院東風，海棠鋪綉，梨花飄雪。　丁香露泣殘枝，算未比、愁腸寸結。自是休文，多情多感，不干風月。

又

子規啼月。幽衾夢斷，銷魂時節。枕上斑斑，枝頭點點，都成清血。　凄凉斷雨殘雲，算此恨、文君更切。老去情懷，春來况味，那禁離别。

又

聯璧尋春，踏青尚憶，年時携手。此際重來，可憐還是，年年時候。　陰陰柳下人家，人面似、桃花依舊。但願年年，春風有信，人心長久。

好事近

花露滴香紅，花底漏聲初歇。人似一枝梅瘦，照冰壺清徹。　翠蛾雲鬢爲誰容，蟲絲寶奩結。可惜一春憔悴，負滿懷風月。

又

十幅健帆風，天意巧催行客。極目五湖雲浪，沈滿空秋色。玉人應怪誤佳期，凝恨正脈脈。錦鱗爲傳尺素，報蘭舟消息。

卜算子

風雨送春歸，寂寞花空委。枝上紅稀地上多，萬點隨流水。翠黛斂春愁，照影臨清泚。應念韶華惜蕣顔，灑遍燕支淚。

又

小閣枕清流，一霎蓮塘雨。風遞幽香入檻來，枕簟全無暑。遐想似花人，閬歲音塵阻。物是人非空斷腸，夢入芳洲路。

又 題扇

玉斧斲冰輪，中有乘鸞女。鬢亂釵橫襟袖涼，只恐輕飛舉。青冥縹緲間，自有吹簫侶。不向巫陽十二峰，朝暮爲雲雨。

又

前度月圓時，月下曾攜手。今夜天邊月又圓，夜色如清晝。風月渾依舊。水館空回首。明夜歸來試問伊，曾解思量否。

又

重重雪外山，渺渺煙中路。路轉山橫無盡愁，正是分攜處。望極錦中書，腸斷魚中素。錦素沈沈兩未期，魚雁空相誤。

小重山 吴松浮天閣送別

樓外江山展翠屏。沈沈虹影畔，彩舟橫。一尊別酒爲君傾。留不住，風色太無情。

斜日半山明。畫闌重倚處，獨銷凝。片帆回首在青冥。人不見，千里暮雲平。

踏莎行

客裏光陰，傷離情味。玉觴未舉心先醉。臨歧莫怪苦留連，檣烏轉處人千里。
恨寫新聲，雲箋密寄。短封難盡心中事。憑君看取紙痕斑，分明總是離人淚。

又

水滿青錢，煙滋翠葆。殘英滿地無人掃。先來羈思亂如雲，無端更被春酲惱。
疊疊遥山，綿綿遠道。憑闌滿目唯芳草。莫驚青鬢點秋霜，盧郎已分愁中老。

定風波

一曲驪歌酒一鍾。可憐分袂太匆匆。百計留君君不住。君去。滿川煙暝滿帆風。
目斷魂銷人不見。但見。青山隱隱水浮空。擬把一襟相憶淚。試對。雲箋密灑付征鴻。

點絳唇 登歷陽連雲觀

水繞孤城，亂山深鎖横江路。帆歸別浦。苒苒蘭皋暮。人在天涯，雁背南雲去。空凝竚。鳳樓何處。煙霧迷津渡。

又

香雪飄零，暖風著柳籠絲雨。惱人情緒。春事還如許。寶勒朱輪，共結尋芳侶。東郊路。亂紅深處。醉拍黄金縷。

又

背壁燈殘，卧聽簷雨難成寐。井梧飄墜。歷歷蛩聲細。數盡更籌，滴盡羅巾淚。如何睡。甫能得睡。夢到相思地。

又

月缺花殘，世間樂事難雙美。夜來相對。把酒彈清淚。一點情鍾，銷盡英雄氣。樊籠外。五湖煙水。好作扁舟計。

又

人面桃花，去年今日津亭見。瑶琴錦薦。一弄清商怨。今日重來，不見如花面。空腸斷。亂紅千片。流水天涯遠。

又

梅雨初晴，畫闌開遍忘憂草。蘭堂清窈。高柳新蟬噪。枕上芙蓉，如夢還驚覺。匀妝了。背人微笑。風入玲瓏罩。

又

帳外華燈，翠屏花影參差滿。錦衣香暖。苦恨春宵短。畫角聲中，雲雨還驚散。河橋畔。月華如練。回首成腸斷。

又

綠蕚冰花，數枝清影橫疏牖。玉肌消瘦。夜久輕寒透。　忍使孤芳，扳折他人手。人歸後。斷腸回首。只有香盈袖。

又

雲雨匆匆，洞房當日曾相遇。暫來還去。無計留春住。　寶瑟重調，靜聽鸞絲語。休輕負。綺窗朱户。好做風光主。

昭君怨

一曲雲和鬆響。多少離愁心上。寂寞掩屏帷。淚沾衣。　最是銷魂處。夜夜綺窗風雨。風雨伴愁眠。夜如年。

醉落魄

波紋如縠。池塘雨後添新綠。海棠初綻紅生肉。雙燕歸來，還認舊巢宿。　凝情憑暖闌干曲。新愁無限傷心目。誰人月下吹横玉。驚起鴛鴦，飛去自相逐。

極相思

相思情味堪傷。誰與話衷腸。明朝見也，桃花人面，碧蘚回廊。　別後相逢惟有夢，夢回時、展轉思量。不如早睡，今宵魂夢，先到伊行。

玉樓春

碧桃溪上藍橋路。寂寞朱門閑院宇。粉牆疏竹弄清蟾，玉砌紅蕉宜夜雨。　箇中人是吹簫侶。花底深盟曾共許。人生樂在兩知心，此意此生君記取。

又

星河風露經年別。月照離亭花似雪。寶釵鸞鏡會重逢，花裏同眠今夜月。　月華依舊年時節。細把離腸和淚説。人生只合鎮長圓，休似月圓圓又缺。

長相思

我心堅。你心堅。各自心堅石也穿。誰言相見難。　小窗前。月嬋娟。玉困花柔並枕眠。今宵人月圓。

又

錦衾香。玉枕雙。昨夜深深小洞房。回頭已斷腸。　背蘭釭。夢仙鄉。風撼梧桐雨灑窗。今宵好夜長。

又

村姑兒。紅袖衣。初發黄梅插稻時。雙雙女伴隨。　長歌詩。短歌詩。歌裏真情恨別離。休言伊不知。

西地錦

寂寞悲秋懷抱。掩重門悄悄。清風皓月，朱闌畫閣，雙鴛池沼。　不忍今宵重到。惹離愁多少。蓬山路杳，藍橋信阻，黄花空老。

歸田樂

風生蘋末蓮香細。新浴晚凉天氣。猶自倚朱闌，波面雙雙彩鴛戲。鸞釵委墜雲堆髻。誰會此時情意。冰簟玉琴横，還是月明人千里。

七娘子

天涯觸目傷離緒。登臨况值秋光暮。手撚黄花，憑誰分付。嗈嗈雁落蒹葭浦。憑高目斷桃溪路。屏山樓外青無數。緑水紅橋，瑣窗朱户。如今總是銷魂處。

感皇恩

酒暈襯横波，玉肌香透。輕裊腰肢妒垂柳。臂寬金釧，且是不干春瘦。撚金雙合字，無心繡。　鬢雲半墮，金釵欲溜。羅袂殘香忍重嗅。渡江桃葉，腸斷爲誰招手。倚闌凝望久，眉空鬭。

又

膏雨曉來晴，海棠紅透。碧草池塘裊金柳。王孫何在，不念玉容消瘦。日長深院靜，簾垂繡。　粲枕墮釵，粉痕輕溜。玉鼎龍涎記同嗅。鈿箏重理，心事謾憑纖手。素弦彈不盡，眉峰鬭。

添字漁家傲

煙鎖池塘秋欲暮。細細荷香，直到雙樓處。並枕東窗聽夜雨。偎金縷。雲深不見來時路。　曉色朦朧人去住。香覆重簾，密密聞私語。目斷征帆歸別浦。空凝竚。苔痕綠印金蓮步。

相見歡

紅靴玉帶葳蕤。翠綃衣。並轡垂鞭妝影、照清溪。　長亭路。停騎處。晚涼時。空有許多明月、伴雙樓。

洛陽春

好在章臺楊柳。不禁春瘦。淡煙微雨麴塵絲，鎖一點、眉頭皺。　憶自章臺別後。青青依舊。萬絲千縷太多情，忍扳折、行人手。

臨江仙

繁杏枝頭蜂蝶亂，香風闔座微聞。靚妝濃艷任東君。無情風雨，春事已平分。　珍重主人留客意，夜闌秉燭開尊。何須歌韻遏行雲。羽觴交勸，揮麈細論文。

又

昨夜中秋今日望，十分桂影團圞。玉人相對綠尊前。素娥有恨，應是妒嬋娟。　人靜小庭風露冷，歌聲特地清圓。醉紅醺臉髻鬟偏。翠裙輕皺，端的爲留仙。

又 美人象戲

簾幕深深清晝永，玉人不耐春閑。鏤牙棋子縷金圓。象盤雅戲，相對小窗前。

隔打直行尖曲路，教人費盡機關。局中勝負定誰偏。饒伊使幸，畢竟我贏先。

又木犀

仙品不同桃李艷，移來月窟雲鄉。幽姿綽約道家妝。綠雲堆髻，嬌額半塗黄。可但午涼風月下，饒他獨占秋光。雨中別有惱人香。錯教蕭史，腸斷憶巫陽。

鷓鴣天題北里選勝圖

脈脈柔情不自持。淺顰輕笑百般宜。尊前唱徹黄金縷，一點春愁入翠眉。流蕙盼，捧瑶巵。借君歌扇寫新詩。浮花漫説驚郎目，不似東風第一枝。

行香子

珠露初零。天宇澄明。正閑階、皎月亭亭。更闌人靜，煙斂風清。更井邊梧，一葉葉，做秋聲。斗帳鸞屏。翠被華裀。夢回時、酒力初醒。綠雲堆枕，紅玉生春。且打疊起，龍牙簟，竹夫人。

一剪梅

堆枕烏雲墜翠翹。午夢驚回，滿眼春嬌。嬛嬛一搦楚宫腰。那更春來，玉減香消。柳下朱門傍小橋。幾度紅窗，誤認鳴鑣。斷腸風月可憐宵。忍使厭厭，兩處無聊。

又

高宴華堂夜向闌。急管飛霜，羯鼓聲乾。仙人掌上水晶盤。回按凌波，舞袖弓彎。曲罷凝嬌整翠鬟。玉筍持盃，巧笑嫣然。爲君一笑倒金船。只恐醒來，人隔雲山。

鎮西

秋風秋雨，覺重衾寒透。傷心聽、曉鐘殘漏。凝情久。記紅窗夜雪，促膝圍爐，交杯勸酒。如今頓孤歡偶。　念別後。菱花清鏡裏。眉峰暗鬬。想標容、怎禁消瘦。忍回首。但雲牋妙墨，鴛錦啼妝，依然似舊。臨風淚沾襟袖。

看花回

夜久涼生庭院，漏聲頻促。念昔勝遊舊地，對畫閣層巒，雨餘煙簇。新詩暗藏小字，霜刀刊翠竹。攜素手、細繞回塘，芰荷香裏彩鴛宿。　別後想、香銷膩玉。帶圍減、削寬金粟。雖有鱗鴻錦素，奈事與心違，佳期難卜。擬解愁腸萬結，惟憑尊酒綠。望天涯、斷魂處，醉拍闌干曲。

訴衷情

亭亭秋水玉芙蓉。天際水浮空。碧雲望中空暮，人在廣寒宮。　雙鏤枕，曲屏風。小房櫳。可憐今夜，明月清風，無計君同。

浪淘沙

樓下水潺湲。樓外屏山。淡煙籠月晚涼天。曾與玉人攜素手，同倚闌干。　雲散夢難圓。幽恨綿綿。舊游重到忍重看。負你一生多少淚，月下花前。

如夢令

人靜重門深亞。朱閣畫簾高掛。人與月俱圓，月色波光相射。瀟灑。瀟灑。人月長長如今夜。

又

今夜行雲何處。還是月華當午。倚遍曲闌橋，望斷錦屏歸路。空去。空去。夢到綠窗朱户。

春光好

傷春晚，送春歸。步雲溪。綠葉同心雙小字，記曾題。樓外紅日平西。長亭路、烟草萋萋。雲雨不成新夢後，倚闌時。

又

天如水，月如鉤。正新秋。月影參差人窈窕，小紅樓。如今往事悠悠。樓前水、腸斷東流。舊物忍看金約腕，玉搔頭。

又

一番雨，一番凉。夜初長。滿院蛩聲人不寐，月侵廊。　木犀微綻幽芳。西風透、窈窕紅窗。恰似箇人鴛被裏，玉肌香。

又

鸞屏掩，翠衾香。小蘭房。回首當時雲雨夢，兩難忘。　如今水遠山長。憑鱗翼、難敘衷腸。况是教人無可恨，一味思量。

風流子

韶華驚畹晚，春光老、倦客惜年芳。正庭樾蔭濃，半藏鶯語，畹蘭花減，時有蜂忙。粉牆低，嫩嵐滋翠葆，零露濕殘妝。風暖晝長，柳綿吹盡，淡煙微雨，梅子初黄。　洛浦音容遠，書空漫惆悵，往事悲凉。無奈錦鱗杳杳，不渡横塘。念蝴蝶夢回，子規聲裏，半窗斜月，一枕餘香。擬待自寬，除非鐵石心腸。

朝中措

章臺楊柳月依依。飛絮送春歸。院宇日長人靜，園林綠暗紅稀。　庭花謝了，行雲散後，物是人非。惟有一襟清淚，憑闌灑遍殘枝。

又

雨餘清鏡湛秋容。屏展九華峰。萬里閑雲散盡，半規涼月當空。　樓高夜永，憑闌笑語，此際誰同。端有妙人攜手，翛然歸路凌風。

侍香金童

寶馬行春，緩轡隨油壁。念一瞬、韶光堪重惜。還是去年同醉日。客裏情懷，倍添淒惻。　記南城錦逕、名園曾遍歷。更柳下、人家似織。此際憑闌愁脈脈。滿目江山，暮雲空碧。

西江月

翡翠蒙金衫子，辟塵如意冠兒。持杯輕按遏雲詞。別是出塵風味。　莫羡雙星舊約，願諧明月佳期。憑肩私語兩心知。一棹五湖煙水。

蒼梧謠

天。休使圓蟾照客眠。人何在，桂影自嬋娟。

采桑子 孫仲益集於西齋，題侍兒作「第一流」，賦此謝之。

仙翁不改青青眼，奇花不比尋常艷，獨步南州。往事悠悠。遼鶴重來憶舊遊。　一醉遲留。妙墨銀鈎。題作人間第一流。

洞仙歌

鶯鶯燕燕。本是于飛伴。風月佳時阻幽願。但人心、堅固後，天也憐人，相逢處，依舊桃花人面。　綠窗攜手乍，簾幕重重，燭影摇紅夜將半。對尊前如夢，欲語魂驚，語未竟、已覺衣襟淚滿。我只爲、相思特地來，這度更休推，後回相見。

瑞鶴仙

玉猊香漫爇。嘆瓶沈簪斷，紫簫聲絕。丹青掛寒壁。細端詳宛是，舊時標格。音容望極。奈弱水、蓬山路隔。似瑶林、瓊樹韶華，正好一枝先折。　悽切。相思情味，鏡中綠鬢，看成華髮。臨風對月。空羅袂，揾清血。待隨群逐隊，開眉一笑，除是心腸鐵石。看今生，爲伊煩惱，甚時是徹。

右友古詞

李持正

莆田人，字季秉。政和五年進士，歷知德慶、南劍、潮陽三郡，終朝請大夫。

明月逐人來上元

星河明澹，春來深淺。紅蓮正、滿城開遍。禁街行樂，暗塵香拂面。皓月隨人近遠。

天半鰲山，光動鳳樓兩觀。東風靜、珠簾不捲。玉輦待歸，雲外聞弦管。認得宮花影轉。

右詞綜

鄧　肅

沙縣人，字志宏。宣和間入太學，以詩諷花石綱斥歸。靖康召對，授鴻臚簿，使金營。僞楚立，奔行在。高宗擢左正言。以屢陳時務忤執政，罷歸，旋卒。有栟櫚集，詞附。

長相思

一重溪。兩重溪。溪轉山回路欲迷。朱闌出翠微。　梅花飛。雪花飛。醉卧幽亭不掩扉。冷香尋夢歸。

生查子

執手兩潸然，情極都無語。去馬更匆匆，一息迷回顧。　孤館得村醪，一醉空離緒。酒醒却無人，簾外三更雨。

南歌子

雲繞風前鬢，春開鏡裏妝。鳳屏春晝裊龍香。淺畫娥眉新樣、遠山長。　比翼曾同夢，雙魚隔異鄉。玉樓依舊暗垂楊。樓下落花流水、自斜陽。

右詞綜

劉子翬

崇安人，字彥沖，以父韐蔭補承務郎，授興化通判。父死金營，丐祠不仕，自號病翁。有屏山集，詞附。

滿庭芳 和胡明仲桂花。

秋入微陰，涼生平遠，小山愁絕天南。似聞還斷，飛策遍千巖。葉底輕黃纂纂，惱人是、微裂芳緘。翛然勝，清真冷淡，無艷奇塵凡。　澄潭。歆兩岸，波光搖動，碧影相參。任西風十里，吹度松杉。我自寒灰槁木，凝神處、不覺醺酣。歸來晚，飛花無跡，明月滿空山。

驀山溪

浮煙冷雨，此日還重九。秋去又秋來，但黃花、年年依舊。平臺戲馬，無處問南徐。茆舍小，竹籬疏，兀坐空搔首。　客來何有。草草三杯酒。一笑萬緣空，休貪他、金印如斗。病翁老矣，誰共賦歸歟。芟壠麥，釣溪魚，肯落他人後。

右花庵詞選

高　登

漳浦人，字彥先。靖康在太學，以屢上書斥歸。紹興二年廷對，以直言附第五甲，授富川簿，忤秦檜，編管容州。有東溪集。

好事近黃義卿畫竹

瀟灑帶霜枝，獨向歲寒時節。觸目千林憔悴，更幽姿清絕。　多才應賦得天真，落筆驚風葉。從此綠窗深處，有一梢涼月。

又

送客過江村，况值重陽佳節。向晚西風蕭瑟，正離人愁絕。尊前相顧惜參商，引十分蕉葉。回首高陽人散，負西樓風月。

又

飲興正闌珊，正是揮毫時節。霜幹銀鈎錦句，看壁間三絕。西風特地颯秋聲，樓外觸殘葉。匹馬翩然歸去，向征鞍敲月。

右御選歷代詩餘

康與之

福寧人，初名執權，字伯可。南渡後以樂府受知高宗。凡朝廟樂章，兩宫宴集，咸假其歌咏，故應制之作爲多。官至侍郎。有順庵樂府。

寶鼎現

夕陽西下，暮靄紅隘，香風羅綺。乘麗景、華燈爭放，濃燄燒空連綿砌。覩皓月、浸嚴城如畫，花影寒籠絳蕊。漸掩映、芙蕖萬頃，迤邐齊開秋水。太守無限行歌意，擁麾幢、光動珠翠。傾萬井、歌臺舞榭，瞻望朱輪駢鼓吹。控寶馬、耀貔貅千騎，銀燭交光數里。似亂簇、寒星萬點，引入蓬壺影裏。來伴宴閣多才，環艷粉、瑶簪珠履。恐看看、丹詔催春，宸遊宴侍。便趁早、占通宵醉。莫放笙歌起。任畫角吹徹寒梅，月落西樓十二。

右樂府雅詞拾遺

瑞鶴仙 上元應制

瑞煙浮禁苑。正絳闕春回，新正方半。冰輪桂華滿。溢花衢歌市，芙蓉開遍。龍樓兩觀。見銀燭、星毬有爛。捲珠簾、盡日笙歌，盛集寶釵金釧。堪羡。綺羅叢裏，蘭麝香中，正宜遊玩。風柔夜暖。笑聲喧，花影亂。鬧蛾兒滿路，成團打塊，簇著冠兒鬬轉。喜皇都、舊日風光，太平再見。

又 別恨

薄寒羅袖怯。教小玉添香，被翻宮纈。蘭釭半明滅。聽幾聲歸雁，一簾微月。情波恨葉。索新詞、猶自怨別。夢回時、雪暖酥凝，掠鬢寶鴛釵折。　悽切。紋窗描繡，舊譜尋棋，變成虛設。同心對結。重來是，甚時節。悵姑蘇臺上，征帆何許，隱隱遥山萬疊。袖紅綃、獨立無言，偷彈淚血。

漢宮春 慈寧殿元夕應制

雲海沈沈，峭寒收建章，雪殘鳷鵲。華燈照夜，萬井禁城行樂。春隨鬢影，映參差、柳絲梅蕚。丹禁杳，鰲峰對聳，三山上通寥廓。　春衫繡羅香薄。步金蓮影下，三千綽約。冰輪桂滿，皓色冷浸樓閣。霓裳帝樂，奏昇平、天風吹落。留鳳輦、通宵宴賞，莫放漏聲閒却。

喜遷鶯

臘殘春早。正簾幕護寒，樓臺清曉。寶運當千，佳辰餘五，嵩岳誕生元老。帝遣皁安宗社，人仰雍容廊廟。盡總道，是文章燕許，勳庸周召。　師表。方眷遇，魚水君臣，須信從來少。玉帶金魚，朱顏綠鬢，占斷世間榮耀。篆刻鼎彝將遍，整頓乾坤都了。願歲歲，見柳梢青淺，梅英紅小。

又

秋寒初勁。看雲路雁來，碧天如鏡。湘浦煙深，衡陽沙遠，風外幾行斜陣。回首塞門何處，故國關河重省。漢使老，認上林欲下，徘徊清影。　江南煙水暝。聲過小樓，燭暗金猊冷。送目鳴琴，裁詩挑錦，此恨此情無盡。夢想洞庭飛下，散入雲濤千頃。過盡也，奈杜陵人遠，玉關無信。

采桑子 促養直赴雪夜溪堂之約

馮夷剪碎澄溪練，飛下同雲。著地無痕。柳絮梅花處處春。　山陰此夜明如晝，月滿前村。莫掩溪門。恐有扁舟乘興人。

又自嶺表還臨安作。

紅樓紫陌青春路，柳色皇州。月澹煙柔。裊裊亭亭不自由。舊時扶上雕鞍處，此地重遊。總是新愁。柳自輕盈水自流。

訴衷情登鬱孤臺，同施德初讀東坡詩作。

鬱孤臺上立多時。煙晚暮雲低。山川城郭良是，回首昔人非。今古事，祇堪悲。此心知。一尊芳酒，慷慨悲歌，月墮人歸。

又長安懷古。

阿房廢址漢荒丘。狐兔又群游。豪華盡成春夢，留下古今愁。君莫上，古原頭。淚難收。夕陽西下，塞雁南飛，渭水東流。

菩薩蠻長安懷古

秦時宮殿咸陽裏。千門萬户連雲起。複道亘西東。不禁三月風。漢唐乘王氣。萬歲千秋計。畢竟是荒丘。荆榛滿地愁。

又 金陵懷古

龍蟠虎踞金陵郡。古來六代豪華盛。縹鳳不來游。臺空江自流。　下臨全楚地。包舉中原勢。可惜草連天。晴郊狐兔眠。

感皇恩 幽居

一雨一番凉，江南秋興。門掩蒼苔鎖寒逕。紅塵不到，盡日鳥啼人静。綠荷風已過，摇香柄。　澹陰未解，園林清潤。一片花飛墮紅影。殘書讀盡，袖手高吟清咏。任從車馬客，勞方寸。

洞仙歌 荷花

若耶溪路。别岸花無數。欲斂嬌紅向人語。與綠荷、相倚恨，回首西風，波淼淼、三十六陂烟雨。　新妝明照水，汀渚生香，不嫁東風被誰誤。遺踟躕、騷客意，千里綿綿，仙浪遠、何處凌波微步。想南浦、潮生畫橈歸，正月曉風清，斷腸凝竚。

浪淘沙

蹙損遠山眉。幽怨誰知。羅衾滴盡淚燕支。夜過春寒愁未起，門外鴉啼。惆悵阻佳期。人在天涯。東風頻動小桃枝。正是銷魂時候也，撩亂花飛。

又

愁撚斷釵金。遠信沈沈。秦箏調怨不成音。郎馬不知何處也，樓外春深。好夢已難尋。夜夜餘衾。目窮千里正傷心。記得當初郎去路，綠樹陰陰。

江城子 越臺春遊作

南溪二月雨初晴。四郊明。暖風輕。一雨一風，鋪地落紅英。枝上流鶯啼勸我，春欲去，且留春。　登臨行樂慰閑情。過長亭。暮潮平。四面青蕪，中是越王城。信馬行吟歸路晚，山簇簇，柳陰陰。

風入松

一宵風雨送春歸。綠暗紅稀。畫樓鎮日無人到，與誰同撚花枝。門外薔薇開也，枝頭梅子酸時。　玉人應是數歸期。翠斂愁眉。塞鴻不到雙魚遠，嘆樓前、流水難西。新恨欲題紅葉，東風滿院花飛。

又

碧苔滿地襯殘紅。綠樹陰濃。曉鶯啼破眉心事，舊愁新恨重重。翠黛不忺重掃，佳時每恨難同。　花開花謝任東風。此恨無窮。夢魂擬逐楊花去，殢人休下簾櫳。要見只憑清夢，幾時真箇相逢。

謁金門

春又晚。風勁落紅如剪。睡起繡床飛絮滿。日長門半掩。　不管離腸欲斷。聽話梁間雙燕。試上小樓還不見。樓前芳草遠。

長相思

南高峰。北高峰。一片湖光煙靄中。春來愁煞儂。　郎意濃。妾意濃。油壁車輕郎馬驄。相逢九里松。

應天長

管弦繡陌，燈火畫橋，塵香舊時歸路。腸斷蕭娘，舊日風簾映朱户。鶯能舞，花解語。念後約、頓成輕負。緩雕轡、獨自歸來，憑闌情緒。　楚岫在何處。香夢悠悠，花月更誰主。惆悵後期，空有鱗鴻寄紈素。枕前淚，窗外雨。翠幕冷、夜涼虚度。未應信、此度相思，寸腸千縷。

玉樓春

青牋後約無憑據。誤我碧桃花下語。誰將消息問劉郎，悵望玉溪溪上路。　春來無限傷情緒。擬欲題紅都寄與。東風吹落一庭花，手把新愁無寫處。

憶秦娥

春寂寞。長安古道東風惡。東風惡。燕支滿地，杏花零落。臂消不耐黄金約。天寒尚怯春衫薄。春衫薄。不禁揾淚，爲君彈卻。

右花庵詞選

風入松

畫橋流水欲平闌。雨後青山。去年芳草今年恨，恨香車、不逐雕鞍。紅杏牆頭院落，綠楊樓外秋千。謝娘别後憶前歡。淚滴春衫。柔荑共折香紅處，勸東風、且與流連。早是相思瘦損，梅花謝了春寒。

憶少年 元夕應制

雙龍燭影，千門夜色，三五宴瑶臺。舞蝶隨香，飛蟬撲鬢，人自蘂宫來。太平簫鼓宸居曉，清漏玉壺催。步輦歸時，綺羅生潤，花上月徘徊。

風流子 謫居嶺南，聞歌賀方回詞，和作

結客少年場。繁華夢，舊日賞風光。紅燈九街，買移花市，畫樓十里，特地梅妝。醉魂蕩，龍跳攜萬字，鯨飲吸三江。驕隨鈿車，玉驄南陌，喜搖雙槳，紅袖横塘。天涯歸期阻，衡陽雁不到，路隔三湘。難見謝娘詩好，蘇小歌長。漫自惜鸞膠，朱弦何在，暗藏羅結，紅綬消香。歌罷淚沾宫錦，襟袖淋浪。

杏花天 慈寧殿春晚應制

帝城柳色藏春絮。嫩緑滿、遊人歸路。殘紅膩蕊留春住。無奈霏微細雨。南陌上、玉轡鈿車，悵紫陌、青門日暮。黄昏院落人歸去。猶有流鶯對語。

卜算子

潮生浦口雲，潮落津頭樹。潮本無心落又生，人自來還去。今古短長亭，送往迎來處。老盡東西南北人，亭下潮如故。

右陽春白雪

减字木蘭花

楊花飄盡。雲壓綠陰鵶乍定。簾幕閑垂。弄語千般燕子飛。　小樓深靜。睡起殘妝猶未整。夢不成歸。清淚滴斑金縷衣。

采桑子

晚來一霎風兼雨，洗盡炎光。理罷絲簧。却對菱花淡淡妝。　絳綃縷薄冰肌瑩，雪膩酥香。笑語檀郎。今夜紗厨枕簟凉。

荷葉鋪水面

春光艷冶，遊人踏綠苔。千紅萬紫競香開。暖風拂鼻籟，驀地暗香透滿懷。　荼蘼似錦裁。嬌紅間嫩白，只怕迅速春回。誤落在塵埃。折向鬢雲邊、金鳳釵。

滿江紅 杜鵑

惱煞行人，東風裏、爲誰啼血。正青春未老，流鶯方歇。蝴蝶枕前顛倒夢，杏花枝上朦朧月。問天涯、何事苦關情，思離別。　聲一喚，腸千結。閩嶺外，江南陌。正長堤楊柳，翠條堪折。鎮日叮嚀千百遍，只將一句頻頻説。道不如歸去不如歸，傷情切。

金菊對芙蓉

梧葉飄黃，萬山空翠，斷霞流水爭輝。正金風西起，海燕東歸。憑欄不見南來雁，望故人、消息遲遲。木犀開後，不應誤我，好景良時。　只念獨守孤幃。把枕前囑付，一旦分飛。上秦樓遊賞，酒殢花迷。誰知別後相思苦，悄爲伊、瘦損香肌。花前月下，黃昏院落，珠淚偷垂。

大聖樂

千朵奇峰，半軒微雨，曉來初過。漸燕子、引教雛飛，菡萏暗薰芳草，池面凉多。淺斟瓊卮浮綠蟻，展湘簟、雙紋生細波。輕紈舉，動團圞素月，仙桂婆娑。　臨風對月恣樂，便好把、千金邀艷娥。幸太平無事，擊壤鼓腹，攜酒高歌。富貴安居，功名天賦，爭奈皆由時命何。休眉鎖。問朱顔去了，還更來麽。

右花草粹篇

江城梅花引

娟娟霜月冷侵門。怕黄昏，又黄昏。手撚一枝，獨自對芳尊。酒又不禁花又惱，漏聲遠，一更更、總斷魂。　斷魂。斷魂。不堪聞。被半温，香半熏。睡也睡也，睡不穩、誰與温存。惟有牀前，銀燭照啼痕。一夜爲花憔悴損，人瘦也，比梅花、瘦幾分。

滿庭芳

霜幕風簾，閑齋小户，素蟾初上雕櫳。玉杯醽醁，還與可人同。古鼎沈煙篆細，玉筍破、橙橘香濃。梳妝懶，脂輕粉薄，約略淡眉峰。　清新歌幾許，低隨漫唱，笑語相供。道文書針綫，今夜休攻。莫厭蘭膏更繼，明朝又、紛冗匆匆。酩酊也，冠兒未卸，先把被兒烘。

菩薩蠻

南軒面對芙蓉浦。宜風宜月還宜雨。紅少緑多時。簾前光景奇。　繩床烏木几。盡日繁香裏。睡起一尊新。與花爲主人。

女冠子

火雲初布。遲遲永日炎暑。濃陰高樹。黄鸝葉底，羽毛學整，方調嬌語。薰風時漸動，峻閣池塘，芰荷爭吐。畫梁紫燕，對對啣泥，飛來又去。想佳期、容易成孤負。共人人、同上畫樓斟香醑。恨花無主。卧象牀犀枕，成何情緒。有時魂夢斷，半窗殘月，透簾穿户。去年今夜，扇兒扇我，情人何處。

舞楊花 慈寧殿賞牡丹應制

牡丹半坼初經雨，雕檻翠幕朝陽。困倚東風，羞謝了群芳。洗煙凝露向清曉，步瑶臺、月底霓裳。輕笑淡拂宫黄。淺擬飛燕新妝。　楊柳啼鴉晝永，正秋千亭館，風絮池塘。三十六宫，簪艷粉濃香。慈寧玉殿慶清賞，占東君、誰比花王。良夜萬燭熒煌。影裏留住年光。

右御選歷代詩餘

張元幹

長樂人，字仲宗，太學上舍。紹興中坐作詞送胡銓及寄李綱除名。有歸來集、蘆川詞。

賀新郎 送胡邦衡待制赴新州

夢繞神州路。悵秋風、連營畫角，故宮離黍。底事崑崙傾砥柱，九地黄流亂注，聚萬落千村狐兔。天意從來高難問，况人情、老易悲如許。更南浦，送君去。　涼生岸柳催殘暑。耿斜河、疏星淡月，斷雲微度。萬里家山知何處。回首對牀夜語。雁不到，書成誰與。目盡青天懷今古，肯兒曹、恩怨相爾汝。舉大白，唱金縷。

又 寄李伯紀丞相

曳杖危樓去。斗垂天、滄波萬頃，月流煙渚。掃盡浮雲風不定，未放扁舟夜渡。宿雁落、寒蘆深處。悵望關河空弔影，正人間鼻息鳴鼉鼓。誰伴我，醉中舞。　十年一夢揚州路。倚高寒、愁生故國，氣吞驕虜。要斬樓蘭三尺劍，遺恨琵琶舊語。謾暗澀、銅花塵土。喚取謫仙平章看，過苕溪、尚許垂綸否。風浩蕩，欲輕舉。

滿江紅 自豫章阻風吴城山作

春水連天、桃花浪，幾番風惡。雲乍起、遠山遮盡、晚風還作。綠遍汀洲生杜若。楚帆帶雨煙中落。認向來、沙觜共停橈，傷漂泊。　寒猶在，衾偏薄。腸欲斷，愁難著。倚篷窗無寐，引杯孤酌。寒食清明都過却。最憐輕負年時約。想小樓、終日望歸舟，人如削。

蘭陵王

捲珠箔，朝雨輕陰乍閣。闌干外、煙柳弄晴，芳草侵階映紅藥。東風妒花惡，吹落梢頭嫩萼。屏山掩、沈水倦熏，中酒心情怯盃勺。　尋思舊京洛。正年少疏狂，歌笑迷著。障泥油壁催梳掠，曾馳道同載，上林攜手，燈夜初過早共約。又爭信漂泊。　寂寞。念行樂。甚粉淡衣襟，音斷絃索，瓊枝璧月春如昨。悵別華表，那回雙鶴。相思除是，向醉裏、暫忘却。

又

綺霞散。空碧留晴向晚。東風裏，天氣困人，時節秋千閉深院。簾旌翠波颭。窗影殘紅一綫。春光巧，花臉柳腰，勾引芳菲鬧鶯燕。閑愁費消遣。想娥綠輕暈，鸞鑑新怨。單衣欲試寒猶淺。羞衾鳳空展，塞鴻難托，誰問潛寬舊帶眼。念人似天遠。迷戀。畫堂宴。看最樂王孫，濃艷爭勸。蘭膏寶篆春宵短。擁檀板低唱，玉盃重暖。衆中先醉，漫倚檻、早夢見。

念奴嬌

江天雨霽，正露荷擎翠，風槐搖綠。試問秦樓今夜裏，秋到闌干幾曲。笑撚黃花，重題紅葉，無奈歸期促。暮雲千里，桂花初綻寒玉。有誰伴我凄涼，除非分付，與杯中醽醁。水本無情山又遠，回首烟波雲木。夢繞西園，魂飛南浦，自古情難足。舊游何處，落霞空映孤鶩。

又 丁卯上巳集葉尚書蕊香堂賞海棠

蕊香深處，逢上巳生怕、花飛紅雨。萬點燕支遮翠袖，誰識黄昏凝竚。燒燭呈妝，傳杯凭檻，莫放春歸去。垂絲無語，見人郤似羞妒。　修禊當時今日，群賢絃管裏，英姿如許。寶靨羅衣應未有，許多陽臺神女。氣涌三山，醉聽五鼓，休更分今古。壺中天地，大家著意留住。

又 代洛濱次石林韻

吴淞初冷，記垂虹南望、殘日西沈。秋入青冥三萬頃，蟾影吞盡湖陰。玉斧爲誰，冰輪如許，宫闕想寒深。人間奇觀，古今豪士悲吟。　蒼弁丹頰仙翁，淮山風露底，曾賦幽尋。老去專城仍好客，時擁歌吹登臨。坐揖龍江，舉杯相屬，桂子落波心。一聲猿嘯，醉來虚籟千林。

又 題徐明叔海月吟笛圖

秋風萬里，湛銀潢清影、冰輪寒色。八月靈槎乘興去，織女機邊爲客。山擁鷄林，江澄鴨綠，四顧滄溟窄。醉來橫吹，數聲悲憤誰測。飄蕩貝闕珠宮，群龍驚睡起，馮夷波激。雲氣蒼茫吟嘯處，鼉吼鯨奔天黑。回首當時，蓬萊方丈，好個歸消息。而今圖畫，漫教千古傳得。

又

寒綃素壁，露華濃、群玉峰巒如洗。明鏡池開秋水淨，冷浸一天空翠。荷芰波生，菰蒲風動，驚起魚龍戲。山河影裏，十分光照人世。誰似老子癡頑，胡床欹坐，自引壺觴醉。醉裏悲歌歌未徹，屋角烏飛星墜。對影三人，停杯一問，誰解騎鯨意。玉京何處，翠樓空鎖十二。

又己卯中秋，和陳丈少卿韻

垂虹望極，掃太虛纖翳，明河翻雪。一碧天光波萬頃，涌出廣寒宮闕。好事浮家，不辭百里，俱載如花頰。琴高雙鯉，鼎來同醉孤絕。浩蕩今夕風烟，人間天上，別似尋常月。陶冶三高千古恨，賞我中秋清節。八十仙翁，雅宜圖畫，寫取橫江楫。平生奇觀，夢回猶竦毛髮。

石州慢

寒水依痕，春意漸回，沙際煙闊。溪梅晴照生香，冷蕊數枝爭發。天涯舊恨，試看幾許銷魂，長亭門外山重疊。不盡眼中青，是愁來時節。　情切。畫樓深閉，想見東風，暗消肌雪。孤負枕前雲雨，尊前花月。心期切處，更有多少凄凉，殷勤留與歸時説。到得却相逢，恰經年離別。

又 己酉秋，吴興舟中

雨急雲飛，瞥然驚散，暮天涼月。誰家衰柳低迷，幾點疏螢明滅。夜帆風駛，滿湖煙水蒼茫，菰蒲零亂秋聲咽。夢斷酒醒時，倚危檣愁絕。　心折。長庚光怒，群盜縱橫，天驕猖獗。欲挽天河，一洗中原膏血。兩宮何處，塞垣只隔長江，唾壺空擊悲歌缺。萬里想龍沙，泣孤臣吴越。

永遇樂 宿鷗盟軒

月仄金盆，江縈羅帶，凉飈天際。摩詰丹青，營邱平遠，一望窮千里。白鷗盟在，黄百年倦客，三生習氣，粱夢破，投老此心如水。耿無眠、披襟顧影，乍聞繞階絡緯。誰人著眼，放神八極，逸想寄塵寰外。獨憑闌、鷄鳴日上，海山霧起。夜色蒼茫，浮雲滅没，舉世方酣睡。今古到頭誰是。

又 爲洛濱横山閣作

飛觀横空，衆山繞甸，江面相照。曲檻披風，虚檐掛月，據盡登臨要。有時巾屨，訪公良夜，坐我半天林杪。攬浮休、飄飄仙袂，相與似遊蓬島。主人勝度，文章英妙，合住北扉西沼。何事十年，風篺露沐，不厭江山好。曲屏端有，吹簫人在，同倚暮雲清曉。乘除了、人間寵辱，付之一笑。

八聲甘州 陪筠翁小酌横山閣

倚凌空、飛觀展營丘，卧軸恍移時。漸微雲點綴，參横斗轉，野闊天垂。草樹縈迴島嶼，杳靄數峰低。其一尊明月，顧影爲誰。俛仰乾坤今古，正嫩涼生處，濃露初霏。據胡床殘夜，惟我與公知。念老去、風流未減，見向來、人物幾興衰。身常健，何妨遊戲，莫問棲遲。

又 西湖有感寄劉晞顏

記當年、共飲醉畫船，搖碧罥花釵。問蒼顏華髮，煙簑雨笠，何事重來。看盡人情物態，冷眼只堪咍。賴有西湖在，洗我塵埃。　夜久波光山色，間淡妝濃抹，冰鑑雲開。東潮頭千丈，江海兩崔嵬。曉凉生、荷香撲面，灑天邊、風露逼襟懷。誰同賞，通宵無寐，斜月低回。

水調歌頭 同徐師川泛太湖

落景下青嶂，高浪捲滄洲。平生頗慣江海，掀舞木蘭舟。百二山河空壯，底事中原塵漲，喪亂幾時休。澤畔行吟處，天地一沙鷗。　想元龍，猶高卧，百尺樓。臨風酹酒，堪笑談話覓封侯。老去英雄不見。惟與漁樵爲伴。回首得無憂。莫道三伏熱，便是五湖秋。

又 和向薌林中秋

閏餘有何好，一歲兩中秋。滕王高閣曾醉，月湧大江流。今夜釣龍臺上，還是當時逢閏，佳句記英遊。看山兼看月，登閣復登樓。別離久，今古恨，大刀頭。老來長是，清夢宛在舊神州。遐想薌林風味，甕裏自傾春色，不用貰貂裘。笑我成何事，搔首漫私憂。

又 陪福帥宴集，口占授官奴

縹緲九重閣，壯觀在人間。涼飈乍起，四圍晴黛入闌干。已過中秋時候。便是菊花重九。爲壽一尊歡。今古登高意，玉帳正清閒。引三巴，連五嶺，控百蠻。元戎小隊，舊遊曾記並龍山。閩嶠尤寬南顧。聞道天邊雨露。持槖詔新頒。且擁笙歌醉，廊廟更徐還。

又

平日幾經過，重到更留連。黃塵烏帽，覺來眼界忽醒然。坐見如雲秋稼，莫問雞蟲得失，鴻鵠下翩翩。四海九州大，何地著飛仙。吸湖光，吞蟾影，倚天圓。胸中萬頃，空曠清夜炯無眠。要識世間閑處，自有尊前深趣，且唱釣魚船。調鼎他年事，妙手看烹鮮。

又

雨斷翻驚浪，山暝擁歸雲。麥秋天氣，聊泛征棹泊江郵。不羨腰間金印，却愛吾廬高枕，無事閉柴門。搔首煙波上，老去任乾坤。　白綸巾，玉麈尾，一杯春。性靈陶冶，我輩猶要個中人。莫變姓名吴市，且向漁樵爭席，與世共浮沈。目送飛鴻去，何用畫麒麟。

又

露下菱歌遠，螢傍藕花流。臨溪堂上，望中依舊柳邊洲。晚暑冰肌沾汗，新浴香綿撲粉，湘簟月華浮。長記開朱户，不寐待歸舟。　恍重來，思往事，攬離愁。天涯何處，未應容易此生休。莫問吴霜點鬢，細與蠻箋封恨，相見轉綢繆。雲雨陽臺夢，河漢鵲橋秋。

又　癸酉虎丘中秋

萬里冰輪滿，千丈玉盤浮。廣寒宫殿西望，湖海冷光流。掃盡長空纖翳，散亂疏林清影，風露逼人愁。徐步行歌去，危坐不眠休。　問孤篷，緣底事，苦淹留。倦遊回首，向來雲臥兩星周。此夜此生長好，明月明年何處，歸興在南州。老景一傖父，異縣四中秋。

又 贈汪秀才

袖手看飛雪，高臥過殘冬。飄然底事春到，先我逐孤鴻。挾取筆端風雨，快寫胸中丘壑，不肯下樊籠。大笑了今古，乘興便西東。　一尊酒，知何處，又相逢。奴星結柳，與君同送五家窮。好是橘封千户，正恐樓高百尺，湖海有元龍。目光在牛背，馬耳射東風。

又

今夕定何夕，秋水滿東甌。悲涼懷抱，何事還倍去年愁。萬里碧空如洗，寒浸十分明月，簾捲玉波流。非是經年別，一歲兩中秋。　坐中庭，風露下，冷颼颼。素娥無語，相對尊酒且遲留。琴罷不堪幽怨，遥想三山影外，人倚夜深樓。矯首望霄漢，雲海路悠悠。

又爲趙端禮作

最樂賢王子，今歲好中秋。夜深珠履，舉杯相屬盡名流。宿雨乍開銀漢，洗出玉蟾秋色，人在廣寒游。浩蕩山河影，偏照岳陽樓。露華濃，君恩重，判扶頭。霓旌星節，已隨絲管下皇州。滿座燭光花艷，笑罥烏巾同醉，誰問負薪裘。月轉檐牙曉，高枕更無憂。

又追和

舉手釣鰲客，削跡種瓜侯。重來吴會，三伏行見五湖秋。耳畔風波摇蕩，身外功名飄忽，何路射旄頭。孤負男兒志，悵望故園愁。夢中原，揮老淚，遍南州。元龍湖海，豪氣百尺卧高樓。短髮霜黏兩鬢，清夜盆傾一雨，喜聽瓦鳴溝。猶有壯心在，付與百川流。

又

放浪形骸外，憔悴山澤癯。倒冠落佩，此心不待白髭鬚。聊復脱身鵷鷺，未暇先尋水竹，矯首漢庭疏。長夏噉丹荔，兩紀傲閒居。忽風飄，連雨打，向西湖。藕花深處，尚能同載麴生無。聽子談天舌本，澆我書空胸次，醉卧踏冰壺。畢竟凌煙像，何似輞川圖。

又 丁丑春與鍾離少翁、張元鑒登垂虹

拄策松江上，舉酒酹三高。此生飄蕩往來，身世兩徒勞。長羨五湖煙艇，好是秋風鱸鱠，笠澤久蓬蒿。想像英靈在，千古傲雲濤。俯滄波，吞空曠，恍神交。解衣盤薄，政須一笑屬吾曹。洗盡人間塵土，掃去胸中冰炭，痛飲讀離騷。縱有垂天翼，何用釣連鰲。

風流子 政和間過延平，雙溪閣落成，席上賦

飛觀插雕梁。憑虛起、縹緲五雲鄉。對山滴翠嵐，兩眉濃黛，水分雙派，滿眼波光。曲闌干外，汀煙輕冉冉，莎草細茫茫。無數釣舟，最宜煙雨，有如圖畫，渾似瀟湘。使君行樂處，秦箏弄哀怨，雲鬢分行。心醉一江春色，滿座凝香。有天涯倦客，尊前回首，聽徹伊州，惱損柔腸。不似碧潭雙劍，猶解相將。

魚游春水

芳洲生萍芷。宿雨收晴浮暖翠。煙光如洗，幾片花飛點淚。清鏡空餘白髮添，新恨誰傳紅綾寄。溪漲岸痕，浪吞沙尾。　老去情懷易醉。十二欄干慵遍倚。雙鳧人慣風流，功名萬里。夢想濃妝碧雲邊，目斷歸帆夕陽裏。何時送客，更臨春水。

寶鼎現

筠翁李似之作此詞見招，因賦其事，使歌之者想像風味，如到山中

山莊圖畫，錦囊吟咏，胸中丘壑。年少日、如虹豪氣，吐鳳詞華渾忘却。便袖手、向巖前溪畔，種滿煙梢霧籜。想別墅平泉，當時草木，風流如昨。　瘦藤閑倚看鋤藥。雙芒屩、雨後常著。目送處、飛鴻滅没，誰向蓬蒿爭燕雀。乍霽月、望松雲南渡，短艇欹沙夜泊。正萬里青冥，千林虛籟，從渠矰繳。　攜幼尚有筠丁，誰會得、人生行樂。醉岸綸巾歸去，深户香迷翠幕。恐未免、上凌煙閣。好在秋天鶚。念小山叢桂，今宵狂客，不勝杯勺。

祝英臺近

枕霞紅，釵燕墜。花露殢雲髻。粉淡香殘，猶帶宿酲睡。晝檐紅日三竿，慵窺鸞鑑，長是倚、春風無力。　又經歲。玉腕條脱輕鬆，羞郎見憔悴。何事秋來，容易又分袂。可堪疏雨梧桐，空階絡緯，背人處、偷彈珠淚。

朝中措　次楊聰父韻

花陰如坐木蘭船。風露正娟娟。翠蓋匝庭芳影，青蛟平地飛涎。　春撩狂興，香迷痛飲，中聖中賢。携取一枝同夢，從他五夜如年。

蝶戀花

窗暗窗明昏又曉。百歲光陰，老去難重少。四十歸來猶賴早。浮名浮利都經了。　時把青銅閑自照。華髮蒼顔，一任旁人笑。不會參禪並學道。但知心下無煩惱。

又

燕去鶯來春又到。花落花開，幾度池塘草。歌舞筵中人易老。閉門打坐安閒好。
敗意常多如意少，著甚來由，入鬧尋煩惱。千古是非渾忘了。有時獨自掀髯笑。

沁園春 紹興丁巳五月六夜，夢與一道人對歌數曲，遂成此詞

神水華池，汞鉛凝結，虎龍往來。問子前午後，陽消陰長，自然爐鼎，何用安排。靈寶玄門，煙蘿真境，三日庚生兑户開。泥丸透，盡周天火候，平步仙階。蓬萊直上瑶臺。看海變桑田飛暮埃。念塵勞良苦，流光易度，明珠誰得，白骨成堆。位極人臣，功高今古，總蹈危機吞禍胎。爭知我，辦青鞋布韈，雁蕩天台。

又

欹枕深軒，散帙虚堂，畏景屢移。漸披襟臨水，揞床就月，蓮香拂面，竹色侵衣。壓玉爲醪，折荷當琖，卧看銀潢星四垂。人歸後，任饑蟬自嘯，宿鳥相依。痴兒莫蹈危機。悟三十九年都盡非。任紆朱拖紫，圍金珮玉，青錢流地，白璧如坻。富貴浮雲，身名

零露，事事無心歸便歸。秋風動，正吴松月冷，蓴長鱸肥。

臨江仙 送王叔濟

玉立清標消晚暑，胸中一段冰壺。畫船歸去醉歌珠。微雲收未盡，殘月烱如初。鵷鷺行間催闊步，秋來乘興鳧趨。煩君爲我問西湖。不知疏影畔，許我結茅無。

又 荼蘼有感

鶯唤屏山驚睡起，嬌多須要郎扶。荼蘼斗帳罷熏爐。翠穿珠落索，香泛玉流蘇。長記枕痕消醉色，日高猶倦妝梳。一枝春瘦想如初。夢迷芳草路，望斷素鱗書。

又 趙端禮重陽後一日置酒，坐上賦

十日籬邊猶袖手，天教冷地藏香。王孫風味最難忘。逃禪留座客，度曲出宫妝。拚却爲花今夜醉，大家且泛鵝黄。人心休更問炎涼。從渠簪髮短，還我引杯長。

又送宇文德和被召赴行在

露坐榕陰須痛飲，從渠疊鼓頻催。暮山新月兩徘徊。離愁秋水遠，醉眼曉帆開。泛宅浮家遊戲去，流行坎止忘懷。江邊鷗鷺莫相猜。上林消息好，鴻雁已歸來。

醉落魄

綠枝紅萼。江南芳信年年約。竹輿路轉溪橋角。晴日烘香，的皪疏籬落。玉臺粉面鉛花薄。畫堂長記深羅幕。惜花老去情猶著。客裏驚春，生怕東風惡。

又

雲鴻影落。風吹小艇欹沙泊。津亭古木濃陰合。一枕灘聲，客睡何曾著。天涯萬里情懷惡。年華垂暮猶離索。佳人想見猜疑錯。莫數歸期，已負當時約。

南歌子中秋

涼月今宵滿，晴空萬里寬。素娥應念老夫閑。特地中秋著意、照人間。香霧雲鬟濕，清輝玉臂寒。休教凝竚向更闌。飄下桂華開早、大家看。

又

遠樹留殘雪，寒江照晚晴。分明江上數峰青。倚檻舊愁新恨、一時生。春意來無際，歸舟去有程。道人元自没心情。楚夢只因沈醉、等閒成。

又

玉露團寒菊，金風入敗荷。繚牆南岸曲池渦。天迥遥岑倒影、落層波。月轉檐牙短，更傳漏箭多。醉來歸去意如何。只爲地偏心遠、慣弦歌。

又

桂魄芬餘暈，檀香破紫心。高鬟鬆綰鬢雲侵。又被蘭膏香染、色沈沈。指印纖纖粉，釵横隱隱金。更闌雲雨鳳帷深。長是枕前不見、殢人尋。

卜算子

的皪數枝斜，冰雪縈餘態。燭外尊前滿眼春，風味年年在。老去惜花深，醉裏愁多煞。冷蕊孤芳底處愁，少箇人人戴。

又

涼氣入熏籠，暗影欹花砌。紫玉誰人三弄寒，吹斷江梅意。花底濕春衣，隔座風輕遞。却笑笙簫緱嶺人，明月偷垂淚。

又

風露濕行雲，沙水迷歸艇。卧看明河月滿空，斗掛蒼山頂。萬古只青天，多事悲人境。起舞聞鷄酒未醒，潮落秋江冷。

又

芳信看寒梢，影入花光畫。玉立風前萬里春，雪艷江天夜。誰折暗香來，故把新篘瀉。記得偎人並照時，鬟亂斜枝惹。

浣溪紗

曲室明窗燭吐光。瓦爐灰暖炷瓢香。夜闌茗碗間飛觴。坐穩蒲團憑棐几，熏餘紙帳掩藜床。箇中風味更難忘。

又

一枕秋風兩處凉。雨聲初歇漏聲長。池塘零落藕花香。歸夢等閒歸燕去，斷腸分付斷雲行。畫屏今夜更思量。

又 王仲時席上賦木犀

翡翠釵頭綴玉蟲。秋蟾飄下廣寒宮。數枝金粟露華濃。花底清歌生皓齒，燭邊疏影映酥胸。惱人風味冷香中。

又 武林送李似表

燕掠風檣款款飛。艷桃穠李鬧長堤。騎鯨人去曉鶯啼。可意湖山留我住，斷腸煙水送君歸。三春不是别離時。

又

雲氣吞江捲夕陽。白頭波上電飛忙。奔雷驚雨濺胡牀。玉節故人同壯觀，錦囊公子更平章。榕陰歸夢十分凉。

又

山繞平湖波撼城。湖光倒影浸山青。水晶樓下欲三更。霧柳暗時雲度月，露荷翻處水流螢。蕭蕭散髮到天明。

又 薔薇水

月轉花枝清影疏。露華濃處滴真珠。天香遺恨罥花鬚。沐出烏雲多態度，暈成蛾綠費工夫。歸時分付與妝梳。

又 篤耨香

花氣天然百和芬。仙風吹過海中春。龍涎沈水總銷魂。　清潤巧縈金縷細，氤氳偏傍玉肌温。別來長是惜餘熏。

又 范才元家釀萼綠春

萼綠華家萼綠春。山瓶何處下青雲。濃香氣味已醺人。　竹葉傳杯驚老眼，松醪題賦倒綸巾。須防銀字暖朱唇。諺以竊嘗爲「吹笙」。

又 戲簡宇文德和求香

花氣蒸濃古鼎煙。水沈春透露華鮮。心清無暇數龍涎。　乞與病夫僧帳座，不妨公子醉茵眠。普熏三界掃腥羶。

又

殘臘晴寒出衆芳。風流勾引破春光。年年長爲此花忙。夜久莫教銀燭灺，酒邊何似玉臺妝。冰肌温處覓餘香。

又

棐几明窗樂未央。熏爐茗椀是家常。客來長揖對胡牀。蟹眼湯深輕泛乳，龍涎灰暖細烘香。爲君行草寫秋陽。

又書大同驛壁

榕葉桄榔驛枕溪。海風吹斷瘴雲低。薄寒初覺到征衣。歲晚可堪歸夢遠，愁深偏恨得書稀。荒庭日脚又垂西。

柳梢青

海山浮碧。細風絲雨，新愁如織。慵試春衫，不禁宿酒，天涯寒食。歸期莫數芳辰，誤幾度、回廊夜色。入户飛花，隔簾雙燕，有誰知得。

又

小樓南陌。翠軿金勒，誰家春色。冷雨吹花，禁煙怯柳，傷心行客。少年百萬呼盧，擁越女、吴姬共擲。被底香濃，尊前燭滅，如今消得。

醉花陰

翠箔陰陰籠畫閣。昨夜東風惡。芳徑滿香泥，南陌東郊，惆悵妨行樂。傷春比似年時惡。潘鬢新來薄。何處不禁愁，雨滴花腮，和淚燕支落。

長相思

香暖幃。玉暖肌。嬌卧嗔人來睡遲。印殘雙黛眉。蟲聲低。漏聲稀。驚枕初醒燈暗時。夢歸人未歸。

又

花下愁。月下愁。花落月明人在樓。斷腸春復秋。　從他休。任他休。如今青鸞不自由。看看天盡頭。

如夢令 七夕

雨洗青冥風露。雲外雙星初度。乞巧夜樓空，月妒回廊私語。凝竚。凝竚。不似去年情緒。

又

潮退江南晚渡。山闇水西烟雨。天氣十分涼，斷送一年殘暑。歸去。歸去。香霧曲屏深處。

又

卧看西湖煙渚。綠蓋紅妝無數。簾捲曲欄風，拂面荷香吹雨。歸去。歸去。笑損花邊鷗鷺。

春光好

疏雨洗，細風吹。淡黄時。不分小亭芳草緑，映檐低。　樓下十二層梯。日光影裏鶯啼。倚遍闌干看盡柳，憶腰肢。

又

吴綾窄，藕絲重。一鈎紅。翠被眠時要人暖，著懷中。　六幅裙窣輕風。見人遮盡行蹤。正是踏青天氣好，憶弓弓。

虞美人

開殘桃李春方到。誰送東風早。杖藜幽徑踏餘花。却對緑陰青子、問年華。　迢迢雲水横清淺。不遣愁眉展。數竿修竹自横斜。猶有小窗朱户、似儂家。

青玉案 讌趙端禮堂成

華裾玉轡青絲鞚。記年少、金吾從。花底朝回珠翠擁。曉鐘初斷，宿酲猶帶，綠鎖窗中夢。天涯相遇鞭鸞鳳。老去堂成更情重。月轉檐牙雲繞棟。凉吹香霧，酒迷歌扇，春筍傳杯送。

又 再和

王孫陌上春風鞚。蕊珠宴、雲軿從。歸去笙歌常醉擁。蠟殘花炬，月侵冰簟，慣作凉堂夢。玉人勸客釵斜鳳。條脱擎杯腕嫌重。燕子入簾飛畫棟。雨餘深院，漏催清夜，更軋秦箏送。

又

月華冷沁花梢露。芳意戀、香肌住。心字龍涎饒濟楚。素馨風氣，碎瓊流品，别有天然處。圍爐屈曲宜深炷。留取春光映朱户。綠綺聲中誰暗許。小窗歸去，夢回猶記，金鼎分雲縷。

又 和方回韻

平生百繞垂虹路。看萬頃、翻雲去。山淡夕暉帆影度。菱歌風斷，襪羅塵散，總是關情處。　少年陳跡今遲暮。走筆猶能醉詩句。花底目成心暗許。舊家春事，覺來客恨，分付疏篷雨。

點絳脣 溪光亭大雨

山暗秋雲，暝鴉接翅啼榕樹。故人何處。一夜溪亭雨。　夢入新涼，只道銷殘暑。還知否。燕將雛去。又是流年度。

又

水驛凝霜，夜帆風駛潮生曉。酒醒寒悄。枕底波聲小。　好去歸舟，有個人風調。君行了。此歡應少。索共梅花笑。

又

春曉輕雷，采蘋洲上清明雨。亂雲遮樹。黯淡江村路。今夜歸舟，綠潤紅香處。遥山暮。畫樓何許。喚取潮回去。

又

畫閣深圍，暖紅光裏芳林影。暗香成陣。上下花相映。倒掛疏枝，月落參横冷。休裝景。要人酒醒。除是花枝並。

又呈洛濱、筠溪二老

清夜沈沈，暗蛩啼處檐花落。乍涼簾幕。香繞屏山角。堪恨歸鴻，情似秋雲薄。書難托。儘交寂寞。忘了前時約。

又

醉泛吴淞，小舟誰怕東風大。舊時經過。曾向垂虹卧。月淡霜天，今夜空清坐。還知麼。滿斟高和。只有君知我。

虞美人

廣寒蟾影開雲路。目斷愁來處。菊花輕泛玉杯空。醉後不知星斗、亂西東。
今宵入夢陽臺雨。誰忍先歸去。酒醒長是五更鐘。休念舊遊吹帽、幾秋風。

又

菊坡九日登高路。往事知何處。陵遷谷變總成空。回首十年秋思、吹臺東。
西窗一夜蕭蕭雨。夢繞中原去。覺來依舊畫樓鐘。不道木犀香撼、海山風。

又

西郊追賞尋芳處。聞道衝寒去。雨肥紅綻向南枝。歲晚才開應是、恨春遲。
天涯樂事王孫貴。花底還君醉。有人風味勝疏梅。醉裏折花歸去、更傳盃。

漁家傲 題玄真子圖

釣笠披雲青嶂繞。橛頭細雨春江渺。白鳥飛來風滿棹。收綸了。漁童拍手樵青笑。　明月太虛同一照。浮家泛宅忘昏曉。醉眼冷看城市鬧。烟波老。誰能惹得閒煩惱。

又

樓外天寒山欲暮。溪邊雪後藏雲樹。小艇風斜沙觜露。流年度。春光已向梅梢住。　短夢今宵還到否。葦村四望知何處。客裏從來無意緒。催歸去。故園正要鶯花主。

又 陪富季申探梅

臘日西郊湖畔路。天低野闊山無數。路轉岡斜花滿樹。絲吹雨。南枝占得春光住。　藉草攜壺花底去。花飛酒面香浮處。老手調羹當獨步。須記取。坐中都是芳菲侶。

謁金門

鴛鴦渚。春漲一江花雨。别岸數聲初過艣。晚風生碧樹。　艇子相呼相語。載取莫愁歸去。寒食煙村芳草路。愁來無著處。

又 道山亭餞張椿老赴行在

風露底。石上岸巾愁起。月到房心天似水。亂峰清影裏。　此去登瀛須記。今日道山同醉。春殿明年人共指。玉皇香案吏。

又 送康伯檜

清光溢。影轉畫檐涼入。風露一天星斗濕。無雲天更碧。　滿引送君何惜。記取吾曹今夕。目斷秋江君到日。潮來風正急。

瑞鷓鴣

雛鶯初囀鬭尖新。雙蕊花嬌掌上身。總解滿斟偏勸客，多生俱是綺羅人。　回波偷顧輕招拍，方響低敲更合箏。豆蔻梢頭春欲透，情知巫峽待爲雲。

又 彭德器出示胡邦衡新句，次韻

白衣蒼狗變浮雲。千古功名一聚塵。好是悲歌將進酒，不妨同賦惜餘春。風光全似中原日，臭味要須我輩人。雨後飛花知底數，醉來贏取自由身。

好事近

老去更思歸，芳草正薰南陌。上巳又逢寒食，嘆三年爲客。吹花小雨濕秋千，閑却好春色。天甚不憐人老，早教人歸得。

又

春色到花房，芳信一枝偏好。勾引萬紅千翠，爲化工呈巧。花姑玉貌笑東風，今朝放春早。看取鬢邊幡勝，永宜春難老。

又

斗帳炷爐熏，花露浥成薌澤。縈透雪兒金縷，醉玉壺春色。　非煙非霧鎖窗中，王孫倦遊客。不道粉牆南畔，也有人聞得。

怨王孫

小院春晝。晴窗霞透。著雨燕支，倚風翠袖。芳意惱亂人多。暖金荷。　多情不分群葩後。傷春瘦。淺黛眉尖秀。紅潮醉臉，半掩花底重門。怨黃昏。

又

霽雨天迥。平林煙暝。燈閃沙汀，水生釣艇。樓外柳暗誰家。亂昏鴉。　相思怪得今番甚。寒食近。小硯魚牋信。屏山半掩，微醉獨倚欄干。恨春寒。

喜遷鶯送何晉之著作趨朝

文倚馬，筆如椽。桂殿早登仙。舊遊策府記當年。衮繡合貂蟬。　慶天申，瞻玉座，鵷鷺正陪班。看君穩步過花磚。歸院引金蓮。

又 呈富樞密

雲葉亂，月華光。羅幕捲新凉。玉醅初泛嫩鵝黄。花露滴秋香。　地行仙，天上相。風度世間人樣。懸知洗盞徑開嘗。誰醉伴禪牀。

鷓鴣天

不怕微霜點玉肌。恨無流水照冰姿。與君著意從頭看，初見東南第一枝。　人散後，雪晴時。隴頭春色寄來遲。使君本是花前客，莫怪殷勤爲賦詩。

憶秦娥

桃花萼。雨肥紅綻東風惡。東風惡。長亭無寐，短書難託。　征衫孤負深閨約。禁煙時候春羅薄。春羅薄。多應消瘦，可忺梳掠。

明月逐人來 燈夕趙端禮席上

花迷珠翠。香飄羅綺。簾旌外、月華如水。暖紅影裏，誰會王孫意。最樂昇平景致。

長記宮中，五夜春風鼓吹。遊仙夢、輕寒半醉。鳳幃未暖，歸去濃熏被。更問陰晴天氣。

小重山

誰向晴窗伴素馨。蘭芽初秀發，紫檀心。國香幽艷最情深。歌白雪，只少一張琴。

新月冷光侵。醉時花近眼，莫頻斟。薛濤箋上楚妃吟。空凝睇，歸去夢中尋。

金人捧露盤

卧扁舟，聞寒雨，數佳期。又還是、輕誤仙姿。小樓夢冷，覺來應恨我歸遲。鬢雲鬆處枕檀斜，露泣花枝。

名與利，空縈繫，添憔悴，漫孤悽。得見了、說與教知。偎香倚暖，夜爐圍定酒温時。任他飛雪灑江天，莫下層梯。

春光好為楊聽父侍兒切鱠作

花恨雨，柳嫌風。客愁濃。坐久霜刀飛碎雪，一尊同。勞煩玉指春葱。未放筋、金盤已空。更與個中尋尺素，兩情通。

又

寒食近，踏青時。畫堂西。可是春來偏倦繡，乍生兒。香綿輕拂燕支。加文褓、初試斑衣。悄没工夫存問我，且憐伊。

清平樂

亂山深處。雪擁煖橋路。曉日乍明催客去。驚起玉鴉翻樹。翠衾香暖檀灰。一枝想見疏梅。憑仗東風説與，畫眉人共春回。

又

明珠翠羽。小綰同心縷。好去吴松江上路。寄與雙魚尺素。蘭橈飛取歸來。

愁眉待得伊開。相見嫣然一笑，眼波先入郎懷。

菩薩蠻

天涯客裏秋容晚。妖紅聊戲思鄉眼。一朵醉深妝。羞渠照鬢霜。開時誰斷送。不待司花共。有脚號陽春。芳菲屬主人。

又 戲呈周介卿

拍堤綠漲桃花水。畫船穩泛東風裏。絲雨濕苔錢。淺寒生禁煙。江山留不住。却載笙歌去。醉倚玉搔頭。幾曾知旅愁。

又 送春

春來春去催人老。老夫爭肯輸年少。醉後少年狂。白髭殊未妨。插花還起舞。管領春光處。把酒共留春。莫教花笑人。

又

雨餘翠袖瓊膚潤。一枝想像傷春困。老眼見花時。惜花心未衰。　釀成誰與醉。應把流蘇綴。淚沁枕囊香。惱儂歸夢長。

又（政和壬辰東都作）

黃鶯啼破紗窗曉。蘭缸一點窺人小。春淺錦屏寒。麝煤金博山。　夢回無處覓。細雨梨花濕。正是踏青時。眼前偏少伊。

又

甘林玉蕊生香霧。遊蜂爭採清晨露。芳意著人濃。微烘曲室中。　春來瀛海外。沈水迎風碎。好事付餘熏。頻分幾縷雲。

樓上曲

樓外夕陽明遠水。樓中人倚東風裏。何事有情怨別離。低鬟背立君應知。　東望雲山君去路。斷腸迢迢盡愁處。明朝不忍見雲山。從今休傍曲闌干。

又

清夜燈前花報喜。心隨社燕涼風起。雲路修成寶月時。東樓悵望君先期。沆瀣秋香生玉井。畫檐深轉梧桐影。看君西去侍明光。盃中丹桂一枝芳。

豆葉黄 唐腔也，爲伯南賦早梅

冰溪疏影竹邊春。翠袖天寒耿暮雲。雪裏精神澹泞人。隔重門。寶粟生香玉半温。

又

疏枝冷蕊忽驚春。一點芳心入鬢雲。風韻情知似玉人。笑迎門。香暖紅爐酒未温。

又

輕羅團扇掩微羞，酒滿玻璃花滿頭。小板齊聲唱石州。月如鈎，一寸横波入鬢流。

望海潮 爲建守趙季西賦碧雲樓

蒼山煙淡，寒溪風定，玉簪羅帶綢繆。輕靄暮飛，青冥遠淨，珠星璧月光浮。城際擁層樓。正翠簾高捲，綠瑣低鉤。影落尊罍，氣和歌管共清遊。　使君冠世風流。擁香鬟憑檻，霧鬢凝眸。銀燭暖宵，花光照席，譙門莫報更籌。逸興醉無休。賦探梅芳信，翻曲新謳。想見疏枝冷蕊，春意到沙洲。

隴頭泉

少年時，壯懷誰與重論。視文章、真成小技，要知吾道稱尊。奏公車、治安秘策，樂油幕、談笑從軍。百鎰黃金，一雙白璧，坐看同輩上青雲。事大謬，轉頭流落，徒步出修門。三十載，黃粱未熟，滄海揚塵。　念向來、浩歌獨往，故園松菊猶存。送飛鴻、五弦寓目，望爽氣、西山忘言。整頓乾坤，廓清宇宙，男兒此志會須伸。更有幾、渭川垂釣，投老策奇勳。天難問，何妨袖手，且作閒人。

天仙子 陪富文訪筠翁席上賦

樓外輕陰春淡濘。數點杏梢寒食雨。少年油壁記尋芳，梁苑路。今何處。千樹紅雲空夢去。　驚見此花須折取。明日滿城傳侍女。情知醉裏惜花深，留春住。聽鶯語。一段風流天付與。

鵲橋仙

靚妝艷態，嬌波流盼，雙靨横渦半笑。尊前燭畔粉生光，更低唱、新翻轉調。　花房結子，冰枝清瘦。醉倚香濃寒峭。雛鶯新囀上林聲，驚夢斷、池塘春草。

漁父家風

八年不見荔支紅。腸斷故園東。風枝露葉新採，悵望冷香濃。　冰透骨，玉開容。想筠籠。今宵歸夢，滿頰天漿，更御冷風。

生查子

天生幾種香，風味因花見。旖旎透香肌，仿佛飛花片。　雨潤惜餘熏，煙斷猶相戀。不似薄情人，濃淡分深淺。

减字木蘭花

客亭小會。可惜無歡容易醉。歸去更闌。細雨鳴窗一夜寒。　昏然獨坐。舉世疏狂誰似我。强撥爐煙。也道今宵是上元。

眼兒媚

蕭蕭疏雨滴梧桐。人在綺窗中。離愁遍繞，天涯不盡，却在眉峰。　嬌波暗落相思淚，流破臉邊紅。可憐瘦似，一枝春柳，不耐東風。

昭君怨

春院深深鶯語。花愁一簾煙雨。禁火已銷魂。更黄昏。　衾暖麝燈落灺。雨過重門深夜。枕上百般猜。未歸來。

夜遊宮

半吐寒梅未折。雙魚洗、冰澌初結。户外明簾風任揭。擁紅爐，灑窗間，惟稷雪。

此日去年時節。這心事、有人欣説。斗帳重熏鴛被疊。酒微醺，管燈花，今夜別。

楊柳枝

深院今宵枕簟涼。燭花光。更籌何事促行觴。惱剛腸。　老去一蓑煙雨裏，釣滄浪。看君鳴鳳向朝陽。且腰黄。

彩鸞歸令為張子安舞姬作

珠履爭圍。小立春風趁拍低。態閑不管樂催伊。整朱衣。　粉融香潤隨人勸，玉困花嬌越樣宜。鳳城燈夜舊家時。數他誰。

江神子

夢中北去又南來。飽風埃。鬢華衰。浮木飛蓬，蹤跡爲誰催。自笑自悲還自語，一盃酒，鼻如雷。　曉輿行處覺春回。屑瓊瑰。糝莓苔。病眼衝寒，欲閉又還開。水近人家籬落畔，遥認得，一枝梅。

訴衷情 荔支

兒時初未識方紅。學語問西東。對客呼爲紅蕊，此興已偏濃。　嗟白首，抗塵容。費牢籠。星毬何在，鶴頂長丹，誰寄南風。

采桑子 和秦楚材使君荔枝詞

華堂清暑榕陰重，夢裏江寒。火齊星繁。興在冰壺玉井闌。　風枝露葉誰新採，欲飽防慳。遺恨空盤。留取香紅滿地看。

菩薩蠻送友人還富沙

山城何處無風雨。樓臺底事隨波去。歸棹望譙門。沙痕烱斷雲。詩成空弔古。想像經行處。陵谷有餘悲。舉觴澆別離。

又

微雲紅襯餘霞綺。明星碧浸銀河水。欹枕畫檐風。愁生草際蛩。雁行離塞晚。不道衡陽遠。歸恨隔重山。樓高莫憑欄。

浣溪紗木香

睡起中庭月未蹉。繁香隨影上輕羅。多情肯放一春過。比似雪時猶帶韻，不如梅處只緣多。酒邊枕畔奈愁何。

好事近

華燭烱離觴，山吐四更寒月。公子唾花枝玉，盡一時豪傑。三冬蘭若讀書燈，想見太清絕。紙帳地爐香暖，傲一窗風月。

醉花陰 木犀

紫菊紅萸開犯早。獨占秋光老。醞造一般清，比著芝蘭，猶自爭多少。　霜刀剪葉呈纖巧。手撚迎人笑。雲鬢一枝斜，小閣幽窗，是處都香了。

點絳唇

小雨忺晴，坐來池上荷珠碎。倬眉濃翠。怎不交人醉。　美盼流觴，白鷺窺秋水。天然媚。大家休睡。笑倚西風裏。

驀山溪

一番秋雨，陡覺添秋色。桐葉下銀床，又送個、凄涼消息。故鄉何處，搔首對西風，衣綫斷，帶圍寬，衰鬢添新白。　錢塘江上，冠蓋如雲積。騎馬傍朱門，誰肯念、塵埃墨客。佳人信杳，日暮碧雲深，樓獨倚，鏡頻看，此意無人識。

踏莎行

芳草平沙，斜陽遠樹，無情桃葉江頭渡。醉來扶上木蘭舟，將愁不去將人去。薄劣東風，夭斜飛絮，明朝重覓吹笙路。碧雲香雨小樓空，春光已到銷魂處。

十月桃 梅

年華催晚，聽尊前偏唱，衝暖欺寒。樂府誰知，分付點化金丹。中原舊遊何在，頻入夢、老眼空潸。撩人冷蕊，渾似當時，無語低鬟。有多情多病文園。向雪後尋春，醉裏憑闌。獨步群芳，此花風度天然。羅浮淡妝素質，呼翠鳳、飛舞斕斑。參橫月落，留恨醒來，滿地香殘。

右蘆川詞

西樓月 即春曉曲

瑶軒倚檻春風度。柳垂煙，花帶露。半閑鴛被怯餘寒，燕子時來窺繡户。

阮郎歸

長楊風軟弄腰肢。日長胡蝶飛。雨餘新綠細通池。玉鈎懸妓衣。鴻雁遠，子規啼。此情誰得知。一尊聊共故人持。醉來悲別離。

右花草粹篇

卷三

閩中葉申薌編輯

黄公度

莆田人，字師憲。紹興八年進士第一，除秘書省正字，以貽書臺諫，譏切時政，改肇慶倅。秦檜死，召還，授考功員外郎。有知稼翁集，詞附。

菩薩蠻

高樓目斷南來翼。玉人依舊無消息。愁緒促眉端。不隨衣帶寬。　萋萋天外草。何處春歸早。無語憑欄干。笛聲生暮寒。

右陽春白雪

又

眉尖早識愁滋味。嬌羞未解論心事。試問憶人不。無言只點頭。　嗔人歸不早。故把金杯惱。醉看舞時腰。還如舊日嬌。

右花草粹篇

好事近

湖上送殘春，已負別時歸約。好在故園桃李，爲誰開誰落。　還家應是荔支天，浮蟻邀人酌。莫把舞裙歌扇，便等閒抛却。

卜算子 別弟之官

薄宦各東西，往事隨風雨。先自離歌不忍聞，又何況、春將暮。　愁共落花多，人逐征鴻去。君向瀟湘我向秦，後會知何處。

青玉案

鄰鷄不管離懷苦。又還是、催人去。回首高城音信阻。霜橋月館，水村煙市，總是思君處。　裛殘淚袖燕支雨。漫留得、愁千縷。欲倩歸鴻分付與。鴻飛不住。倚欄無語。獨立長天暮。

右詞綜

浣溪紗梅

風送清香過短牆。煙籠晚色近修篁。夕陽樓外角聲長。　欲去還留無限意，輕勻淡抹不成妝。一尊相對月生凉。

朝中措

幽香冷艷綴疏枝。橫影卧霜溪。清楚渾如南郭，孤高絕似東籬。　歲寒風味，黄花盡處，密雪飛時。不比三春桃李，芳菲急在人知。

又

屑瑶飛絮滿層空。人在廣寒宫。已覺樓臺改觀，漸看桃李春融。一城和氣，賓筵不夜，舞態迴風。正是爲霖手段，南來先做年豐。

眼兒媚

一枝雪裏冷光浮。空自許清流。如今憔悴，蠻烟瘴雨，誰肯尋搜。　昔年曾共孤芳醉，爭插玉搔頭。天涯幸有，惜花人在，杯酒相酬。

一剪梅

冷艷幽香冰玉姿。占斷孤高，壓盡芳菲。東君先暖向南枝。要使天涯，管領春歸。不受人間鶯蝶知。長是年年，雪約霜期。嫣然一笑百花遲。調鼎行看，結子黄時。

千秋歲

鬱葱佳氣。天降麒麟瑞。回首處，江城外。一麾遺愛在，萬口歌聲沸。人乍遠，危樓目斷天無際。　五馬徘徊地。春色隨歸旆。壽水綠，壺山翠。風輕香篆直，日暖歌喉脆。椒觴舉，人人盡祝千秋歲。

滿庭芳

一逕叉分，三亭鼎峙，小園別是清幽。曲闌低檻，春色四時留。怪石參差臥虎，長松偃蹇拏虬。攜笻晚，風來萬里，冷撼一天秋。　優遊。銷永晝，琴尊左右，賓主風流。且偷閒，不妨身在南州。故國歸帆隱隱，西崑往事悠悠。都休問，金釵十二，滿酌聽輕謳。

右御選歷代詞餘

朱子

原籍婺源，父松爲尤溪尉，卒，遂居閩。字元晦，以閩貫登紹興十八年進士，歷知南康軍、台州、漳州，提舉江西、浙江常平，江西提刑，薦授煥章閣待制，爲韓侂胄所沮，罷歸，卒謚曰「文」。有晦庵詞。

浣溪紗 荼蘼

壓架年來雪作堆。珍叢也是近移栽。肯令容易放春回。　却恐陰晴無定度，從教紅白一時開。多情蜂蝶早飛來。

菩薩蠻 回文二首

晚紅飛盡春寒淺。淺寒春盡飛紅晚。尊酒綠陰繁。繁陰綠酒尊。　老仙詩句好。好句詩仙老。長恨送年芳。芳年送恨長。

又

暮江寒碧縈長路。路長縈碧寒江暮。花塢夕陽斜。斜陽夕塢花。　客愁無勝集。集勝無愁客。醒似醉多情。情多醉似醒。

好事近

春色欲來時，先散滿天風雪。坐使七閩松竹，變珠幢玉節。　中原佳氣鬱葱葱，河山壯宮闕。丞相功成千載，映黃流清澈。

西江月

睡處林風瑟瑟，覺來山月團團。身心無累久輕安。況有清涼池館。句穩翻嫌白俗，情高却笑郊寒。蘭膏元自少陵殘。好處金章不換。

鷓鴣天 江檻詞

暮雨朝雲不自憐。放教春漲綠浮天。只今畫閣臨無地，宿昔新詩滿繫船。青鳥外，白鷗前。幾生香火舊因緣。酒闌山月移雕檻，歌罷江風拂玳筵。

又

已分江湖寄此生。長蓑短笠任陰晴。鳴橈細雨滄洲遠，繫舸斜陽畫閣明。奇絕處，未忘情。幾時還得去尋盟。江妃定許捐雙佩，漁父何妨笑獨醒。

南鄉子 和張安國韻

落日照樓船。穩過澄江一片天。珍重使君留客意，依然。風月從今別一川。
離緒悄危絃。永夜清霜透幕氈。明日回頭江樹遠，懷賢。目斷晴空雁字聯。

滿江紅

秀野詩翁，念故山、十年睽隔。聊命駕、朱門舊隱，綠槐新陌。好雨初晴仍半暖，金釭玉斝開瑶席。更流傳、麗藻借江天，留春色。　過里社，將兒侄。談往事，悲陳跡。喜尊前見在，鏡中如昔。兩鬢全欺煙樹綠，方瞳好映寒潭碧。但一年、一度一歸來，歡何極。

水調歌頭 次袁機仲韻

長記與君別，丹鳳九重城。歸來故里，愁思悵望渺難平。今夕不知何夕，得共寒潭煙艇，一笑俯空明。有酒徑須醉，無事莫關情。　尋梅去，疏竹外，一枝横。與君吟風弄月，端不負平生。何處車塵不到，有個江天如許，爭肯換浮名。只恐買山隱，却要鍊丹成。

又 檃括杜牧之九日齊州詩

江水浸雲影，鴻雁欲南飛。携壺結客何處，空翠渺煙霏。塵世難逢一笑，况有紫萸黃菊，堪插滿頭歸。風景今朝是，身世昔人非。酬佳節，須酩酊，莫相違。人生如寄，何事辛苦戀斜暉。無盡今來古往，多少春花秋月，那更有危機。與問牛山客，何必獨沾衣。

念奴嬌

臨風一笑，問群芳誰是，真香純白。獨立無朋，算只有、姑射山頭仙客。絕艷誰憐，真心自保，邈與塵緣隔。天然殊勝，不關風露冰雪。應笑俗李粗桃，無言翻引得，狂蜂輕蝶。爭似黃昏閑弄影，清淺一溪霜月。畫角吹殘，瑶臺夢斷，直下成休歇。綠陰青子，莫教容易扳折。

右御選歷代詩餘

水調歌頭

富貴有餘樂，貧賤不堪憂。那知天路幽險，倚伏互相酬。請看東門黃犬，更聽華亭清唳，千古恨難收。何似鴟夷子，散髮弄扁舟。鴟夷子，成霸業，有餘謀。收身千乘卿相，歸把釣魚鈎。春晝五湖煙浪，秋夜一天雲月，此外儘悠悠。永棄人間事，吾道付滄洲。

右花草粹篇

林外

晉江人，字豈塵。紹興三十年進士，嘗任興化令，自號嬾窩，有嬾窩類稿。

洞仙歌　垂虹橋

飛梁壓水，虹影澄清曉。橘里漁村半烟草。歎今來古往，物換人非，天地裏，惟有江山不老。雨巾風帽。四海誰知我。一劍橫空幾番過。按玉龍、嘶未斷，月冷波寒，歸去也、林屋洞門無鎖。認雲屏、煙障是吾廬，任滿地蒼苔，年年不掃。

右草堂詩餘

黄銖

崇安人，字子厚，自號穀城翁。有穀城集，朱子爲作序。

菩薩蠻 夜宿旅館聞吹簫

海山翠叠青螺淺。暮雲散盡天容遠。匹馬度江皋。北風生怒號。解鞍棲倦翮。皓月空庭白。何處小闌干。玉簫吹夜寒。

右花庵詞選

漁家傲 朱晦翁示歐公鼓子詞，戲賦

永日離憂千萬緒。雪舟遠泛清漳浦。珍重故人寒夜語。揮玉麈。沈沈畫閣凝香霧。

風砌落花留不住。紅蜂翠蝶閑飛舞。明日柳陰江上路。雲起處。蒼山萬叠人

歸去。

江城子　晚泊分水

秋風嫋嫋夕陽紅。晚煙濃。暮雲重。萬叠青山，山外叫孤鴻。獨上高樓三百尺，憑玉楯，睇層空。　人間日月去匆匆。碧梧桐。又西風。北去南來，銷盡幾英雄。擲下玉尊天外去，多少事，不言中。

右詞綜

吕勝己

先建陽人，以父祉死義，勅葬邵武，因家焉。字季克，師事朱子。歷任湖南幹官、知沅州。罷歸，營別業，號小渭川。有渭川詞。

如夢令

花上嬌鶯啞吒。著色江南圖畫。可惜好春風，有酒無人同把。拚捨。拚捨。獨醉好天良夜。

長相思

展顰蛾。抹流波。並插玲瓏碧玉梭。鬆分兩髻螺。曉霜和。涷輕呵。拍罷陽春白雪歌。偎人春意多。

點絳唇 長沙送同官先歸邵武

滿路梅花，爲誰開遍春風萼。短亭蕭索。草草傳杯酌。送子先歸，我羡遼東鶴。他年約。瘦藤芒屩。與子同丘壑。

又

一葉扁舟，浮家來向江邊住。這回歸去。作個漁樵侣。不掛征帆，也莫摇雙櫓。天涯路。雲山煙渚。總是留人處。

霜天曉角 題九里驛

曉來風作。病怯春衫薄。郭外溪山明秀，紅塵裏、自拘束。村酒頻斟酌。野花偏綽約。十載人非物是，驚回首、夢初覺。

謁金門

花滿樹。兩箇黃鸝相語。恰似碧城雙玉女。對歌還對舞。可惜娟娟楚楚。同伴彩雲歸去。居士心如泥上絮。那能無恨處。

又

嗟久客。又見他鄉寒食。流水斷橋春寂寂。孤村煙火息。白去紅飛無跡。千樹總成新碧。醉裏傷春愁似織。東風欺酒力。

又

天氣暖。開了荼蘼一半。紅日遲遲風拂面。階前花影亂。俊逸風神不見。定被鶯花留戀。千尺遊絲舒又罥。繫人心上綫。

清平樂

紅塵久住。仙馭凌波去。本似行雲無定處。那更臘殘風雨。瑶芳片片輕飛。但留青子欒枝。孤負歲寒幽意，如今却與春宜。

臨江仙

忽憶裴公臺上去，遠空秋氣稜稜。萬山一水秀還明。此時三楚客，何意續騷經。愛竹子猷參杖履，能詩侯喜同登。賡酬不盡古今情。清風生白塵，側月照疏星。

江城子 盆梅

年年臘後見冰姑。玉肌膚。點瓊酥。不老花容，經歲轉敷腴。向背稀稠如畫裏，明月下，影疏疏。江南有客問征途。寄音書。定來無。且傍盆池、巧石倚浮圖。靜對孤山林處士，裝點就、小西湖。

又

一鈎新月下庭西。繡簾低。漏聲遲。小宴幽歡，依約似當時。嬌盼注人都不語，眉黛蹙，髻雲欹。　綠楊陰下玉驄嘶。苦相催。醉中歸。可惜明朝、秋色滿東籬。只恐又成輕別也，情脈脈，恨凄凄。

滿路花 瑞香

名花無影跡，寒氣日凄凉。人間千萬樹，歇芬芳。紫微宮女，仙馭降霓裳。名在仙班簿，不屬塵凡，洞天密鎖雲窗。　遺瑲連寶珥，人世識天香。凝寒承雨露、傲冰霜。凌仙仙子，邂逅水雲鄉。更約南枝友，遊遍江南，共歸三島扶桑。

滿江紅

小立危亭，風慘淡、斜陽滿目。望渺渺、湘江一派，楚山千簇。芳草連雲迷遠樹，斷霞散綺飛孤鶩。感騷人、賦客向來詞，愁如束。　嗟遠宦，甘微粟。驚世事，傷浮俗。且經營一醉，未懷榮辱。不見淵明歸去後，一觴自泛東籬菊。仰高風、寂寞奠生芻，人如玉。

木蘭花慢

殘紅吹盡了，換新綠、染疏林。正杜宇催歸，行人貪路，天氣輕陰。江亭。舊遊宴處，但遥山万叠晚雲深。猶憶佳人斂黛，爲予别泪盈襟。　而今。旅況苦難禁。逢勝嬾登臨。念景熟難忘，情多易感，取次關心。平明又西去也，望關山、古道馬駸駸。回首當年一夢，笑將濁酒重斟。

右御選歷代詩餘

游次公

建安人，字子明，禮部侍郎游藻子，號西池。嘗爲范成大桂林幕官。

滿江紅 丹青閣

一舸歸來，何太晚、鬢絲如織。漫嘆息、凄凉往事，盡成陳跡。山迫暮煙浮紫翠，溪摇寒浪翻金碧。看長虹、渴飲下青冥，危欄濕。　誰可住，煙蘿側。俗士駕，當回勒。伴巖扃須是、碧雲仙客。風月已供無盡藏，溪山更衍清涼國。恨謫仙、蘇二不曾來，無人說。

賀新郎

斗柄回秋律。素蟾飛、冰霜萬里，滿川金碧。得月偏多何處是，惟有橋南第一。正野迥、西風寒寂。丹桂婆娑疏影在，想微瑕、未累千金璧。河漢遠，淡無跡。　知君有句酬佳夕。儘高歌、自倚胡牀，露溥珠溢。坐到參橫星欲滅，隱隱天低似笠。但絡緯、悲啼催織。吟咏凄涼翻有恨，諒知音、人遠空追憶。誰爲置，鄭莊驛。

又 宮詞

暖靄浮晴禦。鎖垂楊、籠池罩閣，萬絲千縷。池上曉光分宿霧，日近群芳易吐。尋並蒂、闌干凝竚。不信釵頭飛鳳去，但寶刀、被妾留還住。天一笑，萬花妒。　阿嬌正好金屋貯。甚西風、易得蕭疏，扇鸞塵土。一自昭陽扃玉户，牆角土花無數。况多病、情傷幽素。別殿時聞簫鼓奏，望紅雲、冉冉知何處。天尺五，去無路。

右御選歷代詩餘

劉褒

崇安人，字伯寵。淳熙五年進士，除司門郎中。有詩集。

滿庭芳

柳裊金絲，梨鋪香雪，一年春事方中。燭前乍見，花艷覺羞紅。枕臂香痕未落，舟横岸、作計匆匆。明朝去，暮天平水，雙槳碧雲東。　隔籬歌一闋，琵琶聲斷，燕子樓空。嘆陽臺夢杳，行雨無蹤。後會芙蓉未老，從今去、日望歸鴻。愁如織，斷腸啼鴂，饒舌訴東風。

水調歌頭

天淡四垂幕，雲細不成衣。西風掃盡，纖翳掠我鬢邊絲。破匣菱花飛動，跨海清光無際，草露滴明璣。盃到莫停手，何用問來期。　坐虚堂，揩病眼，泝流輝。雲山應有，幽恨瑶瑟掩金徽。河漢無聲自轉，玉兔有情亦老，世事巧相違。一寫謫仙怨，雙泪滿君頤。

雨中花慢

縹带緗枝，玉葉翡英，百梢爭趁春忙。正雨後、蜂黏落絮，燕撲晴香。遺策誰家蕩子，唾花何處新妝。想流紅有恨，拾翠無心，往事凄凉。　春愁如海，客思翻空，帶圍只看東陽。更那堪、玉笙度曲，翠羽傳觴。紅淚不勝閨怨，白雲應念他鄉。夢回羈枕，風驚庭樹，月在西厢。

水龍吟 桂林元夕呈帥座

東風初縠池波，輕陰未放遊絲墜。新春歌管，豐年笑語，六街燈火。繡轂雕鞍，飛塵捲霧，水流雲過。恍揚州十里，三生夢覺，褰珠箔、映青瑣。　金猊戲掣星橋鎖。博山香煙濃百和。使君行樂，絳紗萬炬，雪梅千朵。羯鼓喧空，鵾絃沸曉，櫻梢微破。想明年更好，傳柑宴罷，醉扶猊座。

六州歌頭上廣西張帥

憑深負阻，蠭午肆奔騰。龍江上，妖氛漲，鯨海外，白波驚。羽檄交飛急，玉帳靜，金韜閟，恢遠馭，振長纓。密分兵。細草黄沙渺渺，西關路、風梟高旌。聽飛霜令肅，堅壁夜無聲。鼓角何神。地中鳴。　看追風騎，攢雲槊，殷雷轂，激天鉦。飛箭集，旄頭墜，長圍掩，郭東傾。振旅觀旋凱，笳鼓競，繡旗明。刀換犢，戈藏革，士休營。黄色赤雲交映，論功何止蔡州平。想環城蒼玉，深刻入青冥。永紹來今。

右花庵詞選

真德秀

浦城人，字景元。慶元五年進士，歷知潭州、泉州、福州，召爲户部尚書，改翰林學士，知制誥，拜參知政事，乞祠，進資政殿學士，致仕。卒謚「文忠」。有文集。

蝶戀花 紅梅

兩岸月橋花半吐。紅透肌膚，暗把遊人誤。盡道武陵溪上路。不知迷入江南去。先自冰霜真態度。何事枝頭，點點燕支污。莫是東君嫌淡素。問花花又嬌無語。

右絕妙好詞

趙以夫

長樂人，字用甫，宗室。嘉定十年進士，歷知漳州、邵武、建康，進同知樞密院事，終吏部尚書。有虛齋樂府。

賀新郎 餞鄭金部去國

載酒陽關去。正西湖、連天烟草，滿湖晴絮。采翠擷芳遊冶處，應和嬌絃艷鼓。看柳外、畫船無數。萬頃琉璃渾鏡淨，陡風波、洶洶魚龍舞。談笑裏，遽如許。　流觴滿引澆離緒。便東西、斜陽立馬，綠波南浦。自是蓴鱸高興動，恰值春山杜宇。漫回首、軟紅香霧。咫尺佳人千里隔，望空江、明月橫洲渚。清夢斷，恨如縷。

右花庵詞選

憶舊遊 東湖荷花，用方時文韻

望紅蕖影裏，冉冉斜陽，十里堤平。喚起江湖夢，向沙鷗住處，細説前盟。水鄉六月無暑，寒玉散清冰。笑老去心情，也將醉眼，鎮爲花青。　亭亭。步明鏡，似月浸華清，人在秋庭。照夜銀河落，想粉香濕露，恩澤初承。十洲縹緲何許，風引彩舟行。尚憶得西施，餘情裊裊煙水汀。

右絕妙好詞

燭影搖紅

乍冷還暄，小春時候今朝轉。三分歷日二分休，鏡裏清霜滿。雲幕低垂不捲。矮窗明、紅麟初暖。老來活計，白酒三杯，黃庭一卷。　萬里關河，朔風吹到邊聲遠。倚樓脈脈數歸鴻，誰會愁深淺。最苦山寒日短。但梅花、相看歲晚。何人金屋，巧囀歌鶯，慢調箏雁。

天香 牡丹

蜀錦移芳，巫雲散彩，天孫翦取相寄。金屋藏嬌，玉臺凝盼，尚憶舊家風味。生香絕豔，說不盡、天然富貴。臉嫩渾疑看損，肌柔只愁吹起。花神爲誰著意。把韶華、總歸姝麗。可是老來心事，不成春思。却羨錦袍帝子。調幾曲、清平似翻水。早晚金鑾，東風歡醉。

角招

曉風薄。苔枝上、翦成萬點冰萼。暗香無處著。立馬斷魂，晴雪籬落。橫溪略彴。恨寄驛、音書遼邈。夢繞揚州東閣。風流舊日何郎，想依然林壑。離索。引杯自酌。相看冷淡，一笑人如削。水雲寒漠漠。十萬群仙，同驂霜鶴。幾多幽約。正月滿、瑶臺珠箔。夢斷闌干寂寞。盡分付，許多愁，城頭角。

龍山會 南豐登高

重整登高屐。君玉峰頭，萬里秋無極。遠山青欲滴。新雁過、縹緲孤雲天北。煙入小橋低，水痕退、寒流澄碧。對佳辰，驚心客裏，鬢絲堪摘。風流晉宋諸賢，騎省龍山，俛仰皆陳跡。憑闌看落日。嗟往事、唯有黃花如昔。醉袖舞西風，任教笑、參差烏帽。但回首、東籬久負，有誰知得。

金盞子 水仙

得水能仙，向漢皋遺佩，碧波涵月。藍玉暖生煙，稱縞袂黃冠，素姿冰潔。亭亭獨立風前，奈香多愁絕。當時事，琴心妙處難傳，有誰堪說。歲晚杳無人，更短景繁雲天欲雪。瀟湘煙水茫茫，但萬里相思，寒江空闊。殷勤折向梅邊，聽玉龍吹徹。丁寧道，百年兄弟，相看晚節。

孤鸞 梅

江南春早。問江上寒梅，占春多少。幾點殘星細，萬里春風到。幽香不知甚處，但迢迢、滿汀烟草。回首誰家竹外，有一枝斜好。記當年、曾共花前笑。念玉雪襟期，有誰知道。喚起羅浮夢，正參橫月小。凄凉更吹塞管，漫相思、鬢華驚老。待覓西湖半曲，對霜天清曉。

芙蓉月 本意

黄葉舞碧空，臨水處、照眼紅苞齊吐。柔情媚態，竚立西風如訴。遥想仙家城闕，十萬緑衣童女。雲縹緲，玉娉婷，隱隱彩鸞飛舞。　樽前更風度。記天香國色，曾占春暮。依然好在，還伴清霜凉露。一曲闌干敲遍，悄無語。空相顧。殘月淡，酒闌時、滿城鐘鼓。

大酺 牡丹

正緑陰濃，鶯聲懶，庭院寒輕煙薄。天然花富貴，逞夭紅殷紫，叠葩重萼。醉艷酣春，妍姿浥露，翠羽輕明如削。檀心鴉黄嫩，似離情愁緒，萬絲交錯。更銀燭相輝，玉瓶微浸，宛然京洛。　朝來風雨惡。怕僝僽、低張青油幕。便好倩、佳人插帽，上客傳觴，趁良辰、賞心行樂。四美難並也，須拼醉、莫辭杯杓。被花惱、情無著。長笛何處，一笑江頭高閣。極目水雲漠漠。

揚州慢 瓊花

十里春風，二分明月，蕊仙飛下瓊樓。看冰花剪剪，擁碎玉成毬。想長日、雲階竚立，太真肌骨，飛燕風流。斂群芳、清麗精神，都付揚州。雨窗數朵，夢驚回、天外香浮。似閬苑花神，憐人冷落，騎鶴來遊。爲問江淮風景，長空淡、煙水悠悠。又黄昏羌管，孤城吹起新愁。

賀新郎 送上官尉罷官歸吴

滿酌蓬萊酒。最苦是、中年作惡，送人時候。一夜朔風吹石裂，驚得梅花也瘦，更衣袂、嚴霜寒透。捲起江潮高似屋，甚扁舟、泊在三江口。明月冷，載歸否。分攜欲折無垂柳。但重樓徙倚，兩眉重皺。海闊天高無處問，萬事不堪回首。况望斷、孤鴻歸後。玉樣莼絲今正美，想季鷹已自先招手。須破戒，飲一斗。

右陽春白雪

鵲橋仙

翠鈿心事，紅樓歡宴，深夜沈沈無暑。竹邊荷外再相逢，又還逐、浮雲飛去。　錦箋尚濕，餘香未歇，空惹閑愁千縷。尋思不似鵲橋人，猶自得、一年一度。

薄媚摘遍

桂香消，梧影瘦，黄菊迷深院。倚西風，看落日，長江東去如練。先生底事，有賦飄然。剛道爲田園。獨醒何爲，持杯自勸未能免。　休把茱萸吟玩。但管年年健。千古事、幾憑闌。吾生九十强半。歡娱終日，富貴何時，一笑醉鄉寬。倒載歸來，回廊月又滿。

尾犯 九日

長嘯躡高寒，回首萬山，空翠零亂。縹緲清秋，與斜陽天遠。引光禄、清吟興動，憶龍山、舊遊夢斷。祫衣初試，破帽多情，自笑霜蓬短。　黄花長好在，俯仰節物驚換。紫蟹青橙，覓東籬幽伴。感今古、風凄霜冷，想關河、煙昏月淡。舉杯相屬，殷勤更把茱莫看。

雙瑞蓮

千機雲錦裏。看並蒂新房，駢頭芳蕊。清標艷態，兩兩翠裳霞袂。似是商量心事。倚綠蓋、無言相對。天蘸水。彩舟過處，鴛鴦驚起。　縹緲蕩影搖香，想劉阮風流，雙仙姝麗。閒情未斷，猶戀人間歡會。莫待西風吹老，薦玉醴、碧筩拚醉。清露底。月照一襟歸思。

徵招 雪

玉壺凍裂琅玕折，鬖鬖逼人衣袂。暖絮漲空飛，失前山橫翠。欲低還又起。似妝點、滿園春意。記憶當時，剡中情味，一溪雲水。　天際絕人行，高吟處、依稀灞橋鄰里。更剪剪梅花，落雲階月砌。化工真解事。强勾引、老來詩思。楚天暮，驛使不來，悵曲闌獨倚。

暗香 梅

冰花炯炯。記那回占斷，春風鰲頂。獨抱寒香，得意西湖酒初醒。爲問玉堂富貴，爭得似、山中深靜。向歲晚，竹翠松蒼，閑伴一枝冷。　南溟仄，水萬頃。想月濕斷磯，雲弄疏影。粉英落盡。孤鶴長鳴夜方永。將見青青如豆，又迤邐、傳黄風景。聽報道、催去也，再調玉鼎。

愁蕊香 木犀

一夜西風，吹成萬粟，枝頭點點明黄。扶疏月殿影，雅淡道家裝。阿誰倩、天女散濃香。十分薰透霓裳。徘徊處，玉繩低轉，人靜天涼。　底事小山幽咏，渾未識清妍，空自情傷。憶佳人、執手訴離湘。招蟾魄、和酒吸清光。碧雲日暮何妨。惆悵久，瑶琴微弄，一曲清商。

木蘭花慢

玉梅吹霽雪，覺和氣、滿南州。更連夕晴光，一番小雨，朝靄全收。人情不知底事，但黄童白叟總追游。駕海千尋綵岫，漲空萬點星毬。風流，秀色明眸。金蓮步、度輕柔。任往來燕席，香風引舞，清管隨謳。何曾見、痴太守，已登車、去也又遲留。還似多情皓月，十分照我當樓。

玉燭新

寒空一雁落。正萬里相思，被渠驚覺。春風字字、吹香雪，喚起西湖盟約。當時醉處，仿佛記、青樓珠箔。又不是、南國花遲，徘徊酒邊慵酌。家山月色依然，想竹外橫枝，玉明冰薄。而今話昨。空對景、悵望美人天角。酒尊淡泊。便翠羽殷勤難托。休品入、三疊琴心，教人瘦却。

鳳歸雲

正愁予，可堪去馬便騑騑。擬折一枝。堤上晚垂絲。離思無邊，離席易散，落日照清漪。苦是禁城催鼓，虛床難寐，夢魂無路歸飛。陡寒還熱，急雨隨晴，化工無準，將息偏難，更向分攜處、立多時。吟鬢凋霜，世味嚼蠟，病骨怯朝衣。後來一壺風月，荔丹芝紫，約君同語心期。

探春慢

南國收寒，東郊放暖，條風初回臺榭。小燕横釵，鬧蛾低鬢，眼底吴娃妖冶。纖手傳生菜，向人道、新春來也。莫惜沈醉樽前，這些風景無價。　長恨年年此日，迎著箇牛兒，彩鞭羞打。颭颭金幡，星星華髮，得似家山閒暇。都把心期事，待問訊、柳邊花下。簫鼓聲中，温存小樓深夜。

龍山會 九日

佳節明朝九。彩舫淩虚，共醉西風酒。湖光藍潤透。雲浪碎、巧學波紋吹皺。碧落杳無邊，但玉削、千峰寒瘦。留連久，秋容似洗，月華如晝。　回頭南楚東徐，暝靄蒼煙，處處空刁斗。山公今健否。功名事、付與年時交舊。白髮苦欺人，尚堪插、黄花盈首。歸去也、東籬好在，覓淵明友。

又

九日無風雨。一笑憑高，浩氣横秋宇。群峰青可數。寒城小、一水縈洄如縷。西北最關情，漫遥指、東徐南楚。黯銷魂，斜陽冉冉，雁聲悲苦。　今朝寒菊依然，重上南樓，草草成歡聚。詩朋休浪賦。舊題處、俯仰已隨塵土。莫放酒行疏，清漏短、凉蟾當午。也全勝、白衣未至，獨醒凝竚。

永遇樂 七夕和劉隨如韻

雲雁將秋，露螢照夜，凉透窗户。星鈿珠疏，月奩金小，清絕無點暑。天孫河鼓，東西相望，隱隱光流華渚。妝樓上，青瓜玉果，多少騃兒癡女。　金鍼暗度，珠絲密結，便有繫人心處。經歲離思，霎時歡愛，愁緒空萬縷。人間天上，一般情味，枉了錦箋囑付。又何似，吹笙仙子，跨黃鶴去。

二郎神 次陳惟道韻

野塘暗碧，漸點點、翠鈿明鏡。想晝永珠簾，人閑金屋，時倚妝臺照影。睡起闌干凝思處，漫數盡歸鴉栖暝。知月下鶯黃，雲邊蛾綠，爲誰重整。　曾倩。雁傳鵲報，心期罕定。奈柳絮浮雲，桃花流水，長是參差不並。莫怨春歸，莫愁栢老，蠶已三眠將醒。腸斷句，枉費丹青，漠漠水遥煙迥。

又

一江綠淨，算閲盡、燕鴻來去。便繫日繩長，修蟾斧妙，教駐韶華未許。白白紅紅多多態，問底事東皇無語。但碧草淡煙，落花流水，不堪回竚。晴雨。陡寒乍熱，清陰庭户。任詩卷抛荒，棋枰休務，寂寞風簾舞絮。我酌君斟，我詞君唱，誰似卿卿簫史。拼酩酊，斷送春歸，恰好聽鳩呼婦。

夜飛鵲 七夕

凝雲拂斜月，萬籟聲沈。凉露暗墜桐陰。蛾眉乞得天孫巧，愔愔樓上穿針。佳期鵲橋誤，到年時此夕，歡淺愁深。人間兒女，説風流、直至如今。　河漢幾曾風浪，因景物牽情，自是人心。長記秋庭往事，鈿花翦翠，釵股分金。道人無著，正蕭然、竹枕疎衾。夢回時，天淡星稀，閑弄一曲瑶琴。

惜黄花慢 菊

衆芳凋謝，堪愛處、老圃寒花幽野。照眼如畫。爛然滿地金錢，買斷金天無價。古香逸韻似幽人，更野服黃冠瀟灑。向霜夜。冷笑暖春，桃李夭冶。襟期問與誰同，記往昔、獨自徘徊籬下。采采盈把。此時一段風流，賴得白衣陶寫。而今爲米負初心，且細摘、輕浮三雅。沈醉也。夢落故園茆舍。

疏影 梅

晴空漠漠。催雪來底處，飄滿籬落。元是花神，管領春風，幽香忽遍林壑。玉仙緩轡江城路，全不羡、揚州東閣。似天教、瑶佩瓊裾，薦與翠尊冰勺。聞道兒童好語，豐年瑞覆早，占取紅萼。驛使飛馳，羹鼎安排，速趁良辰行樂。聯鑣一一清都客，也肯把、山林同約。醉歸來、夢斷西窗，怕聽麗譙吹角。

沁園春 次劉後村韻

秋入書幃，漏箭初長，熏爐未灰。向酒邊陶寫，韓情杜思，案頭料理，漢蠹秦煨。天有高情，世無慧眼，剛道先生是不材。人都笑，這當行鋪席，又不成開。忘懷。物外徘徊。與鷗鷺、同盟兩莫猜。似龍蛇匣裏，光涵牛斗，鳳凰臺上，聲挾風雷。寶汞一錢，冰銜三字，浮利浮名安在哉。太平也，要泥金鏤玉，除是公來。

又

自笑平生，骨相無奇，壬三甲三。覺紫宸班裏，都忘故步，維摩室内，添個新參。壯也不如，老之將至，何止嵇康七不堪。江湖客，况詩肥賈島，筆瘦王曇。紛紛紆紫拖藍。送水北、山人又水南。喜支離得佚，散材可壽，一邱自足，萬象中涵。膾炙功名，膏肓富貴，舉世黄粱夢正酣。知誰健，且茹芝商嶺，飲菊胡潭。

右御選歷代詩餘

王邁

仙遊人，字實之。嘉定十年進士，授潭州推官，召試學士院。因屢上封事，出爲吉州判，知邵武軍。卒，贈司農少卿。

賀新郎呈劉後村。時自桂林被召到莆，又遭煩言

出了羅浮洞。有多情、梅花雪片，殷勤相送。見説翛然琴鶴外，詩壓牛腰較重。又

管甚、群兒嘲弄。嶺海三年持翠節，料無時、不作家山夢。馳玉勒，歸金鳳。一門朱紫環昆仲。看階庭、森森蘭玉，慈顏歡動。宰相時來須著做，且舞萊衣侍奉。却不信、大才難用。時事多艱人物少，便中興、誰辨浯溪頌。更大廈，要梁棟。金鳳，劉所居坊。

又 爲後村母夫人壽

瓔珞珠垂縷。看花冠、端容麗服，補陀巖主。只坐塵緣蹉一念，朱紫叢中得度。人世福、夫人兼五。銀鹿諸孫來定省，對金屏、繡幕輝雲母。人頂禮，柳行路。朝朝口誦琅函句。覺從來、壽仁福善，老天無誤。消得天恩封福國，錦誥鸞翔鳳舞。聽來歲、日邊佳語。上殿肩輿簾蹙繡，遣佳兒，扶掖天應許。笑陳媼，三題柱。

又 送趙伯泳侍郎歸温陵

憶昔同時召。正青山、親提玉尺，量材廊廟。當日班行比元祐，北玉西珠照耀。一轉首、宮商移調。君自烏臺登騎省，覺精神、風采增清峭。數賢者，一不肖。酒酣耳熱惟長嘯。便翩翩、輟班荷橐，一麾嶺嶠。堪笑狂生無用處，垂老雲畊月釣。這富貴、非由人要。疇昔評君如玉雪，好翛然，琴鶴風塵表。清獻後，又有趙。

又守邵武，宴同官

此是河清宴。覺朝來、薰風滿入，生綃團扇。太守愁眉才一展，且喜街頭米賤。且莫管、官租難辦。遶砌苔錢青無數，更蓮池、雨過珠零亂。儘買得，凌波面。　家山樂事真堪羡。記年時、荔支新熟，荷筩齊勸。底事來尋蕉鹿夢，贏得乾忙似箭。笑富貴，都如郵傳。做了豐年還百姓，便蒓鱸、歸興催張翰。看卿等，上霄漢。

摸魚兒和閩漕王幼學碧灣丹嶂堂歌韻

昔元城、一生清峭，南都高卧堅壁。留耕便是元城樣，何肯枉吾尋尺。曾直筆。說社稷安危，屢叩龍墀額。明時逐客。却惠顧丹山，來持翠節，對此一灣碧。　澄清暇，無奈登臨有癖。梅山時訪仙跡。神仙偏喜公心事，一見莞然前席。閑不得。有先見蓍龜，消得君王憶。天閽不隔。要濟險孤舟，支傾一柱，公外向誰覓。

沁園春迎方右史德潤

首尾四年，臺省好官，都做一回。便前頭更有，合當做底，何妨且恁，猛省歸來。甲狂生真個狂第新成，開尊行樂，脆管繁絃十二釵。回頭笑，這狂生無用，削盡官階。哉。潑性氣、年來全未灰。有龍鱗鳳翼，不能攀附，牛衣漁具，早已安排。爛煮園蔬，熟煨山芋，白髮蒼顏窮秀才。官休做，莫狂無處著，送去瓊崖。

右花庵詞選

念奴嬌 熙春臺宴同官

層臺雲外，閱古今、多少興衰成敗。老木千章，若個是、南國甘棠遺愛。群籟號風，繁陰蔽日，有此清涼界。賓朋在坐，朗然心目明快。更向會景亭前，登高弔古，此景何人會。歲歲春來春又去，獨有靈台春在。早稻炊香，晚禾搖穗，管取三登泰。釀成春酒，把杯行樂須再。

劉子寰

建陽人，字圻父。嘉定十年進士，自號篁嵲翁，居麻沙。有麻沙集。

齊天樂 壽史滄洲

雅歌堂下新隄路。柳外行人相語。碧藕開花，金桃結子，三見使君初度。樓臺北渚。似畫出西湖，水雲深處。綵鷁雙飛，水亭開宴近重午。　溪蒲堪薦綠醑，幔亭何惜，爲曾孫留住。碧水吟哦，滄洲夢想，未放舟横野渡。惟申及甫。正夾輔中興，擎天作柱。願祝嵩高，歲添長命縷。

花發沁園春 呈史滄洲

換譜伊涼，選歌燕趙，一番樂事重起。花新笑靨，柳軟纖腰，濟楚衆芳園裏。年年佳會。長是傍、清明天氣。正魏紫衣染天香，蜀紅妝破春睡。　一簇猩羅鳳翠。遍東園西城，點檢芳字。鈴齋吏散，畫館人稀，幾闋管絃清脆。人生適意。流轉共、風光遊戲。到遇景，取次成歡。怎教良夜休醉。

玉樓春 小竿嶺

今來古往吴京道。歲歲榮枯原上草。行人幾度到江濱，不覺身隨風樹老。　蒲花易晚蘆花早。客裏光陰如過鳥。一般垂柳短長亭，去路不如歸路好。

沁園春 西巖三澗

雲壑泉泓，小者如杯，大者如罍。更石筵平瑩，寬容數客，淙流回激，環繞飛觥。三澗交流，兩崖懸瀑，擣雪霏霜落翠屏。經行處，有丹荑碧草，古木蒼藤。徘徊却倚山楹。笑山水、娱人若有情。見旁回側轉，峰巒叠叠，欲窮還有，巖谷層層。仰視雲間，茅茨鷄犬。疑有仙家來避秦。青林表，望烟霞縹緲，隱隱鸞笙。

賀新郎 登玉田峰

拄杖凌高絕。望千山、隱隱波瀾，動摇天末。下有白雲平遠壑，涌起潮頭噴雪。浸絕島、孤峰出没。赤縣神州何處是，但風烟、杳杳迷空闊。呼不見，古人物。碧松枝下青瑶石。舉頭看、長空湛湛，淡琉璃色。上界星辰多官府，夸父忙鞭日月。任兔走、烏飛超忽。宇宙茫茫如許大，百年間、何用爭優劣。身世事，一毛髮。

滿江紅 風泉峽

雲壑飛泉，蒲根下、懸流陸續。堪愛處、石池湛湛，一方寒玉。暑際直當磐石坐，渴來自引懸瓢掬。聽泠泠、清響瀉琮琤，勝絲竹。　寒照澹，消炎燠。清徹骨，無塵俗。笑幽人忻玩，滯留空谷。靜坐時看松鼠飲，醉眠不礙山禽浴。喚仙人、伴我酌瓊瑶，餐秋菊。

霜天曉角

橫陰漠漠。似覺羅衣薄。正是海棠時候，紗窗外、東風惡。　惜春春寂寞。尋花花冷落。不會這些情味，元不是、念離索。

洞仙歌 寄劉潛夫

風饜雨足，也解爲花地。收拾浮雲放新霽。愛調停，小翠點滴猩紅，新妝了、妃子朝來睡起。　遥知春有主，整頓歡娱，興在新亭錦園底。便選歌燕趙，授簡鄒枚，須記作、他日山城盛事。笑東君、不用管楊花，任飛去天涯，在東風裏。

右花庵詞選

醉蓬萊 芍藥

訪鶯花陳跡，姚魏遺風，綠陰成幄。尚有餘香，付寶階紅藥。淮海維揚，物華天產，未覺輸京洛。時出新妝，施朱傅粉，依然相若。　束素腰纖，捻紅唇小，障袖嬌羞，倚闌柔弱。玉珮瓊琚，勸王孫行樂。況是韶華，爲伊挽駐，未放離情薄。顧盼階前，留連醉裏，莫教零落。

又 壽史令君夫人

正花深繡閣，帶拂流蘇，暖簾初試。窈窕笙歌，擁新鮮珠翠。艷菊留金，早梅催粉，趁得瑶池會。畫館凝香，仙家正住，芙蓉城裏。　燕寢開祥，玉枝祝壽，列院歡娱，滿堂佳瑞。福壽雙星，現碧霄雲際。京兆時妝，如皋樂事，占世間榮貴。象服魚軒，疏封大國，齊眉千歲。

袁長吉

崇安人，字叔巽，又字壽之。嘉定十三年進士，授邵武簿，調靖江書記，歸隱武夷。有雞肋集。

水調歌頭集詞調名，賀新娶

紫陌風光好，繡閣綺羅香。相將人月圓夜，早慶賀新郎。先自少年心意，爲惜殢人嬌態，久俟願成雙。此夕于飛樂，共學燕歸梁。　索酒子，迎仙客，醉紅妝。訴衷情處，些兒好語意難忘。但願千秋歲裏，結取萬年歡會，恩愛應天長。行喜長春宅，蘭玉滿庭芳。

右花草粹篇

劉清夫

建陽人，字靜甫，居麻沙，與劉圻父齊名。

念奴嬌 武夷咏梅

亂山深處，見寒梅一樹，皎然如雪。的皪妍姿羞半吐，斜映小窗幽絕。玉染香腮，酥凝冷艷，容態天然別。故人雖遠，對花誰肯輕折。　疑是姑射神仙，幔亭宴罷，迤邐停瑤節。愛此溪山供嘯咏，飽玩洞天風月。萬石叢中，百花頭上，誰與爭高潔。麄桃俗李，不須連夜催發。

沁園春 咏劉篁𡺢碧蓮，時其内子將誕

淺碧芙蓉，素艷亭亭，前身阿嬌。記湘濱露冷，酥容倍潔，華清水滑，酒暈全消。瑤剪豐肌，雲翻碎萼，白羽鮮明時自摇。風流處，是古香幽韻，時度鮮飆。　瓊枝璧月清標。對千朵、嬋娟傾翠瓢。况水晶臺榭，低迷淨綠，冰霜詞調，隱約輕橈。細認金房，鍾奇孕秀，已覺青衿横素腰。西風晚，看花開十丈，玉井非遥。

金菊對芙蓉 戲贈沙邑宰琴妓

淺拂春山，慢横秋水，玉纖閑理絲桐。按清冷繁露，淡泞悲風。素琴瑤軫調新韻，顫

翠翹、金簇芙蓉。疊鈴重鎖，輕挑慢摘，特地情濃。泛商刻羽無窮。似和鳴鸞鳳，律應雌雄。問高山流水，此意誰同。個中只許知音聽，有茂陵、車馬雍容。畫簾人靜，琴心三疊，時倒金鐘。

水調歌頭

殘臘捲愁去，春至莫閑愁。榮枯會有成説，無處著機謀。身世石中敲火，富貴草頭垂露，何用苦貪求。三尺布衣劍，千載赤松遊。憶親朋，方丱角，總白頭。羊腸世路巇崄，莫莫且休休。選甚范侯高爵，遮莫陶公鉅產，爭似五湖舟。萬事付蝸角，止坎漫乘流。

玉樓春

柳梢綠小眉如印。乍暖還寒猶未定。惜花長是爲花愁，殢酒却嫌添酒病。蠅頭蝸角都休競。萬古豪華同一盡。東君曉夜促歸期，三十六番花遞信。

右花庵詞選

黃師參

閩清人，字子魯。嘉定十三年進士，仕至南劍倅。

沁園春 餞鄭金部去國

谷口高人，偶泝明河，近尺五天。見紫霄宮闕，空中突兀，玉皇姬侍，雲裏蹁躚。滴露研朱，披肝作紙，細寫靈均孤憤篇。排雲叫，奈大鈞不管，沙界三千。　語高天上驚傳。早斥去、人間伴謫仙。念赤城丹籍，香名空在，蓬萊弱水，欲到無緣。還倚枯槎，飄然歸去，回首清都若個邊。家山好，有一灣風月，小小漁船。

右花庵詞選

鄭　域

莆田人，字中卿。紹定五年進士，初於慶元中隨張貴謨使北。自號松窗。

畫堂春

東風吹水破花慳。客氈曉夢生寒。有人斜倚小屏山。蹙損眉彎。合是一釵雙燕，却成兩鏡孤鸞。暮雲脩竹淚留殘。翠袖凝斑。

桃源憶故人

東風料峭寒吹面。低下繡簾休捲。憔悴怕他春見。一任鶯花怨。新愁不受詩排遣。塵滿玉毫金硯。若問此愁深淺。天闊浮雲遠。

念奴嬌 戊午生日

嗟來咄去，被天公把作，小兒調戲。蹀雪龍庭歸未久，還促炎州行李。不半年間，北朝南粵，一萬三千里。征衫著破，著衫人可知矣。　休問海角天涯，黃蕉丹荔，自足供甘旨。泛綠依紅無個事，時舞斑衣而已。救蝗藤橋，養魚盆沼，是亦經綸耳。伊周安在，且須學老萊子。

昭君怨 梅

道是花來春未。道是雪來香異。竹外一枝斜。野人家。　冷淡竹籬茅舍。富貴玉堂瓊榭。兩地不同栽。一般開。

浣溪紗

酒薄愁濃醉不成。夜長欹枕數殘更。嫩寒時節過燒燈。　已自孤鸞羞對鏡，未能雙鳳怕聞笙。莫教吹作別離聲。

右花庵詞選

潘　牥

閩縣人，字庭堅。端平二年進士，歷鎮南節度推官、浙西常平、太學正、潭州通判。有紫巖集。

南鄉子 南劍州妓館

生怕倚闌干。閣下溪聲閣外山。惟有舊時山共水，依然。暮雨朝雲去不還。

應是躡飛鸞。月下時時整珮環。月又漸低霜又下，更闌。折得梅花獨自看。

右花庵詞選

羽仙歌 蘇臺懷古

雕檐綺户，倚晴空如畫。曾是吳王舊臺榭。自浣紗人去後，落日平蕪，行雲斷，幾見花開花謝。

凄凉闌干外，一簇江山，多少圖王共爭霸。莫閑愁、金杯瀲灧，對酒當歌，歡娱地、夢中興亡休話。漸倚遍西風，晚潮生，明月裏、鷺鷥背人飛下。

右絕妙好詞

烏夜啼

無端小雪廉纖。入平檐。金鴨旋添龍餅，莫開簾。

尋梅約。開還落。可曾忺。合作一年春恨、上眉尖。

滿江紅

築室依崖，春風送、一簾山色。沙鳥外，漁樵而已，別無閑客。醉後和衣眠犢背，醒來瀹茗尋泉脈。把心情、分付隴頭雲，溪邊石。身未老，頭先白。人不見，山空碧。約釣竿共把，自慚鈎直。相蜀吞吴成底事，何如只抱隆中膝。漫長歌、歌罷悄無言，看青壁。

右陽春白雪

清平樂

萋萋芳草。怨得王孫老。瘦損腰支羅帶小。長是錦書來少。玉簫吹落梅花。曉烟猶透輕紗。驚起半簾幽夢，小窗淡月啼鴉。

右御選歷代詩餘

鵲橋仙

青林雨歇，珠簾風細，人在緑陰庭院。夜來能有幾多寒，已瘦了、梨花一半。寶釵無據，玉琴難托，合造一襟幽怨。雲窗霧閣事茫茫，試與問、杏梁雙燕。

卓　田

建陽人，字稼翁。

好事近 三衢買舟。

奏賦謁金門，行盡雲山無數。尚有江天一半，買扁舟東去。　波神眼底識英雄，閣住半空雨。喚起一帆風力，去青天尺五。

昭君怨 送人赴上庠

千里功名歧路。幾兩英雄草屨，八座與三台。個中來。　壯士寸心如鐵。有淚不沾離別。劍未斬樓蘭。莫空還。

品　令

立秋十日早，露出、新涼面。斜風急雨，戰退炎光一半。月上紗窗，疑是廣寒宮殿。

無端宋玉，恁撩亂、生悲怨。一年好處，都被秋光占斷。你且思量，今夜怎生消遣。

右花庵詞選

眼兒媚 題蘇小樓

丈夫只手把吴鉤，能斷萬人頭。因何鐵石，打肝鑿膽，剗爲花柔。君看項籍並劉季，一怒世人愁。爭知遇著，虞姬戚氏，豪氣都休。

右花艸粹篇

劉克莊

莆田人，字潛夫。以蔭補潮倅，遷建陽令。淳祐六年恩賜同進士，除秘監，兼中書舍人，歷龍圖閣學士致仕。謚「文定」。詞名後村别調。

哨遍 檃括盤谷序

勝處可宫，平處可田，泉土尤甘美。深復深，路絶住人稀。有人兮、盤旋於此。送子歸。是他隱居求志。是要明主媒當世。嗟此意誰論，其言甚壯，孔顔猶有遺旨。大丈夫之被遇於時。入則坐廟朝出旗麾。列屋名姬，夾道武夫，滿前才子。　噫。有命存焉，吾非惡此而逃之。富貴人所欲，如之何、幸而致。向茂樹堪休，清泉可濯，谷中別有閑天地。況鱠細於絲，蕨甜似蜜，采於山，釣於水。大丈夫不遇時之所爲。唐處士、依稀是吾師。覺山林、尊於朝市。五侯門下，賓客擾擾趨權勢。嗟盤之樂，誰爭子所，占斷千秋萬歲。呼童秣馬更膏車，便與君，從此逝矣。

六州歌頭 客贈牡丹

維摩病起，兀坐等枯株。清晨裏，誰來問，是文殊。遺名姝。奪盡群芳色，浴才出，酲初解，千萬態，嬌無力，困相扶。絕代佳人，不入金張室，却訪吾廬。對茶鐺禪榻，笑煞此翁癯。珠髻金壺。始消渠。　憶承平日，繁華事，修成譜，寫成圖。奇絕甚，歐公記，蔡公書。古來無。一自京華隔，問姚魏，竟何如。多應是、彩雲散，劫灰餘。野鹿銜將花去，休回首，河洛丘墟。漫傷春弔古，夢繞漢唐都。歌罷欷歔。

水調歌頭 遊蒲澗。追和崔菊坡韻

敕使竟空反，公不出梅關。當年玉座記憶，仄席問平安。羽扇尉佗城上，野服仙遊閣下，遼鶴幾時還。賴有蜀耆舊，健筆與書丹。青油士，朱履客，各凋殘。四方蹙蹙靡騁，獨此尚寬閑。丞相祠堂何處，太傅石碑墮淚，木老瀑泉寒。往者不可作，置酒且登山。

又 喜歸

遣作嶺頭使，似戍玉門關。來時送者舉酒，珍重祝身安。街畔小兒拍笑，馬上是翁矍鑠，頭與璧俱還。何處得仙訣，髮白頰猶丹。屋茅破，籬菊瘦，架籤殘。老夫自計甚審，忙定不如閑。客難揚雄落拓，友笑王良來往，面汗背芒寒。再拜謝不敏，早晚乞還山。

又 解印有期戲作

老子頗更事，打透利名關。百年擾擾於役，何異入槐安。夢裏偶然得意，醒後才堪客未散，日初昳，酒猶殘。向來幻境發笑，蟻穴駕車還。恰佩南柯印，仿佛轂曾丹。莫問浮雲起滅，且跨罡風遊戲，露冷玉簫寒。寄語抱樸子，候我石樓山。

安在，回首總成閑。

又八月上澣解印，別同官席上賦

半世慣歧路，不怕唱陽關。朝來印綬解去，今夕枕初安。莫是散場優孟，又似下棚傀儡，脱了戲衫還。老去事多忘，公莫笑師丹。筆端花，胸中錦，兩消殘。江湖水草空曠，何必養天閑。久苦諸君共事，更盡一杯別酒，風露夜深寒。回首行樂地，明日隔雲山。

又客散，循隄步月作

落日幾呼渡，佳夕每留關。有時來照清淺，鬢雲似潘安。一曲親蒙君賜，兩岸更無人跡，惟見鷺飛還。隙地欠栽接，蕉荔雜黄丹。柳全疏，松尚幼，怕催殘。傍人笑我癡計，管鑰費防閑。翁意在乎林壑，客亦知夫水月，滿腹貯清寒。賦咏差有愧，赤壁與滁山。

又次夕觴客湖上，賦葛仙事

羯虜問周鼎，柱史出秦關。苦求句漏何意，身世遠差安。不見跕鳶墮水，時有飛鴻遵渚，樂此久忘還。采藥寓言耳，胸次有靈丹。 釣游處，榕葉暗，荻花殘。自翁仙後千載，輸與水鷗閑。我讀内篇未竟，忽被急符驅去，洞閉白雲寒。回首愧幽子，隱約海中山。

又十三夜同官載酒相别，不見月作

怪事廣寒殿，今夕不開關。林間烏鵲相賀，暫得一枝安。只在浮雲深處，誰駕長風挾取，明鏡忽飛還。玉兔呼不應，難覓臼中丹。 酒行深，歌聽徹，笛吹殘。姮娥老去孤冷，離别匹如閑。待得銀盤擎出，只怕玉峰醉倒，衰病不禁寒。卿去我欲睡，孤負此湖山。

又癸卯中秋

老去有奇事，天放兩中秋。使君飛榭千尺，縹緲見麟洲。景物東徐城上，歲月北征風露高，河漢淡，素光流。賈胡野老詩裏，圓缺幾時休。俯仰慨今昔，惟酒可澆愁。競看姮娥金鏡，爭信仙人玉斧，費了一番修。衰晚筆無力，誰伴賦相慶，四海十分收。黄樓。

沁園春 夢方孚若

何處相逢，登寶釵樓，訪銅雀臺。唤厨人斫就，東溟鯨膾，圉人呈罷，西極龍媒。天下英雄，使君與操，餘子誰堪共酒杯。車千乘，載燕南趙北，劍客奇才。　飲酣鼻息如雷，誰信被、鄰鷄輕唤回。嘆年光過盡，功名未立，書生老去，機會方來。使李將軍，遇高皇帝，萬户侯何足道哉。披衣起，但凄凉感舊，慷慨生哀。

又 送孫季蕃弔方漕西歸

歲暮天寒，一劍飄然，幅巾布裘。儘緣雲鳥道，躋攀絶頂，拍天鯨浸，笑傲中流。疇昔奇君，紫髯鐵面，生子當如孫仲謀。誰知道，向中年猶未，建節封侯。　南來萬里何求。因感慨、橋公成遠遊。嘆名姬駿馬，都成昨夢，絮鷄斗酒，誰弔新邱。天地無情，功名有命，千古英雄只麽休。平生客，獨羊曇一個，灑淚西州。

又送包尉

我羡君歸，一路秋風，芙蓉木犀。想慈顔望久，靈烏乍噪，新眉畫就，郎馬頻嘶。忙脱征衫，快呼斗酒，細爲家人説建溪。情知道，這中年懷抱，生怕分攜。　丈夫南北東西。應笑煞、離筵粉淚啼。悵佳人來未，碧雲冉冉，王孫去後，芳草萋萋。明日相思，山重水複，古道人稀茅店鷄。元龍老，有高樓百尺，誰共登梯。

又答九華葉賢良

一卷陰符，二石硬弓，百斤寶刀。更玉花驄噴，鳴鞘電抹，烏絲欄展，醉墨龍跳。牛角書生，虬鬚豪客，談笑皆堪折簡招。依稀記，曾請纓係粤，草檄征遼。　當年目視雲霄，誰信道、凄凉今折腰。悵燕然未勒，南歸草草，長安不見，北望迢迢。老去胸中，有些磊塊，歌罷猶須著酒澆。休休也，但帽邊鬢改，鏡裏顔凋。

又寄鍾賢良

我夢見君，帶飛霞冠，著宫錦袍。與牧之高會，齊山詩酒，謫仙同載，采石風濤。萬卷星羅，千篇電掃，肯學窮兒賦楚騷。掀髯嘯，有魚龍起舞，狐兔悲嗥。英雄埋没蓬蒿。暗摸索、當年劉與曹。嘆事機易失，功名難偶，誅茅西崦，種秫東皋。栅有鷄豚，庭無恙雁，道是先生索價高。人間窄，待相期海上，共釣連鰲。

又 癸卯佛生翌日夢作

有個頭陀，形等枯株，心猶死灰。幸春山筍賤，無人爭喫，夜爐芋美，與客同煨。何處旛花，忽相導引，莫是天宫迎赴齋。又疑道，向毗耶城裏，講席初開。這邊尚自徘徊。笑那裏、紛紛早見猜。有尊神奮杵，拳粗似鉢，名緇豎拂，喝猛如雷。老子無能，山僧不會，誰誤檀那舉請哉。山中去，便百千億劫，休下山來。

又 維揚作

遼鶴重來，不見繁華，只見凋殘。甚都無人誦，何郎詩句，也無人報，書記平安。閭里俱非，江山猶是，縱有高樓莫倚欄。沈吟處，但螢飛草際，雁起蘆間。不辭露宿風餐。怕萬里歸來雙鬢斑。算這邊贏得，黑貂裘敝，那邊輸了，翡翠衾寒。檄草流傳，吟箋倚閣，開到瓊花也懶看。君記取，向中州差樂，塞地無歡。

又答陳上舍應祥

華髪蕭蕭，歸碧鷄坊，出金馬門。把一枝色筆，擲還郭璞，些兒殘錦，回乞天孫。永免朝參，更無宣鎖，送老三家水竹村。休休也，任巫陽來下，未易招魂。茅檐安有庖闔。倩便了、沽來酒滿尊。嘆角巾東路，吾尋初服，上書北闕，子漫危言。漏院霜韡，火城雪轡，得似先生敗絮温。安危事，付布衣融太，鼎足膺蕃

又二鹿。

馴於蹇驢，清於賜駒，我行爾從。幸柴車堪駕，何慙韓衆，藥苗可采，長伴龐公。野澗泉甘，陽坡草暖，有柏葉松枝充短供。體夢想，去遊周靈囿，入望夷宫。與誇奪子爭雄。生與死、未知誰手中。况嗾獒者衆，放麑人少，大將觸網，小亦傷弓。風月和柔，山林深密，折角何如且養茸。二虫喜，各銜花拜跪，來壽樗翁。

又夢中作梅詞

天造梅花，有許孤高，有許芬芳。似湘娥凝望，斂君山黛，明妃遠嫁，作漢宫妝。冷

艷誰知，素標難褻，又似夷齊餓首陽。幽雅意，縱寫之縑素，未得毫芒。曾經諸老平章。只一個、孤山說影香。便詔書存問，漫招處士，節旄落盡，草屋中郎。日暮天寒，山空月墮，茅舍清於白玉堂。寧淡煞，不敢憑羌笛，告訴凄凉。

又 和林卿韻

慚愧清朝，罷貢包茅，但發牙璋。便羊裘歸去，難留嚴子，牛衣病卧，肯泣王章。疇昔憂天，如今懷土，田舍鷄肥社酒香。甘雨足，且免扶鋤苦，免踏車忙。先生少擬荀揚。晚自覺、才衰可斗量。甚都無白鳳，飛來玄草，亦無紫氣，下燭干將。待得新亭，倒持手板，何似抽還政事堂。榮與辱，算到頭由我，不屬蒼蒼。

漢宮春 秘書弟家賞紅梅

青女初晴，向醜梢枯乾，幻出妍姿。休煩苑吏翦綵，別有神司。東皇太一，敕瑶姬、淡傅胭脂。還似得、華清湯暖，薄綃半卸冰肌。應笑楚宮癡絕，略施朱則個，便妒蛾眉。唐人更無虬在，浪比紅兒。祥雲難駐，且丁寧、鐵笛輕吹。拚沈醉，花間一霎，莫教絳雪離披。

又呈張別駕

京輦相逢，憶茂陵臨御，俱詣天官。絳紗玉斧咫尺，先引頭班。桃花滿觀，與貞元、朝士同看。歸騎晚，春城笳吹，冶遊侵曉方還。　回首龍髯何在，漫共談前事，淚灑橋山。誰憐白頭柱史，獨出函關。君如春柳，到而今、也帶蒼顔。憑寄語，江州司馬，琵琶且止休彈。

念奴嬌木犀

繞籬尋菊，菊猶遲、舍北芙蓉渾未。却是小山叢桂裏，一夜天香飄墜。約束奴兵，丁寧稚子，莫掃青苔砌。風高露冷，倚欄疑匪人世。　客有載酒過予，郎吟招隱，洗盡悲秋意。白髮長宫窮似虱，剛被天公調戲。遍地堆金，滿空雨粟，不濟淵明事。殘英賸馥，明朝猶可同醉。

又菊

老夫白首，尚兒嬉、廢圃一番料理。餐飲落英並墜露，重把離騷拈起。野艷幽香，深黃淺白，占斷西風裏。飛來雙蝶，繞叢欲去還止。　嘗試詮次群芳，梅花差可，伯仲之間耳。佛説諸天金色界，未必莊嚴如此。尚友靈均，定交元亮，結好天隨子。籬邊坡下，一杯聊泛霜蕊。

又 壬寅元日

比如去歲前年，今朝差覺門庭靜。玉軸錦標無一首，知道先生遠佞。假使文殊，攜諸菩薩，來問維摩病。天花堪散，也無香積齋襯。　回首雪浪驚心，黃茅過頂，瘴毒如炊甑。山鬼海神俱長者，饒得書生窮命。不慕飛仙，不貪成佛，不要鑽天令。年年今日，白頭母子家慶。

又 七月望夕望月。昔方孚若每以是夕泛湖觴客，云修坡仙故事

天風浩蕩，掃殘暑、推上一輪圓魄。愛舉眉山公舊話，與客泛舟赤壁。一自奎星，去朝帝所，嘆洞簫聲息。空餘二賦，至今悽動金石。　長記詩境平生，詩豪酒聖，亦自仙中謫。疇昔停橈追歡處，忍聽鄰人吹笛。董相祠荒，賀公湖在，俯仰成陳跡。兩翁已矣，年年孤負今夕。

又

少時獨步詞場，引弦百發無虛矢。歲晚却蒙崑體力，世業工修鞋底。曾裂白麻，曾塗墨敕，謫墮俄徵起。鼎湖龍去，老臣何以堪此。回首當日遭逢，譬如春夢，誤入華胥裏。推枕黄粱猶未熟，封拜幾王侯矣。似盞中蛇，似蕉中鹿，又似槐中蟻。先人書在，尚堪追補遺史。

又 和誠齋休致韻

此翁雙手，頓閑處、且把香篝籠袖。西掖北門辭不要，肯要南柯太守。小小亭臺，些些竹木，何必靈和柳。地行仙裏，合推儂做班首。取次著絶交書，續歸田錄，誰掣先生肘。莫遣朝衣梅醭了，留祝南山之壽。蒼妓上廳，老僧封院，得似樗庵叟。虛名身後，生前且一杯酒。

又

並遊英俊，從頭數、富貴消磨誰紀。道眼看來，嘆人生如寄，家如旅邸。教婢羹藜，課奴種韭，聊誑殘牙齒。草堂綿蕝，百年栖託於此。歲晚筆秃無花，探懷中殘錦，翦裁餘幾。脚上頑麻，賜他靈壽，杖也難扶起。謝絕交遊，變更名姓，日暮空山裏。老僧復出，不知誰氏之子。

木蘭花慢 送鄭伯昌

古人吾不見，君莫是、鄭當時。更築就山房，躬耕谷口，名動京師。諸君任他袞袞，與杜陵野老共襟期。有客至門先喜，得錢沽酒何疑。昔年聯轡柳邊歸。陳跡恍難追。况種桃道士，看花君子，回首皆非。相逢故人問訊，道劉郎，老去久無詩。把作一場春夢，覺來莫要尋思。

又 丁未中秋

水亭凝望久，期不至、擬還差。隔翠幌銀屏，新眉如畫，半面猶遮。須臾淡煙薄靄，被西風掃盡不留些。失了白衣蒼狗，奪回雪兔金蟆。乘雲逕到玉皇家。人世鼓三撾。試自判此生，更看幾度，小住爲佳。何須如鈎似玦，便相將、只有半菱花。莫遣素娥知道，和他髮也蒼華。

摸魚兒

怪新來、倚樓看鏡。清狂渾不如舊。暮雲千里傷心處，那更亂蟬疏柳。凝望久。愴故國、百年陵闕誰回首。功名大謬。嘆采藥名山，讀書精舍，此計幾時就。封侯事，久矣輸人妙手。滄州聊作漁叟。高冠長劍渾閑物。世上切身惟酒。千載後。君試看、拔山扛鼎俱烏有。英雄骨朽。問顧曲周郎，而今還解，來聽小詞否。

又 海棠

甚春來、冷煙淒雨，朝朝遲了芳信。驀然作暖晴三日，又覺萬枝嬌困。霜點鬢。潘令老、年年不帶看花分。才情減盡。悵玉局飛仙，石湖絕筆，孤負這風韻。傾城色，懊惱佳人薄命。牆頭岑寂誰問。東風日暮無聊賴，吹得燕支成粉。君細認。花共酒、古來二事天尤吝。年光去迅。漫綠葉成陰，青苔滿地，做取異時恨。

又 用王實之韻

便披蓑、荷鋤歸去，何須身著宮錦。與誰共話桑麻事，朱老阮生尤稔。篩樣餅。瓮樣藕、長鬚赤脚供樵飪。清流濁品。盡掃去胸中，置諸膜外，對酒莫辭飲。華胥夢，怕煞人驚曉枕。疏窗惟月來闖。一生常被弓旌誤，且告朝家追寢。愁個甚。君管取，有薇堪采松堪蔭。茅山再任。幸不是謀臣，又非世將，免犯道家禁。

轉調二郎神 和林農卿韻

抽還手板，受用處、十分輕省。便衣剪家機，飯炊躬稼，且免支移係省。帝憫龍鍾纔朝謁，予長假、毋煩申省。笑木石虛齋，暮年欣做，端明提省。閑冷。橐金散盡，書筒來省。有小小樓兒，看山待月，絕勝崔公望省。兩鶴隨軒，一奴負插，此外諸餘從省。把一生、本末綠章奏過，奉元都省。

長相思 惜梅

寒相催。暖相催。催了開時催謝時。丁寧花放遲。　角聲吹。笛聲吹。吹了南枝吹北枝。明朝成雪飛。

又

朝有時。暮有時。潮水猶知日兩回。人生長別離。來有時。去有時。燕子猶知社後歸。君行無定期。

又

風瀟瀟。雨瀟瀟。相送津亭折柳條。春愁不自聊。煙迢迢。水迢迢。準擬江邊駐畫橈。舟人頻報潮。

又

煙凄凄。草凄凄。野火原頭燒斷碑。不知名姓誰。印纍纍。塚纍纍。千萬人中幾個歸。榮華朝露晞。

又

勸一杯。復一杯。短鍤相隨死便埋。英雄安在哉。眉不開。懷不開。幸有江邊舊釣臺，拂衣歸去來。

昭君怨 牡丹

曾看洛陽舊譜。只許姚黄獨步。若比廣陵花。太虧他。舊日王侯園圃。今日荆榛狐兔。君莫説中州。怕花愁。

又 瓊花

后土宫中標韻。天上人間一本。道號玉真妃。字瓊姬。我與花曾半面。流落天涯重見。莫把玉簫吹。怕驚飛。

生查子 元夕戲陳敬叟

繁燈奪霽華，戲鼓侵明發。物色舊時同，情味中年别。淺畫鏡中眉，深拜樓西月。人散市聲收，漸入愁時節。

滿江紅 夜雨凉甚，忽動從戎之興

金甲雕戈，記當日、轅門初立。磨盾鼻、一揮千紙，龍蛇猶濕。鐵馬曉嘶營壁冷，樓船夜渡風濤急。有誰憐、猿臂故將軍，無功級。平戎策，從軍什。零落盡，慵收拾。把茶經香傳，時時温習。生怕客談榆塞事，且教兒誦花間集。嘆臣之壯也不如人，今何及。

又 夜飲海棠花下

老子年來，頗自許、心腸鐵石。尚一點、消磨未盡，愛花成癖。懊惱卻嫌寒勒住，丁寧莫被晴烘坼。奈暄風、烈日太無情，如何得。張畫燭，頻頻惜。煩素手，輕輕摘。更幾番雨過，彩雲無跡。今夕不來花下飲，明朝空向枝頭覓。對殘紅、滿院杜鵑啼，添愁寂。

又 范尉梅谷

赤日黄埃，夢不到、清溪翠麓。空健羨、君家別墅，幾株幽獨。骨冷肌清偏要月，天寒日暮尤宜竹。想主人、杖履繞千回，山南北。　寧委澗，嫌金屋。寧映水，羞銀燭。嘆出群風韻，背時裝束，競愛東鄰姬傅粉，誰憐空谷人如玉。笑林逋、何遜漫爲詩，無人讀。

又 送宋惠甫入江西幕

滿腹詩書，餘事到、穰苴兵法。新受了、烏公書幣，著鞭垂發。黄紙紅旗喧道路，黑風青草空巢穴。向幼安、宣子頂頭行，方奇特。　溪峒事，聽儂説。龔遂外，無長策。便獻俘非勇，納降非怯。帳下健兒休盡鋭，草間赤子俱求活。到崆峒、快寄凱歌來，寬離别。

又

落日登樓，誰管領、倦遊狂客。待喚起、滄浪漁父，隔江吹笛。看水看山身尚健，憂晴憂雨頭先白。對暮雲、不見美人來，遥天碧。　山中鶴，應相憶。沙上鷺，渾相識。想石田茅屋，草深三尺。空有鬢如潘騎省，斷無面見陶彭澤。便倒傾、海水浣衣塵，難湔滌。

又 送王實之

天壤王郎，數人物、方今第一。談笑裏、風霆驚座，雲烟生筆。落落元龍湖海氣，琅琅董相天人策。問如何、十載尚青衫，諸侯客。　易愛底，些官職。難保底，些名節。擬閉門投轄，劇談三日。疇昔評君天下寶，當爲天下蒼生惜。向臨分、慷慨出商聲，摧金石。

又 和王實之韻送鄭伯昌

怪雨盲風，留不住、江邊行色。煩問訊、冥鴻高士，釣鰲詞客。千百年傳吾輩語，二三子繫斯文脈。聽王郎、一曲玉簫聲，凄金石。　晞髮處，怡山碧。垂釣處，滄海白。笑而今拙宦，他年遺直。只願長留相見面，未宜輕屈平生膝。有狂談、欲吐且休休，驚鄰壁。

又 再和

往日封章，曾聳動、君王顏色。今得似、三閭公子，四明狂客。古不能箝民口者，天方欲壽中朝脈。算人間、豈有病無醫，須針石。年冉冉，袍猶碧。心耿耿，頭先白。笑臣舒迂緩，臣山愚直。拂袖歸來羞炙手，望塵拜了難伸膝。把富春瀨與首陽山，圖齋壁。

又三和

三黜歸來，飯疏食、渾無慍色。中年後、家如旅舍，身如行客。軒冕豈非疣贅具，烟霞已是膏肓脈。有些兒、隙地更疏泉，堆卷石。鄰媼餉，新蒭碧。溪友賣，鮮鱗白。向陳篇冷笑，孔明元直。俗事不教污兩耳，燕居聊可盤雙膝。取當年、行脚一枝笻，懸高壁。

又四和

疇昔臚傳，仗下奏、祥雲五色。何況是、西山弟子，鶴山賓客。上帝照臨忠義膽，老師付授文章脈。問此君，仿佛似何人，徂徠石。園官菜，登盤碧。田舍米，翻匙白。懶投詩見素，寄書杓直。德耀不嫌爲隱髻，龜兒已解摇吟膝。有誰憐、給札老相如，家徒壁。

又 五和

下見西山，料他日、面無慚色。君記取、不爲呂黨，亦非秦客。有意挽回當世事，無方延得諸賢脈。笑海波、渺渺幾時平，空銜石。　園五畝，紛紅碧。家四世，傳清白。任天孫笑拙，女嬃嫌直。老去何煩援以手，向來不要加諸膝。待深山、深處著茅齋，看青壁。

又 和吴叔永尚書韻，時吴喪少子

著破青鞋，渾不意、踏他龍尾。更冷笑、癡人擘畫，二三百歲。殤子彭錢誰壽夭，靈均漁父爭醒醉。向江天、極目羡禽魚，悠然矣。　杯中物，姑停止。床頭易，聊抛廢。慨事常八九，不如人意。白雪調高尤協律，落霞語好終傷綺。待煩公、老手一摩挲，文公記。

又 端午

梅雨初收，渾不辨、東坡南蕩。清旦裏、鼓鐃動地，車輪空巷。畫舫稍慚京輦俗，紅旗會踏吴兒浪。共葬魚娘子斬蛟翁，窮歡賞。　麻與麥，俱成長。蕉與荔，應來享。有纍臣澤畔，感時惆悵。縱使菖蒲生九節，爭如白髮長千丈。但浩然、一笑獨醒人，空悲壯。

又 中秋

説與行雲，且擱就、姮娥今夕。俄變見、金蟆能紫，玉蟾能白。九萬里風清黑眚，三千世界純銀色。想天寒、桂老已吹香，堪攀摘。　湘妃遠，誰鳴瑟。桓伊去，誰横笛。嘆素光如舊，朱顔非昔。老去歡悰無奈減，向來酒量常嫌窄。倩何人、天外挽冰輪，長留得。

又 次徐使君燈夕韻

笳鼓春城，處處有、豐年語笑。渾忘却、金蓮前導，青藜下照。白雪唱來應寡和，朱顔老去難重少。羡黑頭、四十已專城，真英妙。　奎文寵，崇儒教。田老喜，寬租詔。有春陵之什，無潮州表。怪雨盲風稀發作，華星秋月爭光耀。看來年、此夜侍端門，開佳兆。

又 海棠

壓倒群芳，天賦與、十分穠艷。嬌嫩處、有情皆惜，無香何慊。恰則才如鍼粟大，忽然誰把胭脂染。放遲開、不肯壻梅花，羞寒儉。　時易過，春難占。歡事薄，才情欠。覺芳心欲許，冶容微斂。四畔人來攀折去，一番雨過離披漸。更那堪、幾陣夜來風，吹千點。

水龍吟 己亥自壽二首

年年歲歲今朝左，弧懸罷渾無事。吾衰久矣，我辰安在，老之將至。懶寫京書，怕看除目，散人佳思。把東籬掩定，北窗開了，悠然酌、頹然睡。　客有過門投贄。道先生、訪華胥氏。誰能辛苦，陪他綺語，記他奇字。屈指先賢，戴花老監，豈其苗裔。待異時約取，寬夫彥國，入耆英會。

又

先生放逐歸來，不如前輩抽身早。臺郎舊秩，看來却似，散人新號。起舞非狂，行吟非怨，高眠非傲。嘆終南捷徑，太行盤谷，用卿法、從吾好。　閉了草廬長嘯。後將軍、來時休報。床頭書在，古人出處，今人非笑。製個閑詞，呷些薄酒，野花簪帽。願雲臺任滿，又還仍任，賽汾陽考。

又自和前韻

病翁一榻蕭然，劉屏山號病翁。不知世有歡娛事。雀羅庭院，載醪客去，催租人至。無干贄。或相過、莫知誰氏。柴門草户，闕人守舍，任他題字。　窮巷幸報答秋光，要些酒量，要些詩思。奈長鯨罷吸，寒蛩息響，茶甌外、惟貪睡。自和山歌，國風之變，離騷之裔。待從今去，願年年强健，插花高會。

又

平生酷愛淵明，偶然一出歸來早。題詩信意，也書甲子，也書年號。陶侃孫兒，孟嘉甥子，疑狂疑傲。與柴桑樵牧，斜川魚鳥，同盟後、歸於好。　除了登臨吟嘯。事如天、莫來諮報。田園閒靜，市朝翻覆，回頭堪笑。節物催人，東籬把菊，西風吹帽。做先生處士，一生一世，不論資考。

風流子 白蓮

松桂各參天，石橋下、新種一池蓮。似仙子御風，來從姑射，地靈獻寶，瘞向藍田。笑曾入、先生虛白屋，不喜傅朱鉛。記茂叔溪頭，深衣聽講，遠公社裏，素衲安禪。山間。多紅鶴，端相久，驀地飛去蹁躚。但蝶戲鷺翹，有時偷近旁邊。對月中乍可，伴娥孤冷，牆頭誰肯，窺玉三年。俗客濃妝，安知國艷天然。

滿庭芳 記夢

涼月如冰，素濤翻雪，人世依約三更。扁舟乘興，莫計水雲程。忽到一洲奇絕，花無數、多不知名。渾疑是，芙蓉城裏，又似牡丹坪。蓬萊應不遠，天風海浪，滿目凄清。更一聲鐵笛，石裂龍驚。回顧塵寰局促，揮袂去、散髮騎鯨。蘧蘧覺，覺來是夢，鐘動野鷄鳴。

賀新郎

吾少多奇節，頗揶揄、玉關定遠，壺頭新息。一劍防身行萬里，選甚南溟北極。看塞雁、銜來秋色。不但槊棋夸妙手，管城君、亦自無勍敵。終賈輩，恐難匹。酒腸詩膽新來窄。向西風、登高望遠，亂山斜日。安得良弓並快馬，聊與諸公角力。漫醉把、欄干頻拍。莫恨寒蟾離海晚，待與君、秉燭遊今夕。歡易買，健難得。

又　送陳真州子華

北望神州路。試平章、這場公事，怎生分付。記得太行山百萬，曾入宗爺駕馭。今把作、握蛇騎虎。君去京東豪傑喜，想投戈、下拜真吾父。談笑裏，定齊魯。兩河蕭瑟惟狐兔。問當年、祖生去後，有人來否。多少新亭揮淚客，誰夢中原塊土。算事業、須由人做。應笑書生心膽怯，向車中、閉置如新婦。空目送，塞鴻去。

又　杜子昕凱歌

盡説番和漢。這琵琶、依稀似曲，驀然絃斷。作麼一年來一度，欺得南人技短。嘆幾處、城危如卵。元凱後身居玉帳，告天驕、休作尋常看。布嚴令，運奇算。開門決鬬雌雄判。笑中宵、奚車氈屋，獸驚禽散。個個危冠横麈柄，誰了君王此段。也莫靠、長江能限。不論周郎並幼度，便仲尼、復起嗟微管。馳露布，築京觀。

又 跋唐伯玉奏稿

宣引東華去。似當年、文皇親擢，馬周徒步。殿上風霜生白簡，下殿扁舟已具。怎不與、官家留住。古有一言腰相印，誰教他、滿篋攖鱗疏。還笏退，不回顧。新來邊報猶飛羽。問諸公、可無長策，少寬明主。攀檻朱雲頭雪白，流落如今底處。但一片、丹心如故。賴有越臺堪眺望，那中原、莫已平安否。風急惡，海天暮。

又 送唐伯玉還朝

驊騎聯翩至。道臺家、籌邊方急，酒行姑止。作麽攜將琴鶴去，不管州人墮淚。與富貴、平生無味。可但紅塵難著脚，便山林、未有安身地。搔白髮，兀相對。前身小范疑公是。憶當年、天章閣上，建明尤偉。慶曆諸賢方得路，便不容他老子。須著放、延州城裏。一句殷勤牢記取，在朝廷、最好圖西事。何必向，玉關外。

又 送黄成甫還朝

飛詔從天下。道中朝、名流欲盡，君王思賈。時事祇今堪痛哭，未可徐徐俟駕。好著人、扶將宗社。多少法筵龍象衆，聽靈山、囑付些兒話。千百世，要傳寫。子方行矣乘驄馬。又送他、江南太史，去遊氈廈。老我伴身惟有影，倚遍風軒月榭。悵玉手、何時重把。君向柳邊花底問，看貞元朝上誰存者。桃滿觀，幾開謝。

又 端午

深院榴花吐。畫簾開、練衣紈扇，午風清暑。兒女紛紛誇結束，新樣釵符艾虎。早已有、遊人觀渡。老大逢場慵作戲，任陌頭、年少爭旗鼓。溪雨急，浪花舞。靈均標致高如許。憶生平、既紉蘭佩，更懷椒醑。誰信騷魂千載後，波底垂涎角黍。又說是、蛟饞龍怒。把似而今醒到了，料當年、醉死差無苦。聊一笑，弔千古。

又 九日

湛湛長空黑。更那堪、斜風細雨，亂愁如織。老眼平生空四海，賴有高樓百尺。看浩蕩、千崖秋色。白髮書生神州淚，儘凄凉、不向牛山滴。追往事，去無跡。少年自負凌雲筆。到而今、春華落盡，滿懷蕭瑟。常恨世人新意少，愛說南朝狂客。把破帽、年年拈出。若對黄花孤負酒，怕黄花、也笑人岑寂。鴻北去，日西匿。

又寄題聶侍郎鬱孤臺

絕頂規危榭。跨高寒、鳥飛不過，雲生其下。斤斸無聲人按堵，翕忽青紅變化。覽城郭山川如畫。閣老鳳樓修造手，笑談間、突出凌雲廈。臺上景，買無價。　唾壺麈尾登臨暇。似當年、文章太守，歐陽公也。傾倒贛江供硯滴，判斷雪天月夜。更喚取、鄒枚司馬。銅雀凌歊歌舞罷，訪殘磚、斷甓無存者。餘翰墨，被風雅。

又

動地東風起。畫橋西、繞溪桑柘，漫山桃李。寂寂牆陰蒼苔徑，猶印前回屐齒。驚歲月、飆馳雲駛。太息攀翻長亭樹，是先生、手種今如此。君不樂，欲何俟。　傍人錯會淵明意。笑斯翁、皇皇汲汲，登山臨水。佳處徑呼籃輿去，仿佛柴桑栗裏。從我者、門生兒子。嘗試平章先賢傳，屈原醒、不似劉伶醉。拼酩酊，卧花底。

又宋庵訪梅

鵲報千林喜。還猛省、謝家池館，早寒天氣。要與瑶姬叙離索，草草杯盤藉地。悵減盡、何郎才思。不願玉堂並金屋，願年年歲歲花間醉。餐秀色，挹高致。西園飛蓋東山妓。問何如、半山雪裏，孤山煙外。管甚夜深風露冷，人與長瓶共睡。任翠羽、枝頭多事。老子平生無他過，爲梅花、受取風流罪。簪白髮，莫教墜。

又 遊水東周家花園

溪上收殘雨。倚畫欄、薄綿乍脱，日陰亭午。鬧市不知春色處，散在荒園廢墅。漸小白、長紅無數。客子雖非河陽令，也隨緣、暫作鶯花主。那可負，瓮中醑。碧雲四合千巖暮。恨匆匆、余方有事，子姑歸去。趁取群芳未摇落，暇日提魚就煮。嘆激電、光陰如許。回首明年何處在，問桃花、尚記劉郎否。公莫笑，醉中舞。

又 和咏茶蘼

曾與瑶姬約。恍相逢、翠裳摇曳，珠幬聯絡。風露青冥非人世，攬結玉龍驂鶴。愛萬朵、千條纖弱。禱祝花神憐惜取，問開時、晴雨須斟酌。枝上雪，莫消却。惱人匹似中狂藥。憑危欄、燭光交映，樂聲遥作。身上春衫香薰透，看到參橫月落。算茉莉、猶低一著。坐有緱山王郎子，倚玉簫、度曲難爲酢。君不飲，鑄成錯。

又用前韻賦黄荼蘼

淺把宫黄約。細端相、普陀巖裏，金身珠絡。蕚緑華輕羅襪小，飛下祥雲仙鶴。朵朵賽、蜂腰纖弱。已被色香撩病思，儘鶊兒、酒美無多酌。看不足，怕殘却。　人間難得傷春藥。更枝頭、流鶯呼起，少年狂作。留取姚家花相伴，羞與萬紅同落。未肯讓、蠟梅先著。樂府今無黄絹手，問斯人、清唱何人酢。休草草，認題錯。

又謝贈芍藥

一夢揚州事。晝堂深、金瓶萬朵，元戎高會。座上祥雲層層起，不減洛中姚魏。嘆別後、關山迢遞。國色天香何處在，想東風、猶憶狂書記。驚歲月，一彈指。　數枝清曉煩馳騎。向小窗、依稀重見，蕪城妖麗。料得花憐儂消瘦，儂亦憐花憔悴。漫悵望、竹西歌吹。老矣應無騎鶴日，但春衫、點點當時淚。那更有，舊情味。

又郡宴和韻

草草池亭宴。又何須、珠韝絡臂，琵琶遮面。賓主一時詞翰手，倏忽龍蛇滿案。傳寫處、塵飛鶯囀。但得時平魚稻熟，這腐儒、不用青精飯。陰霧掃，霽華見。使君償了豐年願。便從今、也無敲撲，也無厨傳。試拂籠紗看壁記，幾個標名渠觀。想九牧、聞風爭羨。此老飽知民疾苦，早歸來、載筆薰風殿。詩有諷，賦無勸。

又 題蒲澗寺

風露驅炎毒。記仙翁、飄然謫墮，吹笙騎鵠。歷歷漢初秦季事，山下瓜猶未熟。過眼見、群雄分鹿。想得拂衣游汗漫，試回頭、劉項俱蠻觸。斫鯨膾，脯麟肉。越人好事因成俗。擁遨頭、如雲士女，山南山北。問訊先生無恙否，齊魯干戈滿目。且遊戲、扶胥黄木。不是世無瓜樣棗，便有來、肯飽痴兒腹。聊舉酒，笑相屬。

又 王實之喜予出嶺南，命愛姬歌新詞以相勞，輒次其韻

此腹元空洞。少年時、諸公過矣，上天吹送。老大被他禁害煞，身與浮名孰重。這鼓笛、休休拈弄。彩筆擲還殘錦去，願今生、來世無妖夢。且飯犢，莫吞鳳。新來瘖啞如翁仲。羨王郎、驂鸞縹緲，玉笙吹動。應笑夔州村裏女，灸面生愁進奉。要絕代、傾城安用。今古何人知此理，有吾家、酒德先須頌。三萬卷，漫充棟。

又蒙恩主崇禧，再用前韻

主判茅君洞。有檐間、查查喜鵲，曉來傳送。幾度黄符披戴了，此度君恩越重僕五任祠廟：南嶽、仙都、玉局、雲臺，并茲爲五。被賀監、天隨調弄。做取散人千百歲，笑渠儂、一霎邯鄲夢。歌而過，鳳兮鳳。　灌園織屨希陳仲。問先生、加齊卿相，可無心動。除却醴泉中太乙，揀個名山自奉。那捷徑、輸他藏用。有耳不曾聞黜陟，免教人、貶駁徂徠頌。服蘭佩，結茆棟。

又郡會聞妓歌有感

妾出於微賤。少年時、朱絃彈絕，玉笙吹遍。粗識國風關睢亂，羞學流鶯百囀。總不涉、閨情春怨。誰向西鄰公子說，要珠鞍、迎入梨花院。身未動，意先懶。　主家十二樓連苑。那人人、靚妝按曲，繡簾初卷。道見華堂簫管唱，笑煞雞坊拍衮。回首望、侯門天遠。我有平生離鸞操，頗哀而不愠、微而婉。聊一奏，更三嘆。

又 生日和實之來韻

鬢雪今千縷。更休休、痴心猒望，故人明主。晚學瞿曇無所得，不解飛昇滅度。似曉鼓、鼕鼕撾五。散盡朝來湯餅客，且烹鷄、要飯茅容母。怕回首，太行路。　麟臺學士微雲句。便樽前、周郎復出，審音無誤。安得春鶯雪兒輩，輕拍紅牙按舞。也莫笑、儂家蠻語。老去山歌尤協律，又何須、手筆如燕許。援琴操，促箏柱。

又 九日郊行

老去光陰駛。向西風、疏林變纈，殘霞成綺。尚喜暮年腰脚健，不礙登山臨水。算自古、英遊能幾。客與桓公俱臭腐，獨流傳、吹帽狂生爾。後來者，亦猶此。　籃輿伊軋柴桑裏。問黃花、没些消息，空籬而已。賴有一般芙蓉月，偏照先生懷裏。且覓個、欄干同倚。檢點樽前誰見在，憶平生、共插茱萸底。歡未足，飲姑止。

又 己未九日飲倉部弟兌庵

憶昔俱年少。向斯晨、登高懷古，賦詩舒嘯。追數樽前插花客，人物並皆佳妙。禁幾度、西風殘照。元子寄奴曾富貴，到而今、一一消磨了。君不樂，後人笑。 山南山北添華表。嘆歸來、謝池草合，黄臺瓜少。老去愛持齊物論，誰管彭殤壽夭。待細説、教天知道。不羡兩蘇並二宋，願弟兄、歲歲同吹帽。杯到手，莫辭釂。

又再和

何必遊嵩少。屋邊山、松風浩蕩，虎龍吟嘯。舊慕楚人悲秋作，晚愛陶詩高妙。髮如此、臨流羞照。屈指向來夸毗子，被西風、一筆都勾了。曾不滿，達人笑。 當年玉振於江表。悵而今、老身空在，歡欣全少。假使真如彭祖壽，蒙叟猶嗤渠夭。偶落筆、不經人道。歲晚連床談至曉，勝岡頭、出没看烏帽。君舉白，我頻釂。

又三和

人老難重少。强追陪、李侯痛飲，劉郎清嘯。報答秋光無一字，虚説君房語妙。且匣起、青銅休照。賴有多情籬下菊，待西風、不肯先開了。留晚節，發孤笑。 孔璋客紹衡依表。有誰憐、戴花翁病，插萸人少。生不逢場閑則劇，年似龔生猶夭。喫緊處、無人曾道。到得扶他迂叟出，算貂蟬、未抵深衣帽。街酒賤，更沽釂。

又

拂袖歸來也。懶追陪、竹林嵇阮，蘭亭王謝。誰與此翁相暖熱，賴有平生伯雅。且放意、高吟閒話。山鳥山花皆上客，又何須、勝似公榮者。胸磊塊，總澆下。　盤龍痴絕求鵝炙。這先生、黄齏甕熟，味珍無價。酒頌一篇差要妙，莊列諸書土苴。任禮法、中人嘲罵。君特未知其趣耳，若還知、火急求投社。共秉燭，惜今夜。

八聲甘州 雁

物微生處遠。往還來、非但稻粱求。似愛長安日，怕陰山雪，善自爲謀。個裏幸無鳴鏑，隨意占沙洲。歸興何妨待，風景和柔。　昔到衡陽回去，今隨陽避地，遍海南頭。與西川流寓，彼此各淹留。未得雲中消息，登望鄉臺了、又登樓。江天闊，幾行人字，字字含愁。

燭影揺紅 用林卿韻

拙者平生，不曾乞得天孫巧。那回忝扈屬車來，豈是齊卿小。此膝不曾屈了。更休文、腰難運掉。前賢樣子，表聖宜休，申公告老。　涼篁安眠，絕勝㒤直鈴聲悄。集中大半是詩詞，幸没潮州表。月夕花朝吟嘯。嘆人間、愁多樂少。蓬萊有路，辦個船兒，逆風也到。

祝英臺近

雨凄迷，風料峭。情緒被花惱。白白紅紅，滿地無人掃。可堪解佩盟寒，墜樓命薄，更杜宇、枝頭閑𪹀。　綠陰繞。青帝結束匆匆，轉眼朱明了。怕與春詞，茗艼玉山倒。後期覺做明年，年年春好，却不道、明年人老。

最高樓 題周登樂府

周郎後，直數到清真。君莫是前身。八音相應諧韶樂，一聲未了落梁塵。笑而今，輕郢客，重巴人。　只少個、綠珠橫玉笛。更少個、雪兒彈錦瑟。欺晏賀，壓黃秦。可憐樵唱並菱曲，不逢御手與龍巾。且醉眠，篷底月，瓮間春。

風入松 福清道中作，二首

橐泉夜斷夢初長。別館凄凉。細思二十年前事，嘆人琴、已矣俱亡。改盡潘郎鬢髮，消殘荀令衣香。　多年布被冷如霜。到處同床。簫聲一去無消息，但回首、天海茫茫。舊日風烟草樹，而今總斷人腸。

又

歸鞍尚欲小徘徊。逆境難排。人言酒是銷愁物，奈病餘、孤負金罍。蕭瑟擣衣時候，凄凉鼓缶情懷。　遠林摇落晚風哀。野店猶開。多情惟是燈前影，伴此翁、同去同來。逆旅主人相問，這回老似前回。

又 癸卯至石塘，追和十五年前韻

殘更難睡抵年長。曉月凄凉。芙蓉院落深深閉，嘆芳卿、今在今亡。絕筆無求凰曲，痴心有返魂香。　起來休鑷鬢邊霜。半被堆床。定歸兜率蓬萊去，歎人間、無路茫茫。緣斷漫三彈指，憂來欲九迴腸。

又

攀翻宰樹暫徘徊。草草安排。昔人徒步陳鷄絮，愧公家、僕馬駢罍。華表舊愁滿目，黄粱殘夢傷懷。　欲將莊列等歡哀。對卷慵開。憑高指點虛無路，問何年、遼鶴歸來。宿酒得風漸解，小輿待月同回。

臨江仙 和王實之燈夕

玉笛鈿車當日事，東涂西抹都曾。等閒曲子壓和凝。縱遊非草草，已醉强惺惺。　今向三家村送老，身如罷講吴僧。高樓百尺不須登。半爐燒葉火，一盞勘書燈。

又 縣圃種花

落魄長官江海客，少豪萬里尋春。而今憔悴向溪濱。斷無觴詠興，惟有簿書塵。　手插海棠三百本，等閒妝點芳辰。他年絳雪映紅雲。丁寧風與月，記取種花人。

又 九日

去歲越王臺上飲，席間二客如龍。憑高弔古壯懷同。馬嘶千嶂暮，樂奏半天中。
今歲三家村市裏，故人各自西東。菊花時節酒樽空。可憐雙雪鬢，禁得幾秋風。

又 潮惠道中

不見仙湖能幾日，塵沙變盡形容。夜來月冷露華濃。都忘茅屋下，但記畫船中。
兩岸綠陰猶未合，更須補竹添松。最憐幾樹木芙蓉。手栽才數尺，別後爲誰容。

浪淘沙

紙帳素屏遮。全似僧家。無端霜月闖窗紗。喚起玉關征戍夢，幾疊寒笳。歲晚客天涯。短髮蒼華。今年衰似去年些。詩酒新來俱倚閣，孤負梅花。

又

疊嶂碧週遮。遊子思家。掩藏白髮賴烏紗。落日倚樓千萬恨，社鼓城笳。老去淡生涯。虛擲年華。臘茶盂子太清些。待得痴兒公事畢，謝了梅花。

又 素馨

目力已茫茫。縫菊爲囊。論衡何必帳中藏。却愛素馨清鼻觀，採伴禪床。　風露送新涼。冰麝開房。旋吹銀燭閉華堂。無奈紗厨遮不住，一地聞香。

法駕道引

樵歌爛，丹竈熟，一跳出紅塵。斗紫一雙龍奮蟄，帝青九萬里爲程。赤脚踏層雲。

又

鞭鸞上，騎麟下，仿佛覩崑崙。灑馬鬃泉蘇赤地，翻蟾滴水漲滄溟。笑煞懵仙人。

一剪梅 袁州解印

陌上行人怪府公。還是詩窮。還是文窮。下車上馬太匆匆。來是春風。去是秋風。　階衙免得帶兵農。嬉到昏鐘。睡到齋鐘。不消提岳與知宮。喚作山翁。喚作溪翁。

又赴粵，王實之夜餞楓亭

束緼宵行十里强。挑得詩囊。抛了衣囊。天寒路滑馬蹄僵。元是王郎。來送劉郎。
酒酣耳熱説文章。驚倒鄰牆。推倒胡床。旁觀拍手笑疏狂。疏又何妨。狂又何妨。

踏莎行九日

日月跳丸，光陰脱兔。登臨不用深懷古。向來吹帽插花人，盡隨殘照西風去。
老矣征衫，飄然客路。炊烟三兩人家住。欲攜斗酒答秋光，山深無覓黄花處。

玉樓春呈林節推

年年躍馬長安市。客舍似家家似寄。青錢換酒日無何，紅燭呼盧宵不寐。易挑錦字機中字。難得玉人心下事。男兒西北有神州，莫洒水西橋畔泪。

鷓鴣天 戲題周登樂府

詩變齊梁體已澆。香奩新製出唐朝。紛紛競奏桑間曲，寂寂誰知爨下焦。　揮彩筆，展紅綃。十分峭措稱妖嬈。可憐才子如公瑾，未有佳人敵小喬。

卜算子 惜海棠二首

盡是手成持，合得天饒借。風雨於花有底讎，著意相凌借。　做暖逼教開，做冷催教謝。不負明年花下人，只負栽花者。

又

片片蝶衣輕，點點猩紅小。道是天公不惜花，百種千般巧。　朝見樹頭繁，暮見枝頭少。道是天公果惜花，雨洗風吹了。

又

亂似盎中絲，密似風中絮。行遍茫茫禹跡來，底見無愁處。　好客挽難留，俗事推難去。惟有翻身入醉鄉，愁欲來無路。

又 燕

已怪社愆期，尚喜巢如故。過了清明未肯來，莫被春寒誤。常傍畫檐飛，忽委空梁去。忘却王家與謝家，別有啣泥處。

又 茉莉

老圃獻花來，异域移根至。相對炎官火傘中，便有清涼意。淡薄古梳妝，嫻雅仙標致。欲起涪翁再品花，壓了出羣弟。

朝天子

宿雨頻飄灑。歡喜煞、西疇耕者。終朝連夜。有珠璣嗚瓦。漸白水、青秧鷗鷺下。老學種花兼學稼。心兩掛。這幾樹、海棠休也。

清平樂五月十五玩月

纖雲掃跡。萬頃玻璃色。醉跨玉龍遊八極。歷歷天青海碧。　水晶宮殿飄香。群仙方按霓裳。消得幾多風露，變教人世清凉。

又

風高浪快。萬裏騎蟾背。曾識姮娥真體態。素面元無粉黛。　身遊銀闕珠宮。俯看積氣濛濛。醉裏偶摇桂樹，人間唤作凉風。

又贈揚州陳師文參議舞姬

宫腰束素。只怕能輕舉。好築避風臺護取。莫遣驚鴻飛去。　一團香玉温柔。笑顰俱有風流。貪與蕭郎眉語，不知舞錯伊州。

又丹陽舟中

休彈别鶴。泪與絃俱落。歡事中年如水薄。懷抱那堪作惡。　昨宵月露高樓。

今朝烟雨孤舟。除是無身方了，有身長有閑愁。

菩薩蠻 戲林節推

小鬟解事高燒燭。群花圍繞摴蒱局。道是五陵兒。風騷滿肚皮。　玉鞭鞭玉馬。戲走章臺下。笑殺灞橋翁。騎驢風雪中。

憶秦娥

遊人絕。綠陰滿野芳菲歇。芳菲歇。養蠶天氣，採茶時節。　枝頭杜宇啼成血。陌頭楊柳吹成雪。吹成雪。淡煙微雨，江南三月。

又

修禊節。晉人風味終然別。終然別。當時賓主，至今清絕。　等閒寫就蘭亭帖。豈知留與人間說。人間說。永和之歲，暮春之月。

又

泥滑滑。一聲聲喚征鞍發。征鞍發。客亭楊柳，不禁攀折。荀郎衣上香初歇。蕭郎心下書難説。書難説。霎時吹散，一生愁絶。

又

春酲薄。夢中裘馬豪如昨。豪如昨。月明横笛，曉寒吹角。古來成敗難描摸。而今却愧當時錯。當時錯。鐵衣猶在，不堪重著。

又

梅謝了。寒垣凍解鴻歸早。鴻歸早。憑伊問訊，大梁遺老。浙河西面邊聲悄。淮河北去炊烟少。炊烟少。宣和宫殿，冷煙衰草。

右大全集

水調歌頭 和西外判宗湖樓韻

君看郭西景，渾不減孤山。飛樓突兀百尺、輪奂侈前觀。絕唱新詞寡和，墮泪舊碑無恙，往事付驚瀾。不見遼鶴返，惟對水鷗閑。　又何必，珠翠盛，管絃歡。唾壺麈尾瀟灑，領客上高寒。丞相功存宗廟，祭酒義兼家國，世事尚相關。風月寓意耳，莫作晉人看。

右花庵詞選

如夢令

今夜荼蘼風起。應是玉消瓊碎。澹蕩滿城春，惱破愁人春睡。須醉。須醉。莫待黃梅雨細。

右御選歷代詩餘

閩中葉申薌編輯

卷四

馬子嚴

建安人，字莊甫，自號古洲居士。仕至岳陽守。

水龍吟 爲陳阪種玉莊作

買莊爲貯梅花，玉妃一萬森庭戶。古來詞客，比方不類，可憐毫楮。誰掃塵凡，獨超物表，神仙中取。是崑丘標致，姑山風骨，除此外、吾誰與。　九醞醍醐雪乳。和金盤、月邊清露。壽陽嬌騃，單于疏賤，不堪充數。弄玉排簫，許瓊揮拍，胎禽飛舞。待先生，披著羊裘鶴氅，作園林主。

又 海棠

東君直是多情，好花一夜都開盡。杏梢零落，藥欄遲暮，不教寧靜。風度秋千，日移簾幕，翠紅交映。正太真浴罷，西施濃抹，都沉醉、嬌相稱。　磨遍綠窗銅鏡。挽春衫、不堪比並。暮雲空谷，佳人何處，碧苔侵逕。睡裏相看，酒邊凝想，許多風韻。問因何，卻欠一些香味，惹旁人恨。

臨江仙 上元

人意舒閑春事到，徐徐弄日微雲。翠鬟飛繞鬧蛾羣。煙橫沽酒市，風轉落梅邨。　歲事一新人半舊，相逢際晚醺醺。花間亭館柳間門。尅除風雨外，排日醉紅裙。

月華清 憶別

瑟瑟秋聲，蕭蕭天籟，滿庭搖落空翠。數遍丹楓，不見葉間題字。人何處、千里嬋娟，愁不斷、一江流水。遙睇。見征鴻幾點，碧天無際。　悵望月中仙桂。問竊藥佳人，誰與同歲。把鏡當空，照盡別離情意。心裏恨、莫結丁香，琴上曲、休彈秋思。怕裏。

又悲來老卻，蘭臺公子。

賀聖朝

遊人拾翠不知遠。被子規呼轉。紅樓倒影背斜陽，墜幾聲絃管。　荼蘼香透，海棠紅淺。恰平分春半。花開一笑不須慳，待花飛休怨。

魚游春水

池塘生春草。數盡歸鴻人未到。天涯目斷，青鳥尚賒音耗。曉月頻窺白玉堂，暮雨還濕青門道。巢燕引雛，乳鶯空老。　庭際香紅倦掃。乾鵲休來枝上噪。前回準擬同他，翻成病了。欲題紅葉憑誰寄，獨抱孤桐無心挑。眉間翠攢，鬢邊霜早。

海棠春

柳腰暗怯花風弱。紅映秋千院落。歸逐燕兒飛，斜撼真珠箔。　滿林翠葉燕支萼。不忍頻頻覷著。護取一庭春，莫彈花間鵲。

鷓鴣天

睡鴨徘徊煙縷長。日高春困不成妝。步欹草色金蓮潤，撚斷花枝玉筍香。　輕洛浦，笑巫陽。錦紋親織寄檀郎。兒家閉戶藏春色，戲蝶遊蜂不敢狂。

歸朝歡

聽得春壺沽美酒。人道杏花深處有。杏花狼藉鳥啼風，十分春色今無九。麝煤銷永晝。青煙飛上庭前柳。畫堂深，不寒不暖，正是好時候。　團團寶月憑纖手。暫借歌喉招舞袖。真珠滴破小槽紅，香肌縮盡纖羅瘦。投分須白首。黃金散與親和舊。且銜盃，壯心未落，風月長相守。

孤鸞

沙堤春軟。正宿雨初收，落梅飄滿。可奈東風，暗逐馬蹄輕捲。湖波又還漲綠，粉牆陰、日融煙暖。驀地刺桐枝上，有一聲春喚。　任酒帘、飛動畫樓晚。便指數燒燈，時節非遠。陌上叫聲，好是賣花行院。玉梅對妝雪柳，鬧蛾兒、象生嬌顫。歸去爭先戴取，倚寶釵雙燕。

阮郎歸

清明寒食不多時。香紅漸漸稀。翻騰妝束鬧蘇堤。留春春怎知。　花褪雨，絮沾泥。淩波寸不移。三三兩兩叫船兒。人歸春也歸。

右花庵詞選

朝中措 竹

龍孫脱穎破苔紋。英氣欲淩雲。深處未須留客，春風自掩柴門。　蒲團宴坐，輕敲茶臼，細撲爐熏。彈到琴心三疊，鷓鴣啼傍黄昏。

二郎神 柳花

日高睡起，又恰見、柳梢飛絮。倩説與、年年相挽，卻又因他相誤。南北東西何時定，看碧沼、青浮無數。念蜀郡風流，金陵年少，那尋張緒。　應許。雪花比並，撲簾堆戶。更羽綴遊絲，氊鋪小徑，腸斷鵓鴣喚雨。舞態顛狂，恨腰輕怯，散了幾回重聚。空暗想，昔日長亭别酒，杜鵑催去。

右詞綜

賀新郎

客裏傷春淺。問今年、梅蕊因甚、化工不管。陌上芳塵行處滿，可計天涯近遠。見説道、迷樓左畔。一似江南先得暖。向何郎、庭下都尋遍。孤負了，看花眼。古來好物難爲伴。只瓊花、一種傳來仙苑。獨許揚州作珍產。須勝了、千千萬萬。又卻待東風吹綻。自昔聞名今見面。數歸期、屈指家山晚。歸去説，也希罕。

右御選歷代詩餘

嚴仁

邵武人，字次山，與同族嚴羽、嚴參齊名，時稱「三嚴」。詞名清江欸乃。

賀新郎寄上官偉長

蘭芷湘東國。正愁予、一江紅葉，水程孤驛。欲寫瀟湘無限意，那得如椽彩筆。但閬風仙滿眼、西風蕭瑟。我所思兮何處所，在鐔津、津上滄灣側。誰氏子，閬風客。

憶共爾、乘客才無敵。賦悲秋、抑揚頓挫，淋灕沈鬱。百賦千詩朝復暮，解道波濤春力。八表神遊吾夢見，渺洞庭、青草煙波隔。空悵望，楚天碧。

又 清浪軒送春

問碧浪搖春渚。浸虛檐、蒲桃滉漾，翠綃掀舞。委曲經過臺下路，載取落花東去。人生聚散元無據。儘憑闌、一尊相對，蘋洲春暮。同此恨，有飛絮。

花亦、漂流良苦。花不能言應有恨，恨十分、都被春風誤。君不見、千金求賦。飛燕婕妤今何在，看黏雲、江影傷千古。流不去，斷魂處。

又 送杜子野赴省

看說到城南杜。儘風流、至今人號，去天尺五。家世聯編蒼玉佩，自有文章機杼。出關相鸞鳳、九霄軒翥。文陣堂堂新得雋，正少年、壯氣虹蜺吐。拈彩筆，月城去。

須快展、亨送梅千樹。雪連空、馬蹄特特，曉寒人度。帝里春濃花似海，吹入明光奏賦。衢闊步。隨世功名真漫浪，要平生、所學期無負。須記得，別時語。

歸朝歡 南劒雙溪樓

五月人間揮汗雨。離恨一襟何處去。雙溪樓下碧千尋，雙溪樓上匏尊舉。晚涼生綠樹。漁燈幾點依洲渚。莫狂歌，潭空月靜，慘慘瘦蛟舞。變化往來無定所。求劍刻舟應笑汝。只今誰是晉司空，斗牛奕奕紅光吐。我來空弔古，與君同記憑闌語。問滄波，乘槎此去，流到天河否。

又 壽禹平知縣

雲表金莖珠璀璨。當日投懷驚玉燕。文章議論壓西雍，風流姓字翔東觀。紫皇嗟見晚。祥麟五色留金殿。大江西，銅章墨綬，暫爾煩君綰。十二金釵扶玉盞。錦瑟摐摐隨急管。獸爐煙動彩雲高，秋聲拍碎紅牙板。趣君歸翰苑。萊衣煥爛潘輿穩。任方瞳，從今看到，弱水波清淺。

又

朱戶綠窗深窈窕。閃閃華旗紅幹小。相逢斜柳絆輕舟，渚香不斷蘋花老。西風吹夢草。題詩未了還驚覺。獨傷心，淒涼故館，月過西樓悄。　樓外斜河低浸斗。夜已如何夜將曉。心期欲寄赤鱗魚，秋雲不動秋江渺。相思千里道。多情直被無情惱。玉臺前，請君試看，華髮添多少。

水龍吟 題連州翼然亭呈歐守。

翼然新榜高亭，翰林鐵畫燕公手。滁陽盛事何人，重繼湟川太守。太守謂誰，文章的派，醉翁賢胄。對千峰削翠，雙溪注玉，端不減、琅琊秀。　坐嘯清香畫戟，聽丁丁、滴花晴漏。棠陰晝寂，細賡賓客，竹枝楊柳。只恐明朝，綈封趣覲，未容借寇。盡江山識賞，鹽梅事業，煥青氈舊。

又 題天風海濤亭呈潘料院

飆車飛上蓬萊，不須更跨琴高鯉。劃然長嘯天風，澒洞雲濤無際。我欲乘桴，從茲浮海，約任公子。辦虹竿十丈，犗鉤五十，親點對、連鼇餌。　誰榜佳名空翠。紫陽仙、去騎箕尾。銀鉤鐵畫，龍拏鳳峙，留人間世。更憶東山，哀箏一曲，灑沾襟淚。到而今幸有，高亭遺愛，寓甘棠意。

又 題盱江偉觀

城頭傑觀崢嶸，重闌下瞰蒼龍脊。鏤瑎盤礎，雕檀竦粢，玲瓏金碧。華子岡頭，麻源谷口，神仙窟宅。道至今清夜，月明風冷，常隱隱、聞笙笛。　翠壁煙霞縹緲，更寒泉、飛空千尺。數峰江上，孤舟天際，夕陽紅濕。抖擻征塵，浩然長嘯，跨青鸞翼。向鳳崗西望，遙釃斗酒，酹文章伯。

水調歌頭 上韶州方檢討。時有節制之命

慘淡望京闕，慷慨夢天山。引杯中夜看劍，壯氣刷幽燕。鼉鼓滿天催曙，畫角連雲嘯月，吹斷戍瓶煙。犀角赤兔馬，虎帳綠熊氊。　仗漢節，伸大義，斬樓蘭。青冥更下斧鉞，赤子要君安。鐵騎千群觀獵，宮樣十眉環座，霹靂聽鳴弦。莫厭兜鍪冷，歸去已貂蟬。

木蘭花慢 社日有感

東風吹霧雨，更吹起、裌衣寒。正莽莽叢林，潭潭伐鼓，鬱鬱焚蘭。闌干曲、多少意，

看青煙如篆繞溪灣。桑柘綠陰猶薄，杏桃紅雨初翻。飛花片片走潺湲。問何日西還。歎擾擾人生，紛紛離合，渺渺悲歡。想雲軿、何處也，對芳時、應只在人間。惆悵回紋錦字，斷腸斜日雲山。

蝶戀花 快閣

傑閣青紅天半倚。萬里歸舟，更近闌干艤。木落山寒梟雁起。一聲漁笛滄洲尾。千古文章黄太史。捫蝨高風，長照冰壺裏。何以薦君秋菊蕊。瘿瓢爲酌西江水。

又

院靜日長花氣暖。一簇嬌紅，得見春深淺。風送生香來近遠。笑聲只在秋千畔。目力未窮腸已斷。一寸芳心，更逐遊絲亂。朱戶對開簾卷半。日斜江上春風晚。

鷓鴣天

一徑蕭條落葉深。離腸淒斷月明砧。征鴻送恨連雲起，促織驚秋傍砌吟。風悄悄，夜沈沈。鴛機坐冷曉霜侵。挑成錦字心相向，未必君心似妾心。

又 閨思

多病春來事事慵。偶因撲蝶到園中。落紅萬疊花經雨，斜碧千條柳困風。深院宇，小簾櫳。幾年離別恰相逢。擎觴未飲心先醉，爲有春愁似酒濃。

又

行盡春山春事空。別愁離恨滿江東。三更鼓潤官樓雨，五夜燈殘客舍風。寒淡淡，曉朧朧。黃雞催斷丑時鐘。紫騮嚼勒金銜響，衝破飛花一道紅。

又

一曲危弦斷客腸。津橋捩柂轉牙檣。江心雲帶蒲帆重，樓上風吹粉淚香。瑤草碧，柳芽黃。載將離恨過瀟湘。請君看取東流水，方識人間別意長。

又

病去那知春事深。流鶯喚起惜春心。桐舒碧葉慳三寸，柳引金絲可一尋。憐繡閣，對雲岑。苦無多力懶登臨。翠羅衫底寒猶在，弱骨難支瘦不禁。

又

高杏酣酣出短牆。垂楊嫋嫋蘸池塘。文鴛藉草眠春晝，金鯽吹波弄夕陽。閑

倚鏡，理明妝。自翻銀葉炷衙香。鳴鞭已過青樓曲，不是劉郎定阮郎。

又

公子詩成著錦袍。王家桃葉舊妖嬈。檀槽摐急斜金雁，彩袖翩躚舞翠翹。沈

水過，懶重燒。十分濃醉十分嬌。複羅帳裏春寒少，只恐香酥拍漸消。

玉樓春

春風只在園西畔。薺菜花繁胡蝶亂。冰池晴綠照還空，香徑落紅吹已斷。意

長翻恨遊絲短。盡日相思羅帶緩。寶奩如月不欺人，明日歸來君試看。

阮郎歸

腮花輕拂紫綿香。瓊杯初暖妝。貪憑雕檻看鴛鴦。無心上繡床。　風絮亂。恣輕狂。惱人依舊忙。夢隨殘雨下高唐。悠悠春夢長。

婆羅門引

花明柳暗，一天春色繞朱樓。斷鴻聲喚人愁。欲問歸鴻何處，身世自悠悠。正東風留滯，楚尾吴頭。　追思舊遊。歎雙鬢、颯驚秋。可惜等閑孤了，酒令花籌。斷弦難續，漫題詩、分付與東流。流不到、蓬島瀛洲。

醉桃源 春景

拍堤春水蘸垂楊，水流花片香。弄花嚼柳小鴛鴦，一雙隨一雙。　簾半卷，露新妝，春衫是柳黄。倚闌看處背斜陽。風流暗斷腸。

好事近

曉色未分明，敲動月邊鼉鼓。卯酒一杯逕醉，又別君南浦。　春江如席照晴空，大舶夾雙艣。腸斷斜陽渡口，正落紅如雨。

訴衷情

一聲水調解蘭舟。人間無此愁。無情江水東流去，與我淚爭流。　人已遠，更回頭。苦凝眸。斷魂何處，梅花岸曲，小小紅樓。

多麗

最無端，官樓畫角輕吹。一聲來、深閨深處，把人好夢驚回。許多愁、盡教儂受，些箇事、未必君知。淚滴蘭衾，寒生珠幌，翠雲撩亂枕頻欹。窗兒上、幾條殘月，斜玉界羅帷。更堪聽，霜摧敗葉，靜扣朱扉。　念別離、千里萬里，問何日是歸期。關情處、魚來雁往，斷腸是、兔走烏飛。美景良辰，賞心樂事，風流孤負縷金衣。謾贏得、花顔玉骨，瘦損爲相思。歸須早，劉郎雙鬢，莫遣成絲。

一落索

清曉鶯啼紅樹。又一雙飛去。日高花氣撲人來，獨自價、傷春無緒。　別後暗寬金縷。倩誰傳語。一春不忍上高樓，爲怕見、分攜處。

南柯子

柳陌通雲逕，瓊梳啟翠樓。桃花紙薄漬冰油。記得年時詩句、爲君留。　曉綠千層出，春紅一半休。門前溪水泛花流。流到西川猶是、故家愁。

菩薩蠻 雙溪亭

征鴻點破空雲碧。丹霞染出新秋色。返照落平洲。半江紅錦流。　風清漁笛晚。寸寸愁腸斷。寄語笛休横。只消三兩聲。

右花庵詞選

嚴參

邵武人，字少魯，自號三休居士。

沁園春 自適

曰歸去來，歸去來兮，吾將安歸。但有東籬菊，有西園桂，有南溪月，有北山薇。蜂則有房，魚還有穴，螘有樓臺獸有依。吾應有、雲中舊隱，竹裏柴扉。　人間征路熹微。看處處、丹楓白露晞。更寒原衰草，牛羊來下，淡煙秋水，鱸鱖初肥。自笑平生，頽然骨相，只合持竿坐釣磯。都休也，對西風無語，落日斜暉。

又 題吴明仲竹坡

竹焉美哉，愛竹者誰，曰君子歟。向佳山水處，築宮一畝，好風煙裏，種玉千餘。朝引輕霏，夕延涼月，此外塵埃一點無。須知道，有樂其樂者，吾愛吾廬。　竹之清也何如。應料得、詩人清矣乎。況滿庭秀色，對拈彩筆，半窗涼影，伴讀殘書。休説龍吟，莫言鳳嘯，且道高標誰勝渠。君試看，正遶坡雲氣，似渭川圖。

右花庵詞選

嚴羽

邵武人，字儀卿，自號滄浪逋客。有滄浪集，詞附。

滿江紅 送廖叔仁赴闕

日近觚稜，秋漸滿、蓬萊雙闕。正錢塘江上，潮頭如雪。把酒送君天上去，瓊裾玉佩鵷鴻列。丈夫身、富貴等浮雲，看名節。　天下事，吾能說。今老矣，空凝絕。對西風慷慨，唾壺敲缺。不灑世間兒女淚，難堪親友中年別。問相思、他日鏡中看，蕭蕭髮。

右詞綜

陳以莊

建安人，字敬叟，號月溪。

賀新郎 和劉潛夫韻

曉夢鶯呼起。便安排、詩家廚傳，酒家行李。檢點花邊新雨露，春在萬家生齒。道官似、錦溪清駛。但使有人耕綠野，正不妨、鼓吹頻來此。方覓句，且夷俟。　畫橋西畔多春意。記年年、曾來幾度，落花流水。行到水窮雲起處，依約輞川竹裏。興未屬、王孫公子。料想明年端門裏，有傳柑、宴罷黄封醉。肯回首，萬杉底。

右花庵詞選

水龍吟

晚來江闊潮平，越船吴榜催人去。稽山滴翠，胥濤濺恨，一襟離思。訪柳章臺，問桃仙浦，物華如故。向秋娘渡口，泰娘橋畔，依稀是、相逢處。　窈窕青門紫曲，蒨羅新、衣翻金縷，舊音恍記，輕攏慢撚，哀弦危柱。金屋難成，阿嬌已遠，不堪春暮。聽一聲杜宇，紅殷緑老，雨花風絮。

右詞綜

菩薩蛮

舉頭忽見衡陽雁。千聲萬字情何限。叵耐薄情夫。一行書也無。　泣歸香閣恨。和淚淹紅粉。待雁卻回時。也無書寄伊。

右御選歷代詩餘

李芸子

邵武人，字耕叟，自號芳洲。有詞集，戴石屏爲序。

木蘭花慢

占西風早處，一番雨，一番秋。記故國斜陽，去年今日，落葉林幽。悲歌幾回激烈，寄疏狂、酒令與詩籌。遺恨清商易改，多情紫燕難留。　嗟休。觸緒繭絲抽。舊事續何由。奈予懷渺渺，羈愁鬱鬱，歸夢悠悠。生平不如老杜，便如他、飄泊也風流。寄語庭柯徑菊，甚時得棹孤舟。

右花庵詞選

黃公紹

邵武人，咸淳進士。

青玉案

年年社日停針線，爭忍見、雙飛燕。今日江城春已半。一身猶在，亂山深處，寂寞溪橋畔。征衫著破誰針線。點點行行淚痕滿。落日解鞍芳草岸。花無人戴，酒無人勸，醉也無人管。

右詞綜

鶯啼序

銀雲捲晴縹緲，臥長龍一帶。柳絲醮、幾簇柔煙，兩市簾棟如繪。芳草岸、彎環半玉，鱗鱗曲港雙流會。看碧天連水，翻成箭樣風快。白露橫江，一葦萬頃，問靈槎何在。空翠濕、衣不勝寒，日華金掌沆瀣。甃花平、綠紋襯步，瓊田湧出神仙界。黛眉修，依約霧鬟，在秋波外。　閣嘘青蜃，樓啄彩虹，飛蓋蹴鼇背。燈火暮，相輪倒影，偷睇別浦，片片歸帆，遠自天際。舞蛟幽壑，棲鴉古木，有人翦取松江水，憶細鱗巨口魚堪鱠。波涵笠澤，時見靜景浮光，霽陰萬貌千態。　蒹葭深處，應有閑鷗，寄語休見怪。倩洗卻、香紅塵面，買個扁舟，身世飄萍，名利微芥。闌干拍遍，除東曹掾，與天隨子是我輩，儘胸中、著得乾坤大。亭前無限驚濤，總把遙岑，月明滿載。

右欽定詞譜

馮取洽

延平人，字熙之，自號雙溪翁。

摸魚兒 和黃玉林遺蛻山桃花韻

歎劉郎、那回輕別，霏霏三落紅雨。玄都觀裏應遺恨，一抹淡煙殘縷。愁望處。想霧暗雲深，忘卻來時路。新花舊主。記刻羽流商，裁紅翦翠，山徑日將暮。　空枝上，時有幽禽對語。聲聲如問來否。人生行樂須閑健，衰老念誰免此。吾所與。在溪上，深深錦繡千花塢。何時定去。但對酒思君，呼兒爲我，頻唱小桃句。

賀新郎 送别江定軒

夢折營門柳。送君歸、暫戲斑衣，又攏征袖。到得皇州風景異，只有湖山似舊。把感慨、寓之杯酒。雨抹晴妝西子樣，且平章、剩賦詩千首。富與貴，本來有。　青油幕底籌攻守。擁貔貅、朝氣淩雲，夜鋒沖斗。蜀祲淮氛猶在眼，一掃正須健帚。又何惜、馳驅奔走。快展韜鈐資世用，看歸來、金印懸雙肘。傾玉斝，爲親壽。

沁園春 中和節爲玉林壽

稟氣之中，具聖之和，生逢令辰。逢三春中月，方才破二，百年大齊，恰則平分。立玉林深，散花庵小，中有翛然自在身。詩何似，似蘇州閑遠，開府清新。　青鞵布襪烏巾。試勇往、蓉谿一問津。有心香一瓣，新聲一闋，更攜阿艾，同壽靈椿。劫劫長存，生生不息，寧極深根秋又春。聊添我，作風流二老，歲歲尋盟。

西江月太歲日作

老子齊頭六十，新年第一今朝。放開懷抱不須焦。萬事付之一笑。　煙柳效顰翠斂，露桃獻笑紅嬌。已拚行樂到元宵。尚可追隨年少。

蝶戀花和玉林韻

秋到雙溪溪上樹。葉葉涼聲，未省來何許。盡拓溪樓窗與戶。倚闌清夜窺河鼓。　那得吟朋同此住。獨對秋芳，欲寄花無處。杖履相從曾有語。未來先自愁君去。

右花庵詞選

水調歌頭

雪霽春已半，露重午方喧。一筇拄上高絕，便覺眼前寬。指點數家樓閣，檢校一川花柳，綠水接青煙。巒岫競圍繞，風日更清妍。　鬧蜂媒，紛蝶使，菜花繁。少年正爾行樂，誰復顧華顛。自有此丘此阪，那得遊人簫鼓，暖響出中天。歸步不妨晚，恰則月初弦。

金菊對芙蓉和劉篁嵊韻

寶鏡懸空，玉篸點水，蕩搖千頃寒光。正江妃月姊，鬬理明妝。扶闌一笑開詩眼，少容我、吟諷其旁。一川風露，滿懷冰雪，雲海瀰茫。　不妨倚醉乘狂。問天公覓取，幾曲漁鄉。聽小樓哀管，偷弄初涼。夜深歡極忘歸去，錦江釀、透碧篘香。對花無語，花應笑我，不似張郎。

念奴嬌次玉林韻

高堂素壁，漫生綃十幅，圖張消暑。不奈火雲燒六合，逃也略無逃處。小派秋聲，巨簏涼點，吸欻來何許。故人詞翰，此時飛落蓬戶。　何幸一笑掀髯，停杯浩唱，三歎遺音古。雪碗冰甌無表裏，更貯三危鮮露。咀噍生香，清寒入夢，展轉忘宵曙。對床誤喜，與君同聽風雨。

沁園春

我愛之君，結屋屏山，友松竹梅。有倦遊孤劍，暫懸素壁，醉吟行屨，時印蒼苔。得失不驚，知恬交養，浩浩胸中何壯哉。須知道，似驊騮萬里，道路方開。　相期湖上舒懷。莫放過、花枝與酒杯。況上天已辨，河東新賦，圜橋樂得，海内英才。矍鑠溪翁，據鞍一笑，畫餅功名付儻來。長堤上，看柳花荷氣，儘可追陪。

又

一雨沛然，六合全清，空無點埃。喜秋容新沐，爲誰嫵媚，涼蟾留照，政爾徘徊。蠟屐清遊，漁簑淡話，富貴於余何有哉。雙溪上，總舊盟鷗鷺，來往無猜。　煙霞竹石松梅。更無數、幽花陸續開。漸黄雞啄黍，肥堪一箸，浮蛆拍甕，美可三杯。兒解應門，翁方索句，俗客來時莫放來。青山好，儘從今日日，闥不妨排。

又　謝魏菊莊

舉世紛紛，風靡波流，名氛利埃。有幽人嘉遯，長年修潔，寒花作伴，竟日徘徊。餐薦夕英，杯迎朝露，世味何如此味哉。揚揚蝶，儘弄芳來往，我又奚猜。　雙溪約玉林梅。擬真到、莊門一扣開。奈衢山風急，勒教回駕，橫塘水弱，未許浮杯。恨結停雲，神馳落月，白雪風前忽墮來。教兒唱，侑簑翁一醉，無悶堪排。

又答呂柳溪

問訊柳溪，溪上柳容，胡爲帶埃。歎陽春陡變，孰爲披拂，賞音難遇，誰與徘徊。好在湖山，吾容不辱，寄逕垂條豈偶哉。休搖蕩，且深根寧極，免俗人猜。何妨傍竹依梅。待青眼、春回一笑開。儘攀絲弄葉，效顰施黛，籠鞴拂帽，竊陰傳杯。未礙飛棉，一高千丈，風力微時穩下來。天難問，便陶門漢苑，一任安排。

又和黃玉林

人事好乖，雲散風流，暗思去年。記竹輿伊軋，報臨村裏，筇枝顛倒，忙返溪邊。翦韭新炊，尋桃小酌，取次歡謠俱可編。難忘處，是陽春一曲，群唱尊前。新晴又放花天。況家釀、堪攜不用錢。想有人如玉，已過南市，無人伴我，重醉西阡。舊約難憑，新詞堪賦，樂事賞心那得全。歸來也，命兒將此意，寫似朱弦。

又贈錦江歌者何琮

有孤竹君，音節拂雲，號曰洞簫。縱柳郎塡就，周郎顧罷，欠伊品藻，律也難調。慚愧何郎。嗚嗚嫋嫋，翻入齶唇齒舌喉。誰知道，是郭郎親授，共貫同條。後來一輩枵枵。甚聲響、都如鸜鵒嬌。歎秦青已往，嘉榮何在，念奴骨朽，李八魂消。試向尊前，聽君一曲。前輩風流未覺凋。馮郎老，但點頭噓唾，拼解金貂。

賀新郎 和黄玉林爲題交遊風月樓

自顧卑棲翼。似滄洲、白鳥悠悠，靜依拳石。聊寄一梯雲木表，俯視霽虹千尺。欒江上、山間聲色。鏡樣清流環樣繞，笑賜湖、一曲誇唐敕。塵外趣，有誰識。　飛來妙墨痕猶濕。走盤珠、流出不火，食人胸膈。三歎陽春知和寡，但覺光生虛室。何處覓、倚歌簫客。他日玉林來得否，待平分、風月供吟筆。添一友，共閑逸。

又 和江定軒詠菊

句裏思黄九。笑王郎、不奈寒芳，腰圍如柳。得似江郎饒雅趣，時攬黄花誑口。吐妙語、與之爭秀。閑繞珍叢吟不盡，儘風前、月下欒欒瘦。香自足，豈勞嗅。　一尊問我能同否。歎雙溪、冷落籬邊，傲霜猶有。浩唱雲間金縷調，興發小槽珠酒。待喚醒、早春梅友。獨恨愛花人易老，漫一年，好景還依舊。東望處，立良久。

又 次黃玉林溪樓宴集韻

二老交相訪。正不妨、勃窣盤姍，舍車而杖。憶在蓉村新雨過，門外春流浩蕩。中有個、列仙癯相。把酒論詩饒氣韻，更柳邊、花底同心賞。臨別句，幾回唱。　忽傳風馭來溪上。遣兒曹、策馬郊迎，老懷歡暢。爭訝金華佳父子，飛下蓬萊崑閬。有四士、追隨仙仗。我愛君如何次道，便令人、直欲傾家釀。歌妙曲，鄭聲放。

右御選歷代詩餘

馮艾子

延平人，取洽子，字偉壽，自號雲月。精於音律，多自製腔。

玉連環 憶李謫仙

謫仙往矣。問當年，飲中儔侶，於今誰在。歎沈香醉夢，邊塵日月，流浪錦袍宮帶。高吟三峽動，舞劍九州隘。玉皇歸覲，半空遺下，酒囊詩佩。　雲月仰挹清芬，攬虬鬟，尚友風流千載。算晉宋頽波，羲皇淳俗，都付尊酒一慨。待相將共躡，向龍肩鯨背。蒼茫極目，海山何處，五雲靉靆。

春風嫋娜 黄鐘羽

被梁間雙燕，話盡春愁。朝粉謝，午花柔，倚紅欄、故與蝶圍蜂繞，柳棉無數。飛上搔頭。鳳管聲圓，蠶房香暖，笑攬羅衫須少留。隔院蘭馨趁風遠，鄰牆梅影伴煙收。　些子風情未減，眉頭眼尾，萬千事、欲説還休。薔薇露，牡丹毬。殷勤記省，前度綢繆，夢裏飛紅，覺來無覓，望中新緑，别後空稠。相思難偶。歎無情明月，今年已是，三度如鉤。

春雲怨 上巳。黄鐘商

春風惡劣。把數枝香錦。和鶯吹折。雨重柳腰嬌困。燕子欲扶扶不得。軟日烘煙。乾風收霧。芍藥荼蘼弄顔色。簾幕輕陰。圖書清潤。日永篆香絕。　盈盈笑靨宫黄額。試紅鸞小扇。丁香雙結。團鳳眉心倩郎貼。教洗金罍。共看西堂。醉花新月。曲水成空。麗人何處。往事暮雲萬葉。

雲仙引 桂花。夾鐘羽

紫鳳臺旁。紅鸞影裏。緋緋幾度秋馨。黄金重，緑雲輕。丹砂鬢邊滴粟。翠葉玲瓏煙剪成。含笑出簾。月香滿袖。天霧縈身。年時花下逢迎。有遊女、翩翩如五雲。亂擲芳英。爲簪斜朵。事事關心。長向金風。一枝在手，嗅蕊悲歌雙黛顰。繞臨溪樹。對初弦月。露下更深。

眼兒媚

自顰雙黛聽啼鴉。簾外翠煙斜。社前風雨，已歸燕子，未入人家。鞋兒試著無人看，莫是忒寬些。想他樓上，悶拈簫管，憔悴鶯花。

木蘭花慢 次黄玉林韻

酒醒人世換，碧桃靚、海山春。任青鳥沈沈，紫鱗杳杳，有玉林人。宫袍掉頭未愛，愛荷衣不染市朝塵。仙樣蓬萊翰墨，雲間鸞鳳精神。笑呼銀漢入金鯨。瓊苑自由身。羨咳唾成章，香薰花露，音和韶鈞。六丁夜來捧去，便天人也自歎尖新。那得金箋

飛洒，浩歌平步青雲。　右花庵詞選

李振祖

閩縣人，字中山，寶祐四年進士。

浪淘沙

春在畫橋西。畫舫輕移。粉香何處度漣漪。認得一船楊柳外，簾影垂垂。
誰
倚碧闌低。酒暈雙眉。鴛鴦並浴燕交飛。一片閑情春水隔，斜日人歸。　右絕妙好詞

陳德武

閩縣人。詞名白雪遺音。

浣溪紗

月落桐梢杜宇啼。雲埋芳樹鷓鴣飛。夜闌分作送春詩。　山上安山經幾歲，口中添口又何時。相思一曲訴伊誰。

右詞綜

水龍吟 西湖懷古

東南第一名州，西湖自古多佳麗。臨堤臺榭，畫船樓閣，遊人歌吹。十里荷花，三秋桂子，四山晴翠。使百年南渡，一時豪傑，都忘卻、平生志。　可惜天旋時異。藉何人、雪當年恥。登臨形勝，感傷今古，發揮英氣。力士推山，天吳移水，作農桑地。借錢塘潮汐，爲君洗盡，岳將軍淚。

沁園春 舟中夜雨

冬夜如年，客枕無眠，怎到天明。待數殘二十五、寒更點，聽餘一百八、曉鐘聲。雨腳敲篷，灘頭激瀨，總與離人訴不平。偏鬭得，我浚深恨海，砌起愁城。　問君何事牽縈。想最苦人間是别情。念千山萬水，沈魚阻雁，一身兩地，燭燕煎鶯。繡枕痕多，錦衾香冷，意有巫山夢不成。怎撇下，這兩字相思，萬里虚名。

水調歌頭 詠「惜花春起早」

好是三春景，都在百花軒。美人眠不成夢，早已繡簾掀。分付海棠睡足，檢點牡丹開未，桃李寂無言。葉露聯珠絡，枝月墜金盆。樹鈴索，高障檻，補籬藩。丁寧鶯燕蜂蝶，上下莫先翻。遥想韶光九十，只恐花飛一片，瘦減玉顔温。不憚銀瓶冷，汲井沃芳根。

又 詠「愛月夜眠遲」

三五嫦娥月，夜色正嬋娟。自從竊藥歸去，天下幾千年。試問廣寒高處，爲甚缺多圓少，此理孰爲權。弦望知天定，離合可人憐。典宫錦，歌水調，載樓船。謫仙居士何在，月色尚依然。遥想人生百歲，三萬六千良夜，能得幾時圓。莫遣金盆落，達曙照無眠。

又詠「掬水月在手」

蓮襯清波步，筭浴影娥東。晚粧脂粉猶膩，雪潔弄春溶。恰似玉盤拈指，莫是金環脫腕，寶鏡逐華容。好箇明珠顆，落在掌窩中。可人意，拿不住，握還空。騎鯨便欲深取，恐觸臥驪龍。奈玉春纖凍也，那壁團圓何處，有影卻無蹤。不上廣寒殿，便入水晶宮。

又詠「弄花香滿衣」

夢足芙蓉曙，步入牡丹叢。試將枝葉枚數，寵紫與嬌紅。如訴如歌體態，輕暖輕寒天氣，春色把人烘。百斛沈檀味，兩腋麝蘭風。春衫透，羅襪沁，暗回中。芳心能有多少，一點束千重。只恐遊絲行露，漫惹狂蜂輕蝶，珍重惜儀容。蘭蕙修芳佩，蘋藻薦公宮。

蝶戀花送春

昨夜狂風今日雨。風雨相催，斷送春歸去。萬計千方留不住。春歸畢竟歸何處。

好鳥如歌花解舞。花鳥無情，也訴離愁苦。流水落紅芳草渡。明年好記歸時路。

木蘭花 思情

自東君別後，對花柳、愈無聊。但旅寓年年，夢添夜夜，飯減朝朝。應憐此情何似，恰海天、風雨正瀟瀟。奩玉有誰暖眼，帶圍漫自松腰。　深沈庭院好香燒。水遠玉人遙。念信阻鸞箋，調空綠綺，字滿鮫綃。東君也知人意，幾黃昏、天際送蘭橈。錦荔堂前載酒，梧桐月下吹簫。

清平樂 詠月

娥眉淡竚。未約心先許。坐待不來來又去。直到碧空深處。　雨雲偏妒妖嬌。幾孤三五良宵。要見殘妝新畫，多應暮暮朝朝。

又 詠星

天孫自織。經緯天南北。明月樓臺高百尺。玉手昔曾親摘。　種榆人去何年。乘槎偶認張騫。報道秋期近也，好將巧思相傳。

又 詠風

呼來吸去。畢竟爲誰主。軟力慢扶花柳舞。禁不住顛狂處。等閑天易涼炎。每教人愛人嫌。最是相思病起，呼人緊下珠簾。

又 詠雨

絲絲線線。惹起雲根燕。萬里江山春欲遍。多在梨花庭院。經旬一見通宵。恍如身在藍橋。記與巫山神女，不禁暮暮朝朝。

又 詠雲

隨風情性。聚散元無定。雨過黄昏收拾盡。送出月明花影。誰言出岫無心。騰騰飛上巫岑。夢斷不知何處，玉人鬢上斜簪。

又 詠蟬

嬌聲嬌語。恰似深閨女。三疊琴心音一縷。躲在緑陰深處。此音寧與人知。

此身不與人欺。薄暮背將斜月，噤聲飛上高枝。

玉蝴蝶 雨中對紫薇

好是春光秋色，天工巧處，都上花枝。更值雲情雨態，淨沐芳姿。醉相扶、霓裳舞困，眠未得、宮錦淋漓。有誰知。眼空相對，心繫相思。相思。鮫綃帕上，珠懸紅淚，水洗胭脂。寂寞闌干，無言暗憶舊遊時。五花驄、載將郎去，雙喜鵲、報道郎歸。卜佳期。夢回巫峽，春在瑤池。

水龍吟 雪後過瓜洲

問津揚子江頭，滔滔潮汐東流去。六朝文物，千年陳跡，幾更烏兔。天限東南，水流今古，地分吳楚。喜壯遊千里，桑孤蓬矢，功名事、儒生語。翹首石頭城北，簇樓臺、遠連芳樹。雪消天氣，澄江如練，碧峰無數。銀甕春回，金山鏡曉，夢閑鷗鷺。早歸來，盡日風平人靜，孤舟橫渡。

望遠行

城頭初鼓，天街上、漸漸行人聲悄。半窗風月，一枕新涼，睡熟不知天曉。最是家山，千里遠勞歸夢，待説離情難覺。覺來時，簾外數聲啼鳥。　誰道。爲甚新來消瘦，底事慨慨煩惱。不是悲花，非干病酒，有個離腸難掃。悵望江南天際，白雲飛處，念我高堂人老。寸草心，朝夕怎寬懷抱。

滿江紅

記得年時，離筵上、把梅花折。還經盡、江南煙雨，淮陽風雪。寒食清明都過了，看看又到端陽節。倚闌干、屈指數流光，經年別。　心一寸、腸千結。千里夢、三更月。更曉來寒透，不堪愁絶。羞見慈烏啼反哺，厭聞乳燕調新舌。覩禽物、愈覺倍傷情，歸心切。

憶秦娥

疏簾揭。雲端仰見娟娟月。娟娟月。不應何恨，照人離別。　閉門獨睡空愁絶。

姮娥夢裏低低説。低低説。悲歡離合，陰晴圓缺。

踏莎行 中秋不見月

霧失南樓，雲低東閣。枝頭不見南飛鵲。姮娥何事太無情，今宵故誤年時約。天易陰晴，人多哀樂。從來此事難憑度。匆匆又是隔年期，且燒銀燭酬高酌。

踏莎行

聲跡隨風，浪痕如霰。藍橋路遠無由見。黄昏腸斷倚闌時，看看數盡南飛雁。日理絲機，宵拈針線。春秋不管鶯和燕。欲將心事訴佳期，回文直上金鑾殿。

右天一閣抄本

黄　鑄

邵武人，字希顔，自號乙山。官柳州守。

小重山

涼入秋檐雨意長。竹深啼絡緯，響虛堂。一枝燈影耿昏黃。疏簾外，風度木樨香。
心事易成傷。燕支坡下路，語如簧。定情螺子玉釵梁。鴛屏夢，應到舊韋郎。

右陽春白雪

秋蕊香令

花外數聲風定。煙際一痕月淨。水晶屏小敧翠枕。院靜鳴蛩相應。　香銷斜掩
青銅鏡。背燈影。寒砧夜半和雁陣。秋在劉郎雙鬢。

右絕妙好詞

黄　簡

建安人，字元易，自號東浦，卒葬虎邱。

眼兒媚

畫樓瀕水翠梧陰。清夜理瑤琴。打窗風雨，逼簾煙月，種種關心。當時不道春無價，幽夢費重尋。難忘最是，鮫綃暈滿，蟫錦香沈。

右陽春白雪

柳梢青

病酒心情。喚愁無限，可奈流鶯。又是一年，花驚寒食，柳認清明。天涯翠巘層層。是多少、長亭短亭。倦倚東風，只憑好夢，飛到銀屏。

玉樓春

龜紋曉扇堆雲母。日上彩闌新過雨。眉心猶帶寶觥醒，耳性已通銀字譜。密奩綵索看看午。暈素分紅能幾許。妝成挼鏡問春風，比似庭花誰解語。

右絕妙好詞

鄭 楷

閩縣人，字持正，自號眉齋。

訴衷情

酒旗搖曳柳花天。鶯語軟於綿。碎綠未盈芳沼，倒影蘸秋千。　奩玉燕，套金蟬。負華年。試問歸期，是荼蘼後，是牡丹前。

右絕妙好詞

李 呂

光澤人，字濱老，有澹軒集，詞附。

鷓鴣天

臉上殘霞酒半消，晚妝匀罷卻無憀。金泥帳小教誰共，銀字笙寒懶更調。　人悄悄，漏迢迢，瑣窗虛度可憐宵。一從恨滿丁香結，幾度春深豆蔻梢。

調笑令

掩袖低迷情不禁，背人低語兩知心。煙蛾漸向愁邊散，細靨從教醉裏深。小梅破萼嬌難似。喜色著人吹不起。莫將羽扇掩明波，灩灩光風生眼尾。　眼尾。寄深意。一點蘭膏紅破蕊。鈿窩淺淺雙痕媚。背面銀床斜倚。燭花先報今宵喜。管定知人心裏。

又

賢川六疊小香檀。玉筍纖纖不耐寒。淺破朱唇促新調，紅絲短瑟未須彈。錦字兩行裝寶扇。扇中鸞影迷嬌面。蘭葉歌翻春事空，孤鳳離鸞兩含怨。　含怨。兩顰淺。霧髻雲鬟低玉燕。綠沈香底金鵝扇。隱隱花枝輕顫。當筵不放紅雲轉。正是玉壺春滿。

右詞綜

劉學箕

崇安人，字習之，有方是閒居士詞。

賀新郎 白牡丹，舊都妓李師師也，畫者曲盡其妙

午睡鶯驚起。鬢雲偏、鬅鬆未整，鳳釵斜墜。宿酒殘妝無意緒，春恨春愁如水。誰共説、厭厭情味。手展流蘇腰肢瘦，歎黄金、兩鈿香消臂。心事遠，仗誰寄。　簾櫳漸是槐風細。對梧桐、清陰滿院，夏初天氣。回首春空梨花夢，屈指從頭暗記。歎薄倖、抛人容易。目斷孤鴻沈雙鯉，恨蕭郎、不寄相思字。幽恨積，黛眉翠。

惜分飛 柳花

池上樓臺堤上路。盡日悠揚飛舞。欲下還重舉。又隨胡蝶牆東去。　糝徑飄空

無定處。來往綠窗朱戶。卻被春風妒。送將蛛網留連住。

念奴嬌

斷虹開霽，淨秋容點點，初收微雨。日下生陰山影淡，縹渺雲煙吞吐。烏帽風偏，青鞲沙軟，誤入桃溪塢。多情鷗鷺，偶來忽又飛去。　日暮修竹佳人，霧綃瓊佩，綽約疑仙侶。愧我禪心春盡絮，不逐東風飛舞。紅葉題詩，紫雲傳恨，密意渠能訴。此情疏隔，不關樓外煙樹。

菩薩蠻

暮濤掀浪溪流急。單衣未試春寒力。是處綠陰濃。春深楊柳風。　人依溪岸住。酒美忘歸去。巢燕墮芹泥。幽禽花外啼。

醉落魄

江頭離席。晚潮雙艣催行色。往來屬玉雙飛白。笑我多情，猶作未歸客。　紅塵奔走何時息。歸心還似投林翼。角巾醉裏從欹側。獨立東風，天際露岑碧。

眼兒媚

十年不見柳腰支。契闊幾何時。天遥地遠，秋悲春恨，只在雙眉。　雁聲今夜樓西畔，情愫渺難期。杏花風景，梧桐夜月，都是相思。

桃源憶故人

暮霞散綺西溪浦。天上晴雲開絮。清絕梅花幾樹。惱亂春愁處。　小橋流水人來去。沙岸浴鷗飛鷺。誰畫江南好處。著我閑巾屨。

烏夜啼 夜泊揚子江

長亭急管生愁。楚天秋。落日寒鴉飛盡、水悠悠。　紅蓼岸。白蘋散。浴輕鷗。人在碧雲深處、倚高樓。

右詞綜

哨遍 松江長橋

木葉盡凋，湖色接天，雪月明江水。淩萬頃、一葦縱所之。若憑虛、馭風仙子。聽洞簫、綿延不絕如縷，餘音嫋嫋遊絲曳。乃舉酒賦詩，玉鱗霜蟹，是中風味偏美。任滿頭、堆絮雪花飛。更月澹、篷窗凍雲垂。山鬱蒼蒼，橋臥沈沈，夜鵲驚起。噫。倚蘭槳兮，我今恍惚遺身世。漁樵甘放浪，蜉蝣然、寄天地。歎富貴何時，功名浪語，人生寓樂雖情爾。知逝者如斯，盈虛如彼，則知變者如是。且物生宇宙各有司。非已有、纖毫莫得之。委吾心、耳目所寄。用之而不竭，取則不吾禁，自色自聲，本非有意。望東來、孤鶴縞其衣。快乘之、從此仙矣。

蝶戀花 北津夜雪

燈花已收正月半。一夜東風，吹得寒威轉。怪得美人貪睡暖。飛瑛積玉千林變。道是柳綿春尚淺。比著梅花，花已都零亂。漠漠一天迷望眼。多情更把征衣點。

怨王孫 清明病酒

淑景韶光晴晝。簾外雨、欲無還有。流鶯枝上轉新聲，夢初醒、厭厭病酒。天連碧草凝情久。思舊事、不堪搔首。懷人有恨水雲深，又綠暗、橋西柳。

戀繡衾 閨怨

柳絮風翻高下飛。雨籠晴、香徑尚泥。女伴笑、踏青好，鳳釵偏、花壓鬢垂。亂鶯雙燕春情緒，攪愁心、欲訴向誰。人問道、因誰瘦，撚青梅、閑斂黛眉。

浣溪紗 木犀

天上仙人萼綠華。何年分種小山家。九秋風露溢窗紗。密密翠羅攢玉葉，團團黃粟刻金花。一枝歸插鬢雲斜。

贺新郎 用稼軒韻述懷

往事何堪說。念人生、消磨寒暑，漫營裘葛。少日功名頻看鏡，綠鬢鬅鬙未雪。漸人心未老矣、愁生華髮。國恥家仇何年報，痛傷神、遙望關河月。悲憤積，付湘瑟。歎南北、久可隨時別。守忠誠、不替天意，自能符合。誤國諸人今何在，回首怨深次骨。歎南北、久成離絕。中夜聞雞狂起舞，袖青蛇、戛擊光磨鐵。三太息，眥空裂。

又 再韻，賦梅

東閣憑詩說。對豐姿、飄然杖屨，澹然巾葛。竹外一枝斜更好，玉質冰肌粲雪。誰折向、滿頭宣髮。水驛雲窗煙庭院，更宜晴、宜雨還宜月。霜夜永，景蕭瑟。孤芳敻與群芳別。隴程遙、攀條難寄，碧雲驚合。桃李漫山空春豔，不比仙風道骨。有瀟灑、清新奇絕。我被幽香相懊惱，宋廣平、豈但心如鐵。蜚暗度，石吹裂。

滿江红 避暑

午轉槐陰，正炎暑、侵肌似醉。問何處、披襟散髮，解衣揚袂。傍沼茅亭楊柳綠，倚崖草閣梧桐翠。喚玉人、纖手掬清泉，生涼意。開枕簟，浮瓜芰。瓊液淺，歌喉細。對文禽雪鷺，助成幽致。十頃碧蓮瀟灑國，萬竿修竹清涼世。算此時、情緒有誰同，吾儂自。

又 雙頭蓮

一柄雙花，低翠蓋、呈祥現美。人正在、薰風亭上，滿襟如水。二陸比方誇俊少，兩喬相並修容止。雨初晴、午永鬬紅酣，真奇耳。　雙白鷺，雙赬鯉。飛與泳，俱來此。綰雙鬟天上，侍香童子。雙劍豐城雙孕秀，雙鳧鄴縣雙翾起。謾空談、國士本無雙，今雙矣。

沁园春 嘆世

浮利虚名，算來何用，蝸角蠅頭。笑劳生一夢，兩輪催逼，脆如朝露，轻若春漚。有限精神，無窮世路，劫劫忙忙誰肯休。堪驚嘆，嘆癡人未悟，終日營求。　百年光景雲浮。把意馬心猿須早收。有真仙秘訣，飡霞導引，丹砂鉛汞，早與身谋。閑是閑非，他强我弱，一任從教風馬牛。還知道，上蓬莱穩路，八表神遊。

念奴嬌 次韻范正之柳絮

水軒沙岸，午風輕、飄動一天晴雪。日色晶熒光眩眼，細逐遊絲明滅。簾幕中間，樓臺側畔，渾是瑤瑛積。綴松黏竹，恍然如對三絕。　遥認仿佛飛花，花非還似，惱亂多情客。點染春衫無定度，又轉沈香亭北。密密疏疏，斜斜整整，似雪難分別。坡仙不見，後人有口何說。

西江月

世事從來無據，人生自古難憑。茫如天水有雲萍。聚散任他形影。　每怪東陽瘦損，常嗤騎省多情。如今我也瘦棱棱。卻喜青青兩鬢。

水調歌頭 飲垂虹

三載役京口，十度過松江。垂虹亭下煙水，長是映篷窗。釣得錦鱗成鱠，快把霜螯浩飲，豪氣未能降。醉舞影零亂，心逐浪春撞。　景蒼茫，歌欸乃，石空硿。蒹葭深處，適意魚鳥自雙雙。便擬輕舟短棹，明月清風長共，與世絕紛尨。嘉遁有真隱，不羨鹿門龐。

長相思 西湖夜醉

湖山横。湖水平。買個湖船一葉輕。傍湖隨柳行。　秋風清。秋月明。誰搗秋砧煙外聲。悲秋無盡情。

鷓鴣天 發舟安康，朋遊見留往復。三用韻

芳草萋萋入眼濃。一年花事又匆匆。吐舒桃臉今朝雨，零落梅妝昨夜風。　雲接野，水連空。畫欄十二倚誰同。兩眉新恨無分付，獨立蒼苔數落紅。

又

夢繞天涯去意濃。客愁春恨兩匆匆。緑波初漲桃花浪，畫鷁輕隨柳絮風。　無筆力，判虛空。關山千里兩心同。魚書雁字都休問，只看啼痕翠袖紅。

又

山色都如歸興濃。春融融處客匆匆。岸花影裏鶯吟霧，江閣陰中燕受風。　憑

畫楯，睇層空。情衷待説幾時同。不如且盡樽中綠，圖得酶然醉臉紅。

菩薩蠻 杏花

昨日杏花春滿樹。今晨雨過香填路。零落軟胭脂。濕紅無力飛。　轉頭春易去。春色歸何處。待密與春期。春歸人也歸。

浣溪紗 送連景昭歸三山

來日江頭柳帶香。去時籬下菊花黃。人生離別幾凄涼。　拂面紅塵飛冉冉，背人白日去堂堂。尺書休負雁南翔。

糖多令 登多景樓

何處浣離憂。消除許大愁。望長江、滾滾東流。一去鄉關能幾日，才屈指、又中秋。　蘆葉滿汀洲。沙磯小艇收。醉歸來、明月江樓。欲把情懷輸寫盡，終不似、少年遊。

小重山

春水東流一葦杭。春情翦不斷，漢江長。江花江草爲誰芳。渾不似，沙暖睡鴛鴦。

且道不思量。怕他知得後，痛肝腸。路遙天闊水茫茫。成病也，教我怎禁當。

行香子 鄱陽烹魚

雪白肥鰜。墨黑修鮎。柳穿腮、小大相兼。金刀批臠，鮮活甘甜。或時爊，或時煮，或時醃。

揎腕佳人，玉手纖纖。縷銀絲、取意無厭。虀須澹煮，滋味重添。滴兒醯，呷兒酒，撮兒鹽。

臨江仙

人在空江煙浪裏，葉舟輕似浮漚。此心無怨也無憂。漢江迷望眼，滾滾直東流。

兩岸荻蘆青不斷，四山岡嶺綢繆。晚風吹袂冷颼颼。誰知三伏暑，全似菊花秋。

漁家傲白湖觀捕魚

漢水悠悠還漾漾。漁翁出沒穿風浪。千尺絲綸垂兩槳。收又放。月明長在煙波上。釣得活鱗鯿縮項。篘成玉液香浮盎。醉倒自歌歌自唱。輕裊纜。碧蘆紅蓼清灘傍。

菩薩蠻鄂渚岸下

煙汀一抹蒹葭渚。風亭雨下荷華浦。月色漾波浮。波流月自留。若耶溪上女。兩兩三三去。眉黛斂羞娥，採菱隨櫂歌。

虞美人

寒來暑往何時了。世故催人老。一人口插幾張匙。何用波波劫劫、沒休時。饑來吃飯困來睡。莫把身爲累。誰能較短與量長。落葉西風一夢、熟黃粱。

賀新郎 送鄭材卿

莫向愁人説。歎人生、不如意事，十常七八。是則中年傷懷抱，客裏何堪送客。又添取、一襟悽咽。岸柳凋零秋容澹，黯消凝、怎忍輕攀折。重會面，甚時節。杏花麗日梅花雪。記當時、一觴一詠，楚雲湘月。別後君休勞春夢，轉眼江南塞北。莫謾被、閑愁縈結。且判離筵今夕醉，霎時間、便見蘭舟發。空悵望，水雲闊。

右天一閣抄本

留元崇

泉州人，字積翁，寶慶中充廣東安撫司幕官。

菩薩蠻

江頭日落孤帆起。歸心拍拍東流水。山遠不知名。爲誰迢遞青。危橋來處路。尚帶瀟湘雨。楚尾與吳頭。一生離別愁。

右陽春白雪

留元剛

永春人，字茂潛，開禧元年舉博學宏詞，仕至秘閣校理，直學士。有雲麓集。

滿江紅 泛舟武夷，午炊仙遊館。次呂居仁韻

風送清篙，沿流泝、武夷九曲。回首處，虹橋無復，幔亭遺屋。翠壁雲屏臨釣石，銀河雪瀑飛寒玉。想當年、鐵笛倚林吹，秋空綠。　褰荇帶，揷筇竹。披荷芰，餐椒菊。問丹崖碧嶺，底堪重辱。青筊不妨娛老眼，烏靴未許汙吾足。恰仙遊、一枕夢醒來，胡麻熟。

右陽春白雪

廖瑩中

邵武人，字羣玉，賈似道門客。賈敗，自戕。

箇儂

恨箇儂無賴，賣嬌眼、春心偷擲。沙軟芳堤，苔平蒼逕，却印下、幾弓纖跡。花不知名，香才聞氣，似月下笠篌，蔣山傾國。半解羅襦，蕙薰微度，鎮宿粉、棲香雙蝶。語態眠情，感多情、輕留細閱。休問望宋牆高，窺韓路隔。尋尋覓覓。又暮雨、遙峰凝碧。花徑橫煙，竹扉映月，儘一刻、千金堪值。卸襪熏籠，藏燈衣桁，任裹臂金斜，搔頭玉滑。更恨檀郎，惡憐深惜。儘顫眸、周旋傾側。碾玉香鉤，甚無端、鳳珠微脫。多少怕聽曉鐘，瓊釵暗擘。

右欽定詞譜。

翁孟寅

字賓暘，彥國孫，原籍崇安。靖康之變，彥國時爲江淮荊浙制置使，提兵勤王。康王開大元帥府，首赴行在。父謙之，進士，寄居臨安。孟寅遂領臨安鄉薦。

齊天樂 元夕

紅香十里銅駝夢，如今舊遊重省。節序飄零，歡娛老大，慵立燈光蟾影。傷心對景。怕回首東風，雨晴難準。曲巷幽坊，管弦一片笑聲近。　飛棚浮動翠葆，看金釵半溜，春妒紅粉。鳳輦鼇山，雲收霧斂，迤邐銅壺漏迥。霜風漸緊。展一幅青綃，淨懸孤鏡。帶醉扶歸，曉酲春夢穩。

燭影搖紅

樓倚春城，鎖窗曾共巢春燕。人生好夢逐春風，不似楊花健。舊事如天漸遠。奈情絲、牽愁未斷。鏡塵埋恨，帶粉棲香，曲屏寒淺。　環珮空歸，故園羞見桃花面。輕煙殘照下闌干，獨自疏簾捲。一信狂風又晚。海棠花、隨風滿院。亂鴉歸後，杜宇啼時，一聲聲怨。

阮郎歸

月高樓外柳花明。單衣怯露零。小橋燈影落殘星。寒煙蘸水萍。　歌袖窄，舞鬟輕。梨花夢滿城。落紅啼鳥兩無情。春愁添曉酲。

右絕妙好詞

齊天樂

幽香不受春料理，青青尚餘秋鬢。磵曲巖隈，煙梳露浴，甘與菰蒲共隱。芳標瘦迥。看纓結丁香，帶縈晴荇。恨水東流，楚江憔悴亂雲暝。凄涼夢遊故苑，縱妒花風暴，吹夢難醒。豔杏夭桃，紆青佩紫，爭似廣文官冷。塵波萬頃。算誰是同心，自憐孤影。收斂風流，素弦清夜永。

右陽春白雪

金

吳激

建州人，字彥高，宋侍郎吳栻子，米芾婿。使金被留，歷官翰林待制，出知深州。有東山集。

人月圓宴張侍御家，爲故宫人賦

南朝千古傷心事，猶唱後庭花。舊時王謝，堂前燕子，飛向誰家。　恍然一夢，仙肌勝雪，宫髻堆鴉。江州司馬，青衫淚濕，同是天涯。

訴衷情

夜寒茅店不成眠，殘月照吟鞭。黄花細雨時候，催上渡頭船。　鷗似雪，水如天。憶當年。到家應是，童稚牽衣，笑我華顛。

春從天上來會寧府遇老姬，感賦

海角飄零，歎漢苑秦宫，墜露飛螢。夢回天上，金屋銀屏。歌吹競舉青冥。問當時遺譜，有絕藝、鼓瑟湘靈。促哀彈，似林鶯嚦嚦，山溜泠泠。　梨園太平樂府，醉幾度春風，鬢變星星。舞破中原，塵飛滄海，飛雪萬里龍庭。寫胡笳幽怨，人憔悴、不似丹青。酒微醒。對一窗涼月，燈火青熒。

滿庭芳中秋

誰挽銀河，青冥都洗，故教獨步蒼蟾。露華仙掌，清淚向人霑。畫棟秋風嫋嫋，飄桂子、時入疏簾。冰壺裏，雲衣霧鬢，掬手弄春纖。　厭厭成勝賞，銀盤潑汞，寶鑒披奩。待不放楸梧，影轉西檐。坐上淋漓醉墨，人人看、老子掀髯。明年會，清光未減，白髮也休添。

风流子

書劍憶遊梁。當時事、底事不堪傷。蘭楫嫩漪，向吴南浦，杏花微雨，窺宋東牆。鳳城外，燕隨青步障，絲惹紫遊韁。曲水古今，禁煙前後，暮雲樓閣，春早池塘。　回首斷人腸。年芳但如霧鏡髮成霜。獨有蟻尊陶寫，蝶夢悠揚。聽出塞琵琶，風沙淅瀝，寄書鴻雁，煙月微茫。不似海門潮信，能到潯陽。

右中州樂府

青玉案警悟

人生南北如歧路，世事悠悠等風絮。造化小兒無定據。翻來覆去，倒橫直豎，眼見都如許。伊周事業何須慕。不學淵明便歸去。坎止流行隨所寓。玉堂金馬，竹籬茆舍，總是無心處。

右花草粹篇

木蘭花慢

敞千門萬戶，瞰滄海、爛銀盤。對沆瀣樓高，儲胥雁過，墜露生寒。闌干。眺河漢外，送浮雲、盡出衆星乾。丹桂霓裳縹緲，似聞雜佩珊珊。長安。底處高城人，不見路漫漫。歎舊日心情，如今容鬢，瘦沈愁潘。幽歡。縱容易得，奈佳期、動是隔年看。歸去江湖一葉，浩然對影垂竿。

元

洪希文

莆田人，字汝執，有續軒渠集。

浣溪紗

丈室蕭條似病禪。打窗風雨罷吟箋。歸心一點落燈前。猶有十三樓上酒，可無三百杖頭錢。一年心老一年年。

右詞綜

福建士子

卜算子西湖遺舊

月在小樓西，雞唱霜天曉。淚眼相看話別時，把定纖纖手。伊道不忘人，伊卻都忘了。我若無情似你時，瞞不過，橋頭柳。

右花草粹篇

方外

葛長庚

閩清人，字如晦，號瓊琯。祖有興，司訓瓊州。紹興初生於瓊。父歿，隨母適白氏，冒其姓，稱白玉蟾。幼敏慧，應神童科，後屢試不售。棄去，入羅浮學道，遇陳翠虛，授丹訣。晚居武夷，復葛姓。嘉定中召入，賜號紫清明道真人，館太乙宫。久之，忽不知所往。有海瓊集，詞附。

蘭陵王　題筆架山

三峰碧。縹渺烟光樹色。高寒處，上有猿啼鶴唳，天風夜蕭瑟。山形似笔格。人道江南第一。遊紫觀，月殿星壇，積翠樓前吹鐵笛。　客來訪靈蹟。聞王郭當年，曾此駐錫。二仙爲謁浮邱伯。從驂鸞去後，雲深難覓。丹爐灰冷杵聲寂。依然舊泉石。泉石。最幽闃。更禽靜花閑，松茂竹密。清都絳闕無消息。共羽衣揮麈，感今懷昔。堪嗟人世，似夢裏，駒過隙。

又 紫玄席上作

桃花瘦。寒食清明前後。新燕子，禁得餘寒，風雨把人苦僝僽。梅粒今如豆。減卻春光多少。空自有，滿樹山茶，似語如愁臥晴晝。幽人展襟袖。惜鶯花未老，江山如舊。杜鵑聲裏同攜手。歎陌上芳草，堤邊垂柳。一春十病九因酒。愁來獨搔首。豆蔻。枝頭小。應可惜年華，孤負時候。九十韶光那得久。問芍藥覓醉，牡丹索笑。三萬六千，能幾度，君知否。

沁園春

嫩雨如塵，嬌雲似織，未肯便晴。見海棠花下，飛來雙燕，垂楊深處，啼斷孤鶯。綠砌苔香，紅橋水暖，笑撚吟髭行復行。幽尋懶、就半窗殘睡，一枕初醒。消凝。次第清明。杳南北東西草又青。念鏡中勳業，韶光冉冉，尊前今古，銀髮星星。青鳥無憑，丹霄有約，獨倚東風無限情。誰知有，這春山點點，杜宇千聲。

又

暫聚如萍，忽散似雲，無可奈何。向天涯海角，兩行別淚，風前月下，一片離騷。啼罷棲烏，望窮芳草，此恨與之誰較多。昏黄後，對青燈感慨，白酒悲歌。夢中作夢知麽。憶往事、落花流水呵。更憑高望遠，沈腰更瘦，悵今懷昔，潘鬢須皤。去燕來鴻，尋梅問柳，寸念從他寒暑敖。銷魂處，但煙光縹渺，山色周遭。

又送王侍郎帥三山

錦繡文章，珪璋聞望，碧落侍郎。昨履聲漸近，星辰避次，竹符重剖，湖海生光。委羽天空，石橋水冷，每爲衆生時雨滂。君知否，是民心襦袴，吏膽冰霜。少須召入鵷行，也不念、無人荷紫囊。有本朝曾旦，移春手段，舊家羲獻，補月心腸。此去三山，卻登八座，已準金甌姓字香。還朝處，看雙鳧作對，五馬成行。

又寄鶴林

三徑就荒，松菊猶存，歸去來兮。歎折腰爲米，棄家因酒，往之不諫，來者堪追。形役奚悲，途迷未遠，今是還知悟昨非。舟輕漾，問征夫前路，晨色熹微。　歡迎童稚嘻嘻。羨出岫、雲閑鳥倦飛。有南窗寄傲，東皋舒嘯，西疇春事，植杖耘耔。矯首遐觀，壺觴自酌，尋壑臨流聊賦詩。琴書外，且樂天知命，復用何疑。

又

乍雨還晴，似寒而暖，春事已深。是婦鳩乳燕，說教魚躍，豪蜂醉蝶，撩得鶯吟。鬬茗分香，脱單衣裌，回首清明上巳臨。芳菲處，在梨花金屋，楊柳瓊林。　如今。詩酒心襟。對好景、良辰如有妊。念恨如芳草，知他多少，夢和飛絮，何處追尋。病酒時光，困人天氣，早有秋秧吐嫩針。蘭亭路，漸流觴曲水，修禊山陰。

又

吹面無寒，沾衣不濕，豈不快哉。正杏花雨嫩，紅飛香砌，柳枝風軟，綠映芳臺。燕似談禪，鶯如演史，猶有海棠連夜開。清明也，尚陰晴莫準，蜂蝶休猜。　朝來。應問蒼苔。甚幾日、都成錦繡堆。念四方賓友，不堪渭樹，一年春事，已屬庭槐。宿酒難醒，多情易老，爭奈傳杯不放杯。如何好，看秋千戲劇，蹴鞠恢諧。

又 羅浮

且説羅浮，自從石洞，水簾以還。是向時景泰，初來卓錫，舊家勾漏，曾此修丹。藥院空存，鐵橋如故，上更有、朱仙朝斗壇。飛雲頂，在石橋高處，杳靄之間。　山前。拾得清閑。也分我、煙霞數畝寬。自竹橋人去，青蓮馥郁，柴門閉了，緑柳回環。白酒初篘，清風徐至，有桃李、時新飣幾盤。仙家好，這許多快活，做甚時官。

又 題湖頭嶺庵

客裏家山，記踏來時，水曲山崖。被灘聲喧枕，雞聲破曉，匆匆驚覺，依舊天涯。抖擻征衣，寒欺曉袂，回首銀河西未斜。塵埃債，嘆有如此髮，空爲伊華。　古來客况堪嗟。儘貧也、输他貧在家。料驛舍旁邊，月痕白處，暗香微度，應是梅花。揀折一枝，路逢南雁，和兩字、平安寄與他。教知道，有长亭短堠，五飯三茶。

水龍吟

層巒叠巘浮空，斷崖直下分三井。蒼苔路古，鹿鳴芝澗，猿號松嶺。露浥鳳簫，烟迷枸杞，緑深翠冷。笑攜筇一到，登高眺遠，是多少、仙家景。　長念青春易老，尚區區、枯蓬斷梗。人間天上，喟然俯仰，隻身孤影。世事空花，春心泥絮，此回還省。向瓊臺雙闕，结間茅屋，坐千峰頂。

水龍吟 采药逕

雲屏漫鎖空山，寒猿啼斷松枝翠。芝英安在，术苗已老，徒劳屐齒。應記洞中，鳳簫锦瑟，鎮長歌吹。悵蒼苔路杳，石門信斷，无人問、溪頭事。　回首暝烟无際，但纷纷、落花如淚。多情易老，青鸞何處，書成難寄。欲問雙娥，翠蟬金鳳，向誰嬌媚。想分香舊恨，劉郎去後，一溪流水。

十二時 鶴林作

素馨花，在枝無幾，秋入闌干十二。那茉莉、如今已矣。只有蘭英菊蕊。霜蠏年時，香橙天氣。總是悲秋意。問宋玉、當日如何，對此淒涼，風月怎生存濟。　還未知、幽人心事，望得眼穿心碎。青鳥不來，彩鸞何處，雲鎖三山翠。是碧霄有路，欲歸歸又無計。　奈何他，水長天遠，身又何曾生翅。手撚芙蓉，耳聽鴻雁，怕有丹書至。縱人間富貴，一歲復一歲。此心終日繞香盤，在篆畦兒裏。

瑞鶴仙

殘蟾明遠照。正一番、霜訊四山秋老。孤村帶清曉。有鳴鞭歸騎，亂林啼鳥。青簾縹緲。懶行時，持杯自笑。甚年來、破帽凋裘，慣得淡煙芳草。　多少。客愁羈思，雨泊風餐，水邊雲杪。西窗正好。疏竹外，粉牆小。念歸期相近，夢魂無耐，不爲羅衾寒悄。怕無人、料理黃花，等閑過了。

祝英臺近

月如酥，天似玉，長嘯弄孤影。十二樓臺，昨夢暗尋省。自憐露滿衣襟，風吹毛髮，悄無寐、寒宵漏永。　捧香鼎。翻起一片龍涎，梅花對人冷。庭戶冰清，何處鶴聲警。少時燭暗梧窗，煙生苔砌，曉鐘動。忽然心醒。

水調歌頭 詠茶

二月一番雨，昨夜一聲雷。槍旗爭展，建溪春色占先魁。採取枝頭雀舌，帶露和煙擣碎，煉作紫金堆。碾破香無限，飛起綠塵埃。汲新泉，烹活火，試將來。放下兔毫甌子，滋味舌頭回。喚醒青州從事，戰退睡魔百萬，夢不到陽臺。兩腋清風起，我欲上蓬萊。

喜遷鶯 鶴林作

吾家何處。對落日殘鴉，亂花飛絮。四海五湖，千巖萬壑，已把此生分付。怎得海棠心緒，更沒鴛鴦債負。春正好，嘆流光有限，老山無數。歸去。君試覷。紫燕黄鸝，愁怕韶華暮。細雨斜風，斷煙芳草，暑往寒來幾度。鎖卻心猿意馬，縛住金烏玉兔。今古事，似一江流水，此懷難訴。

水調歌頭

草漲一湖綠，天貢四山青。這千年裏，幾多興廢不容聲。無分貂金佩玉，不夢歌鐘食鼎，何處有車旌。便念旌陽劍，枉自染蛟腥。生諸葛，少馬援，尚雲萍。醉鄉日月，飄然身世付劉伶。知道東門黄犬，不及西山白鷺，風月了平生。起來忽清嘯，驚落夜潭星。

又

杜宇傷春去，蝴蝶喜風清。一犁梅雨，前村布穀正催耕。天際銀蟾映水，谷口錦雲橫野，柳外亂蟬鳴。人在斜陽裏，幾點晚鴉聲。　采楊梅，摘盧橘，飣朱櫻。奉陪諸友，今宵爛飲過三更。同入醉中天地，松竹森森翠幄，酣睡綠苔茵。起舞弄明月，天籟奏簫笙。

又

一箇江湖客，萬里水雲身。鳥啼春去，煙光樹色正黃昏。洞口寒泉漱石，嶺外孤猿嘯月，四顧寂無人。夢魂歸碧落，淚眼看紅塵。　煙濛濛，風慘慘，黯銷魂。南中諸友，而今何處問浮萍。青鳥不來松老，黃鶴何之石爛，歎世一傷神。回首南柯夢，靜對北山雲。

又

昔在虛皇府，被謫下人間。笑騎白鶴，醉吹鐵笛落星灣。十二玉樓無夢，三十六天夜靜，花雨灑琅玕。瑤臺歸未得，忍聽洞中猿。　也休休，無情緒，煉金丹。從來天上，神仙宮府更嚴難。翻憶三千神女，齊唱霓裳一曲，月裏舞青鸞。此恨憑誰訴，雲滿武夷山。

又

誤觸紫清帝，謫下漢山川。既來塵世，奇奇怪怪被人嫌。懶去蓬萊三島，且看江南風月，一住數千年。天風自霄漢，吹到劍峰前。　做些詩，吃些酒，放些顛。木精石怪，時時喚作地行仙。朝隱四山猿鶴，夜枕一天星斗，紙被裹雲眠。夢爲蝴蝶去，依約在三天。

又中元後風雨有感

一葉飛何處，天地起西風。夜來酒醒，月華千頃浸簾櫳。塞外賓鴻來也，十里碧蓮香滿，澤國蓼花紅。萬象正蕭爽，秋雨滴梧桐。　釣臺邊，人把釣，興何濃。吴江波上，煙寒水冷染丹楓。光景暗中催去，覽鏡朱顔猶在，回首鷲巢空。鐵笛一聲曉，喚起玉淵龍。

又

江上春山遠，山下暮雲長。相留相送，時見雙燕語風檣。滿目飛花萬點，回首故人千里，把酒沃愁腸。回雁峰前路，煙樹正蒼蒼。　漏聲殘，燈焰短，馬蹄忙。浮雲飛絮，一身將影向瀟湘。多少風前月下，迤邐天涯海角，魂夢亦淒涼。又是春將暮，無語對斜陽。

滿江紅　武夷

憶昔秦時，中秋日、武夷九曲。煙寂寂、斜陽數尺，寒鴉枯木。三十六峰凝曉翠，一溪流水生秋綠。正滿林、桂子散天香，飛金粟。　神仙客，金丹熟。玉詔下，雲生足。巖頭新換骨，尚枯紅肉。夜半月華明似畫，玉皇降輦陳殽餗。笑曾孫、回首幔亭前，空松竹。

又　白蓮

昨夜姮娥，遊洞府、醉歸天闕。緣底事、玉簪墜地，水神不說。持向水晶宮裏去，曉來捧出將饒舌。被薰風、吹作滿天香，誰分別。　芳而潤，清且潔。白似玉，寒於雪。想玉皇後苑，應無此物。只得賦詩空歎賞，教人不敢輕攀折。笑李粗、梅瘦不如他，真奇絕。

又 聽陳元舉琴

樹色溟濛，山煙暮、鳥歸日落。憑闌處、眼空宇宙，心遊碧落。古往今來天地裏，人間那有揚州鶴。幸而今、天付與青山，甘寥寞。　好花木，多巖壑。得蕭散，耐淡泊。把他人比並，我還不錯。一曲瑤琴知此意，從前心事都忘卻。況新秋、不飲更何時，何時樂。

又 別鶴林

明日如今，我已是、天涯行客。相別後、麻姑山上，齊雲亭側。幾個黃昏勞夢想，幾宵皓月遙思憶。與二仙、不但此今生，皆疇昔。　頻到此，歡無極。今去也，來無的。念浪萍風絮，東西南北。七八年中相契密，三千里外來將息。悵金丹、未就玉天遼，還悽惻。

又

鈞天高處，元自有、瓊樓玉闕。又那更、九霞隱映，五雲陡絕。八面玲瓏光不夜，四圍晃耀寒如月。有廣寒、宮殿隱姮娥，冰壺潔。　飄飄去，天風烈。星河外，花飛雪。見三千神女，尊前一闋。來到人間渾似夢，未能歸去空悲咽。問仙都、此去幾由旬，歸心熱。

又 贈豫章尼黄心大師，嘗爲官妓

豆蔻丁香，待則甚、如今休也。爭知道、本來面目，風光瀟灑。底事到頭鸞鳳侶，不如躲脱鴛鴦社。好説與、幾個正迷人，休嗟訝。　紗窗外，梅花下。酒醒耳，教人怕。把翠雲翦卻，緇衣披掛。柳翠已參彌勒了，趙州要勘臺山話。想而今、心似白芙蕖，無人畫。

摸魚兒

問蒼江、舊盟鷗鷺。年來景物誰主。悠悠客鬢知何似，吹滿西風塵土。渾未悟。漫自許。功名談笑侯千戶。春衫戲舞。怕三徑都荒，一犁未把，猿鶴笑君誤。君且住。未必心期盡負。江山秋事如許。月明風靜蘋花路。欹枕試聽鳴櫓。還又去。道喚取。陶泓要草歸來賦。相思最苦。是野水連天，鳴榔四起，蓑笠占煙雨。

洞仙歌 鶴林賦梅

南枝漏洩，一點春光別。無蝶無蜂正霜雪。向竹梢疏處，瘦影橫斜，真個是、瀟灑冰肌玉骨。

黄昏人靜，踏碎階前月。忍凍相看惜攀折。巡檐空索笑，似笑無言，夜悄悄、香入寒風清冽。更那堪、畫角惱幽人，又滿地落英，愁腸萬結。

滿庭芳 和韻

百雉城邊，亂花深處，竹間一笑雙清。天公解事，爲我弄陰晴。雨過槐陰綠淨，女牆外、楊柳絲輕。堪嗟惜，詩尤酒殢，鏡裏失青春。

清和如許在，鶯鶯燕燕，相與忘情。謫仙風度，命代萬人英。遊戲琴棋書畫，人間世、別有方瀛。酕醄後，玄裳效舞，所欠董雙成。

瑶臺月

煙霄凝碧。問紫府清都，今夕何夕。桐陰下、幽情遠與秋無極。念陳跡、虎殿虬宫，記往事、龍簫鳳笛。露華冷，蟾光白。雲影淨，天籟息。知得。是蓬萊不遠，身無羽翼。廣寒宫、舞徹霓裳，白玉臺、歌罷瑶席。爭不思下界，有人岑寂。羨博望、兩泛仙槎，與曼倩、三偷蟠實。把丹鼎，暗融液。乘雲氣，醉揮斥。嗟惜。但城南老樹，人誰我識。

永遇樂

懶散家風，清虛活計，與君説破。淡酒三杯，濃茶一盞，靜處乾坤大。倚藤臨水，步屧登山，白日只隨緣過。自歸來，曲肱隱几，但只恁和衣臥。　柴扉草戶，包巾紙襖，未必有人似我。我醉還歌，我歌且舞，一恁憨癡好。綠水丹山，清風明月，自有人間仙島。且偎隨、補破遮寒，燒榾柮火。

好事樂

行到竹林頭，探得梅花消息。冷蕊疏英如許，更無人知得。　冰枯雪老歲年徂，俯仰自嗟惜。醉臥梅花影裏，有何人相識。

又

何事雁來遲，獨步秋園默默。莫恨桂花開盡，有菊花堪惜。　　回頭顧影背斜陽，聽西風蕭瑟。無限詩情酒思，那早梅知得。

桂枝香

樓前凝望。見水滿一溪，雲滿千嶂。將晚欲行無緒，欲眠無況。叢花凋草春無極，倚東風、忽然惆悵。淡煙飛過，幽禽叫斷，遠鐘嘹亮。　　爲底事、沈吟一晌。念隻影飄浮，寸心虛曠。無限遊絲落絮，此懷難狀。江湖淮海行將遍，覺詩腸、酒膽超暢。一丘一壑歸來，念我舊家天上。

南鄉子愛閣賦別二首

夜月照千峰。影滿荷池靜裊風。明日今宵還感慨，梧桐。葉葉隨雲颺碧空。　　聚散與誰同。野鶴孤雲有底蹤。別後要知相憶處，無窮。總在青山夕照中。

又

前度幾相逢。此日遊從樂不同。竹閣荷亭歡聚處，雍容。如在蓬萊第一宮。
夜半月朦朧。秉燭東園風露中。明日匆匆還入浙，忡忡。卻把音書寄遠鴻。

霜天曉角 綠淨堂

五羊安在。城市何曾改。十萬人家闤闠，東亦海、西亦海。　歲歲。蒲澗會。地接蓬萊界。老樹知他一劍，千山外、萬山外。

賀新郎

且盡杯中酒。問平生、湖海心期，更如君否。渭樹江雲多少恨，離合古今非偶。更風雨、十常八九。長鋏歌彈明月墮，對蕭蕭、客鬢閑攜手。還怕折，渡頭柳。　小樓夜久微涼透。倚危闌、一池倒影，半空星斗。此會明年知何處，蘋末秋風未久。漫輸與、鷺朋鷗友。已辦扁舟松江去，與鱸魚、蓴菜論交舊。因念此，重回首。

又

夢遶荷花國。遍橘州柳市，芙蓉巷陌。桂社蘭鄉白蘋裏，月冷波寒之夕。有孤鶩落霞知得。一鶴橫空雲漠漠，見梅梢萬粒真珠滴。猶未把，寒香惜。　畫樓何處吹瑤笛。便酥皴玉笑，霧鬆霜瘠。姑射仙人遊紫府，下戲三江七澤。此莫是、冰魂雪魄。半逐風飛半隨水，半在枝、半落蒼苔白。酒醒後，曉窗碧。

又雪

是雨還堪拾。道非花、又從簾外，受風吹入。撲落梅梢穿度竹，恐是鮫人訴泣。積至暮、螢光熠熠。色映萬山迷遠近，滿空浮、似片應如粒。忘煉得，我雙睫。　吟肩聳處飛來急。故撩人、黏衣噀袖，嫩香堪挹。細聽疑無仍復有，貪看一行一立。見僧舍、茶煙飄濕。天女不知維摩事，漫三千、世界繽紛集。是翦水，誰能及。

又牡丹

曉霧須收霽。牡丹花、如人半醉，擡頭不起。雪凍作冰冰作水。十朵未開三四。又加以、風禁雨制。自是東吴春色盛，儘移根、换葉分黄紫。所貴者，稱姚魏。其間一種尤姝麗。似佳人、素羅裙在，碧羅衫底。中有一花邊兩蕊。恰似妝成小字。看不足、如何可比。白玉杯將青玉綠，據晴香、暖豔還如此。微笑道，有些是。

又 紫玄席上作

飛盡桃花片。倚東風、高吟大嘯，開懷消遣。芍藥牡丹開未遍。不道韶華如電。無心向、小庭幽院。秉燭夜遊雖不倦，奈一番、風雨花容變。春去也，無人見。何處鶯啼啼不斷。探後園、紅稀翠減，青稠綠滿。蝶在花間猶死戀。早有行人摇扇。故自要、與春爲餞。笑指白雲歸去好，對夕陽、瀉酒憑誰薦。柳深處，有雙燕。

又 肇慶府送談金華、張月窗

謂是無情者。又如何、臨歧欲别，淚珠如灑。此去蘭舟雙槳急，兩岸秋山似畫。況已是、芙蓉開也。小立西風楊柳岸，覺衣單、略説些些話。重把我，袖兒把。小詞做了和愁寫。送將歸、要相思處，月明今夜。客裏不堪仍送客，平昔交遊亦寡。況慘慘、蒼梧之野。未可淒涼休哽咽，更明朝、後日才方罷。情默默，斜陽下。

又 再送前人

風雨今如此。問行人、如何有得，許多兒淚。爲採木犀開也未，只有芙蓉而已。九十日、秋光能幾。千里送人須一别，卻思量、我了思量你。去則是，住則是。歸歸我亦行行矣。便行行、不須回首，也休縈繫。一似天邊雙鳴雁，一個飛從東際。那一個、又飛西際。畢竟人生都是夢，再相逢、除是青霄裏。卻共飲，卻共醉。

又 隱括菊花新

露白天如洗。淡煙輕、疏林映帶，遠山橫翠。對此情懷成甚也，雲斷小樓風細。獨倚遍、畫闌十二。花館雲窗成憔悴。聽賓鴻、天外聲嘹唳。但不過，悶而已。房櫳深靜難成寐。夜迢迢、銀臺絳蠟，伴人垂淚。巴得暫時朦朧地。還又匆匆驚起。漫自展、雲箋錦字。往後各收千張紙。念夢勞、魂役空凝睇。終不負，驂鸞志。

又

倏又西風起。這一年光景、早過三分之二。燕去鴻來何日了，多少世間心事。待則甚、功成名遂。楓葉荻花動涼思，又尋思、江上琵琶淚。還感慨，勞夢寐。愁來長是朝朝醉。剗地成、宋玉傷感，三閭憔悴。況是淒涼寸心碎。目斷水蒼山翠。更送客、長亭分袂。閣皂山前梧桐雨，起風檣、露舶無窮意。君此去，趁秋霽。

又

一別蓬萊館。看桑田成海，又見松枯石爛。目斷虛皇無極處，安得殿頭宣喚。指歸路、鈞天早晚。此去罡風三萬里，但九霞、縹緲青雲遠。望不極，空淚眼。瑤池昔會群仙宴。比秋來、荻花楓葉，令人淒惋。滿面朱塵那忍見，酒病花愁何限。知幾度、春鶯秋雁。從此飛神騰碧落，向清都、來往應無間。丹漸熟，骨將換。

又

遙想陽明洞。夜深時、猿啼鶴唳，露寒煙重。家在神霄歸未得，十二玉樓無夢。夢裏聽、瑤琴三弄。醉臥長安人不識，晚秋天、此意西風共。黃金印，吾何用。雲衢高策青鸞鞚。把天書玉篆，留與世人崇奉。垂手入廛長是醉，醉則從教懵懂。那些子、凝然不動。一劍行空神鬼懼，金粟兒、日向丹田種。把得穩，任放縱。

又西湖作，呈章判鎮、留知縣

萬頃湖光綠。是處裏、芙蓉金盞，木犀金粟。鷁馭飄飄行水縠，正是蟹香橙熟。山色似、風梳雨沐。攜取阿嬌命豪傑，過北山疃處、南山曲。寒煙淡，晴鴉浴。巨觥數引蒼髯矗。便論詩説劍，人各有懷西北。兩見西風客京國，多在紅樓金屋。凝情處、落霞孤鶩。蒲柳淒涼今如許，問功名、志在何時足。更簪取，一枝菊。

又別鶴林

昔在神霄府。是上皇嬌惜，便自酣歌醉舞。來此人間不知歲，仍是酒龍詩虎。做弄得、襟情如許。俯仰紅塵幾今古。算風燈、泡沫無憑處。即有這，煙霄路。淮山浙岸瀟湘浦。一尋思、柳亭楓驛，淚珠濺俎。此去何時又相會，離恨縈人如縷。更天也、愁人風雨。語燕啼鶯莫相管，請各家、占取閑亭塢。人事盡，天上去。

又賦西峯

風送寒蟾影。望銀河、一輪皎潔，宛如金餅。料得故人千里共，使我寸心耿耿。渾無奈、天長夜永。萬樹蕭森猿嘯罷，覺水邊、林下非人境。睡不著，酒方醒。芙蓉池館梧桐井。悄不知、今夕何夕，寒光萬頃。年少風流多感慨，況此良辰美景。須對此、大拼酩酊。滿目新寒舞黃落，嗟此身、何事如萍梗。桂花下，露華冷。

又 詠雪二首

俯仰天黏水。盡山河大地，光涵表裏。一夜春風搜萬象，檐外雨聲不已。到曉來、六花靡靡。瑤樹琪林寒徹骨，知誰家、嬌女慵梳洗。且捏個，小獅子。瓊樓架就東皇喜。使玉龍戰罷，柳綿飛起。千古佳人詩句在，一任如鹽似米。君試看、巖頭溪底。刹刹塵塵銀世界，記當年曾赴瑤池會。玉清境，還如此。

又

銀漢千絲雨。被東風、作惡吹落，滿空柳絮。恰自江南消息斷，纔此六花飛舞。最好是、鵝毛鶴羽。萬頃平田三尺玉，月明中、不見沙頭鷺。蒼煙裏，一漁父。鵲橋半夜寒雲妒。到曉來、千巖萬壑，了無認處。極目四方銀世界，五鳳樓前如許。應自感、傷心凝竚。人在神霄玉清府，小獅兒、捏就無佳句。騎汗漫，好歸去。

又 贈紫玄

月插青螺髻。柳梢頭、夕陽荏苒，西風搖曳。數粒蒼山黏遠漢，樹色煙光紫翠。飛騎氣、半醒半醉。劍跨秋空磨星斗，指瓊童、不得鳴金轡。恐驚動，紫清帝。浮雲飛度蓬萊水。憶山中、松寒露冷，猿啼鶴唳。家在武夷巖谷裏，一畝煙霞活計。歎撚指、人生百歲。蘭畹芝田幾今古，洞門前、小鹿銜花戲。不知有，人間世。

又 賦白芍藥

靜看春容瘦。未清明、荼蘼避席，薔薇出晝。花裏流鶯罵桃李，似與東風管勾。怕虛度、蘭亭時候。我也別來天上久，向年時、感歎湖山舊。舊日事，君知否。玉皇駕出清都曉。就御前、三千神女，指揮八九。化作花神下人世，如把粉團捏就。又一似、玉盤在手。莫是蕊珠親付屬，教小心、勸我杯兒酒。也只得，爲陪笑。

又 懷仙樓

極目飆塵表。醉酣時、樓中起舞，樓前舒嘯。坐見四山煙霧散，是處落花啼鳥。忽舊家三驚下、九天星斗。雙鶴飛來風露爽，一聲聲、清唳蒼松杪。奈對景，不釃酒。知幾度、琪點蓬萊小。有瓊臺雙闕，長是香花繚繞。鐵笛夜吹金劍吼，恨此瀛洲路杳。株春老。閑倚朱闌思昨夢，對江山感慨無人曉。但千里，月華皎。

柳梢青　海棠

一夜清寒，千紅曉粲，春不曾知。細看如何，醉時西子，睡底楊妃。盡皆蜀種垂絲。晴日暖、薰成錦圍。說與東風，也須愛惜，且莫教飛。

又　寄鶴林

鶴使南翔。詞珍翰綺，誼暖情香。如在瓊臺，夢回初飲，月液雲漿。風吹蘆葉冥茫。夕照外、山高水長。遙想東樓，琪花玉樹，梅影昏黃。

又　送溫守王侍郎帥三山

五馬風流，銷金帳暖，蘂玉船寬。放下荷囊，攜來銅虎，又舉熊幡。棠陰已接三山。此列郡、彼須大藩。柳雪縈旗，東風闌馬，父老爭看。

虞美人

蘋花零亂秋亭暮。籬落江村路。櫂歌搖曳釣船歸。攪碎清風千頃、碧琉璃。山銜初月明疏柳。平野垂星斗。莫辭沈醉伴孤吟。他日江南江北、兩關心。

阮郎歸

淡煙凝翠鎖寒蕪。斜陽掛碧梧。沙頭三兩雁相呼。蕭蕭風捲蘆。何處笛，一聲孤。岸邊人釣魚。快帆一夜泊桐廬。問人沽酒無。

念奴嬌 梅

孤村籬落，玉亭亭、爲問何其清瘦。欲語還愁誰索笑，臨水嫣然自照。甘受淒涼，不求識賞，風致何高妙。松挨竹拶，更堪霜雪僝僽。　爭奈終是冰肌，也過了幾個，晴昏雨曉。冷豔寒香空自惜，後夜山高月小。滿地蒼苔，一聲哀角，疏影歸幽渺。世無和靖，三花兩蕊不少。

又 用東坡韻賦別

寄言天上，石麒麟、化作人間英物。醉擁詩兵驅筆陣，百萬詞鋒退壁。世事空花，賞心泥絮，一點紅爐雪。識時務者，當今惟有俊傑。　我本浩氣天成，才逢知己，便又清狂發。富貴於我如浮雲，且看雲生雲滅。羊石論交，鵝湖惜別，別恨多於髮。共君千里，登樓何患無月。

又 羅浮賦別

羅浮山下，正秋高氣爽，淒涼風物。瘦落丹楓飛紫翠，峭拔青山石壁。客鬢蕭疏，詩腸清苦，病骨如冰雪。怒髯鐵立，有懷不下三傑。　袖裏寶劍生寒，中宵起舞，引酒清歌發。襟曲屢興猿鶴夢，坐看月痕生滅。露沁桃花，雲籠芝草，任長莓苔髮。如今話別，橙黃橘綠時月。

又

舊家宋玉，是何人、偏到秋來淒慘。細雨疏風天氣冷，離別令人愁黯。檣燕飛歸，岸花吹送，自是生懷感。挑燈酌酒，平生明目張膽。　二十年在江湖，楓亭柳驛，往事都曾覽。胸次可吞雲夢九，也沒塵埃一糝。木落山高，雲寒雁斷，水瘦溪痕減。不知把菊，又在何處軒檻。

又　送周舜美

道人於世，已忘情、尚更區區餞別。棲碧先生辭蕙帳，夜夜猿聲淒切。劍上星寒，琴中風慘，眉宇飛黃色。一杯判袂，出門煙水空闊。　我今流落江南，朝朝還暮暮，千愁萬結。那更荻花楓葉景，又見長亭短驛。世事空花，人情風絮，山外雲千疊。君還到闕，爲言蹤跡風雪。

又　春日

桃花開盡，正溪南溪北，春風春雨。寒食清明都過了，愁煞一聲杜宇。醉跨蹇驢，踏翻芳草，滿滿斟鸚鵡。遊仙夢覺，不知身在何處。　因甚青鳥不來，一年春事，撚指都如許。人在白雲流水外，多少鶯啼燕語。遣興成詩，烹茶解酒，日落薔薇塢。玉龍嘶斷，亂鴉驚起無數。

又 武昌懷古

漢江北瀉，下長淮、洗盡胸中今古。樓櫓橫波征雁遠，誰見魚龍夜舞。鸚鵡洲雲，鳳凰池月，付與沙頭鷺。功名何處，年年惟見春絮。　非不豪似周瑜，壯如黃祖，亦逐秋風度。野草閑花無限數，渺在西山南浦。黃鶴樓人，赤烏年事，江漢亭前路。浮萍無據，水天幾度朝暮。

行香子 羅浮洞

滿洞苔錢。買斷風煙。笑桃花流落晴川。石樓高處，夜夜啼猿。看一更雲，三更月，四更天。　細草如氈。獨枕空拳。與山麋、野鹿同眠。殘霞未散，淡霧沈綿。是晉時人，唐時洞，漢時仙。

漢宮春 詠梅，用李漢老韻

瀟灑江梅，似玉妝珠綴，密蕊疏枝。霜風應是不許，蝶近蜂欺。嫣然自笑，與山礬共、水仙期。還亦有，蒼松翠竹，同經凜冽年時。　何事向人如恨，半蒼苔半倚，臨水荒籬。孤山嫩寒，放曉尚憶前詩。黃昏顧影，說橫斜、清淺今誰。他自是，移春手段，微雲淡月須知。

卜算子 景泰山，用東坡韻

雲散雨初晴，蟬噪林逾靜。古寺敲鐘暮掩門，燈映琉璃影。浩氣鎮長存，昨夢還重省。獨倚闌干嘯一聲，毛髮蕭蕭冷。

又

古寺枕空山，樓上昏鐘靜。饑鼠偷燈尾蘸油，悄悄無人影。長劍匣中鳴，今古深思省。此夕行藏獨倚樓，風雨淒淒冷。

又

漁火海邊明，煙鎖千山靜。獨坐僧窗夜未央，寂寞孤燈影。感慨輒興懷，往事無人省。江漢飄浮二十年，一枕西風冷。

鷓鴣天

雨過山花向晚香。煙絲空翠柳微茫。舊家丹竈何人葛，今日簾泉阿老黃。　犀角枕，象牙床。椰心織簟晝生涼。杯行無算何曾醉，不覺羅浮日月長。

蝶戀花　愛閣

冷雨疏風涼漠漠。雲去雲來，萬里秋陰薄。笑倚玉闌呼白鶴。煙籠素月青天角。　竹影松聲渾似昨。醉膽如天，誰道詞源涸。滿地蒼苔霜葉落。今宵不飲何時樂。

又

綠暗紅稀春已暮。燕子銜泥，飛入誰家去。柳絮欲停風不住。杜鵑聲裏山無數。　白馬青衫無定據。好底林泉，信腳隨緣寓。拼卻此生心已許。一川風月聊爲主。

又

樓上風光都占斷。樓下風光，還許詩人管。管領風光誰是伴。一堤楊柳開青眼。

波影琉璃花影亂。玉筍持杯，畫舸歌聲顫。醉裏尋春春不見。夕陽芳草連天遠。

右海瓊詞

杨柳枝

挼碎梅花一斷腸。送斜陽。風烟縹渺月微茫。又昏黄。平野寒芜何處斷，接天长。短篱淺水橘青黄。度清香。

閨媛

蘇　氏

各詞書題曰延安夫人。侯鯖錄稱爲蘇丞相子容之妹。蘇頌，字子容，同安人。花草粹篇又稱延安李氏。蓋其婿爲李姓也。

浣溪紗

無力薔薇帶雨低。多情蝴蝶趁花飛。流水飄香乳燕啼。南浦魂銷春不管，東

陽衣減鏡先知。小樓今夜月依依。弄珠江，何處

更漏子 寄季玉妹

小闌干，深院宇，依舊當時別處。朱戶鎖，玉樓空，一簾霜日紅。

是，望斷碧雲無際。凝淚眼，出重城，隔溪羌笛聲。

鵲橋仙 寄季順妹

星移斗轉，玉蟾西下，漸覺東郊向曉。馬嘶人語隔霜林，望千里、長安古道。珠宮姊妹，相逢方信，別後十分瘦了。上林歸去正花時，爭奈向、花前人老。

踏莎行 寄妹

孤館深沈，嫩寒天氣。解鞍獨自闌干倚。暗香浮動月黃昏，落梅風送沾衣袂。

待寫紅箋，憑誰與寄。先教覓取嬉遊地。到家正是晚春時，小桃花下拚沈醉。

臨江仙立春寄季順妹

一夜東風穿繡戶，融融暖應佳時。春來何處最先知。平明堤上柳。染遍鬱金枝。姊妹嬉遊時節近，今朝應怨來遲。憑誰説與到家期。玉釵頭上勝，留待遠人歸。

蝶戀花暫止東昌館，寄姊妹。此闋或誤題「李易安」

淚揾征衣脂粉暖。四疊陽關，唱了千千遍。人道山長山又斷。蕭蕭微雨聞孤館。惜別傷離方寸亂。忘了臨行，酒琖和淺。若有音書憑過雁。東萊不似蓬萊遠。

右花草粹篇

阮氏

阮逸女。逸，建陽人，皇祐中以典樂遷屯田郎。

花心動

仙苑春濃，小桃開、枝枝已堪攀折。乍雨乍晴，輕暖輕寒，漸近賞花時節。柳搖臺榭東風軟，簾櫳靜，幽禽調舌。斷魂遠，閑尋翠徑，頓成愁絶。　此恨無人共説。還立盡黄昏，寸心空切。强整繡衾，獨掩朱扉，簟枕爲誰鋪設。夜長更漏傳聲遠，紗窗映、銀釭明滅。夢回處，梅梢半籠淡月。

右花草粹篇

草堂以石刻魚游春水調題爲阮氏者，誤。

孫氏

崇安黄雲軒室，黄銖母，自號沖虚居士。

滴滴金　梅

月光飛入林前屋。風策策，度庭竹。夜半江城擊柝聲，動寒梢棲宿。　等閑老去年華促，只有江梅伴幽獨。夢繞夷門舊家山，恨驚回難續。

醉蓬萊力修寶學，宴胡明仲侍郎，乞詞。代作

看鷗翻波濺，蘋末風輕，水軒消暑。雲疊奇峰，破桐陰亭午。列岫連環，溜泉鳴玉，對幅巾芒履。況有清時，風流故舊，劇談揮麈。才冠一時，論高兩漢，書扇豪蹤，吐鳳詞語。晝錦歸來，慶長年老母。且盡綠尊，莫懷歸興，聽扇歌高舉。會見登庸，泥封詔下，促朝天去。

菩薩蠻

欄干六曲天圍碧。松風亭下梅初白。臘盡見春回。寒梢花又開。曲瓊閑不捲。沈燎孤星轉。凝竚小徘徊。雲間征雁來。

憶少年送葛氏姪女

雨晴雲劍，煙光澹蕩，遙山凝碧。驅車問征路，賞春風南陌。正雨後、梨花幽豔白。悔匆匆、過了寒食。歸家漸春暮，探荼蘼消息。

憶秦娥季溫歸樵陽，書寄

秋寂寞。秋風夜雨傷離索。傷離索。老懷無奈，淚珠零落。　故人一去無期約。尺書忽寄西飛鶴。西飛鶴。故人何在，水村山郭。

醉思仙寓居妙湛，悼亡作

晚霞紅。看山迷暮靄，煙暗孤松。動翩翩風袂，輕若驚鴻。心似鏡，鬢如雲，弄清影，月明中。漫悲涼，歲冉冉，蕣華潛改衰容。　前事銷凝久，十年光景匆匆。念雲軒一夢，回首春空。彩鳳遠，玉簫寒，夜悄悄，恨無窮。歎黃塵，久埋玉，斷腸揮淚東風。

右游宦紀聞

如夢令宮詞

翠柏紅蕉影亂。月上朱欄一半。風自碧空來，吹落歌珠一串。不見。不見。人被繡簾遮斷。

清平樂雪

悠悠颺颺。做盡輕模樣。半夜蕭蕭窗外響。多在梅邊竹上。　朱樓向曉簾開。六花片片飛來。無奈熏爐煙氣，騰騰扶上金釵。

右花草粹篇

圖書在版編目 (CIP) 數據

閩詞鈔 /〔清〕葉申薌輯，魏定榔點校．-- 福州：福建人民出版社，2024. 12. --（八閩文庫）. -- ISBN 978-7-211-09755-5

Ⅰ．I222.8

中國國家版本館 CIP 數據核字第 2025GQ7745 號

閩詞鈔

作　　者：〔清〕葉申薌 輯　魏定榔 點校
責任編輯：林　頂
責任校對：林喬楠
裝幀設計：張志偉
美術編輯：陳培亮
出版發行：福建人民出版社
電　　話：0591-87533169（發行部）
網　　址：http://www.fjpph.com
電子郵箱：fjpph7221@126.com
地　　址：福建省福州市東水路 76 號
經　　銷：福建新華發行（集團）有限責任公司
印刷裝訂：雅昌文化（集團）有限公司
地　　址：深圳市南山區深雲路 19 號
電　　話：0755-86083235
開　　本：890 毫米 ×1240 毫米　1/32
印　　張：14.125
字　　數：254 千字
版　　次：2024 年 12 月第 1 版第 1 次印刷
書　　號：ISBN 978-7-211-09755-5
定　　價：63.00 元